Hierarquia

HELEN WAN

Hierarquia

TRADUÇÃO
MARCIA BLASQUES

astral
cultural

Editora Natália Ortega
Produção editorial Esther Ferreira, Jaqueline Lopes, Renan Oliveira e Tâmizi Ribeiro
Preparação de texto Luciana Figueiredo
Revisão de texto Adriano Barros e João Rodrigues
Foto da autora Anna Campanelli
Capa Agência MOV   Imagem da capa Netflix

Dados Internacionais de Catalogação na Publicação (CIP)
Angélica Ilacqua CRB-8/7057

W21h

Wan, Helen
Hierarquia / Helen Wan ; tradução de Marcia Blasques.
— Bauru, SP : Astral Cultural, 2022.
320 p.

ISBN 978-65-5566-276-4
Título original: The Partner Track: A Novel

1. Ficção norte-americana I. Título II. Blasques, Marcia

22-4944 CDD 813

Índice para catálogo sistemático:
1. Ficção norte-americana

BAURU
Av. Duque de Caxias 11-70
8° andar
Vila Altinópolis
CEP 17012-151
Telefone: (14) 3879-3877

SÃO PAULO
Rua Major Quedinho, 111
Centro Histórico
Cj. 1910, 19° andar
CEP 01050-904
Telefone: (11) 3048-2900

E-mail: contato@astralcultural.com.br

Para minha família e, carinhosamente,
em memória à minha avó An Ching-Chun.

Eu não gostaria de ser a única mulher no tribunal.
Ruth Bader Ginsburg

Um

O refeitório da Parsons Valentine — conhecido carinhosamente como a Tribuna do Júri — mais parecia uma cantina de colégio em um tamanho maior. Éramos todos mais velhos, óbvio, com cortes de cabelos caros e ternos sob medida. A comida era muito melhor, era servida em porcelanas finas, do tipo branco clássico, com bordas platinadas. E tinha a vista. Em vez de uma pista de corrida ou de um campo de futebol, nossas janelas davam para a grande extensão da Quinta Avenida e do Central Park. Tampouco havia armários com troféus ou bandeiras de times, apenas uma imensa pintura de Ellsworth Kelly e algumas obras autografadas de Chuck Close adornavam as paredes brancas. Na verdade, eram apenas troféus de um tipo diferente.

Na Parsons Valentine & Hunt LLP, cada passo dado era uma decisão cuidadosamente calibrada, até o lugar onde se sentar na hora do almoço — em especial no ano em que alguém tinha pretensões de se tornar sócio. Os detentores do poder faziam anotações meticulosas sobre quem era aliado de quem. Sentar regularmente em uma mesa para fofocar e jogar conversa fora com outros advogados associados seria considerado preguiça e falta de ambição. Alguém que só se sentasse com sócios era tachado de bajulador. E não era surpresa que se sentar sozinho significava cometer suicídio profissional — era melhor sair andando por aí com uma grande placa escrito *antissocial profissional* ao redor do pescoço. E a pior coisa que alguém podia ser na Parsons Valentine era inapresentável.

No almoço na Tribuna do Júri, éramos brindados com o excesso de escolhas. Naveguei ao redor da bancada de saladas recém-abastecida, passando pelo sushiman, pelo balcão de frios, pelas fileiras de pizza no forno de pedra e de teppanyaki, e parei na estação de entradas quentes. Mason, o diretor executivo do Serviço de Refeições da empresa — que fora aprendiz no Le Bernardin —, estava parado atrás do vidro de proteção, usando seu chapéu de chef e um avental branco impecável. Mason era uma das minhas pessoas favoritas no escritório.

Uma vez, quando fiquei presa em uma teleconferência até tarde da noite, ele mandou um sanduíche de carne para meu escritório. Nunca me esqueci disso.

— Ei, Mason. O que temos para hoje? — perguntei.

— Ora, ora. Ingrid Yung. Minha cliente favorita. — Ele fez um gesto floreado para a fileira de *réchauds* de prata. — Hoje temos algumas belas postas de atum grelhado com tartar de abacate.

— Hum. Parece saudável.

— E logo ali tenho minha famosa lasanha três queijos picante.

— Vendido.

Levei minha lasanha e a Perrier até a fila do caixa. O rapaz na minha frente, um associado de Litígios com quatro anos de empresa, com quem eu nunca conversei, estava ocupado escrevendo o número do caso de um cliente em um formulário de pagamento com um minilápis amarelo grosso.

Os advogados da Parsons Valentine tinham a opção de pagar pelas refeições na Tribuna do Júri de dois modos: com dinheiro dos nossos bolsos ou cobrando do cliente em cujo caso estávamos trabalhando. Supostamente, devíamos fazer isso só quando trabalhávamos até tarde e jantávamos em nossas mesas, mas muitos advogados cobravam suas refeições sempre que tinham vontade. Isso significava que a Microsoft podia pagar pelo seu bagel do desjejum enquanto a Time Warner bancava o sanduíche de peru do almoço. Eu sempre pagava em dinheiro. Era mais rápido, sem comentar que era mais honesto.

Peguei minha bandeja, entrei no refeitório e analisei minhas opções. Jeff Murphy se levantou de sua mesa, acenando para que eu me sentasse onde ele estava com Hunter Russell, outro associado da nossa turma. O bom e velho Murph. Era um dos meus melhores amigos no escritório. Dividimos a sala quando fizemos nosso estágio, há exatos nove anos este mês. Francamente, no início eu não esperava que fosse gostar muito dele. Só de olhar, presumi que ele seria metido demais para meu gosto, o tipo de estudante desagradável de fraternidade, exibido e amistoso demais, mas ele acabou me conquistando. Murph era um cara inteligente, apesar do pedigree de atleta rico.

Coloquei minha bandeja ao lado da dele, na toalha branca engomada, e puxei uma cadeira. Acenei com a cabeça para Hunter, que mal olhou na minha direção, os polegares trabalhando freneticamente nas teclas de seu BlackBerry, pelo qual era apaixonado. O aparelho fazia todo mundo pensar que ele estava respondendo às mensagens urgentes dos clientes, enquanto, na verdade, verificava as estatísticas da sua liga de beisebol em um site de *fantasy sports*.

— E aí, Yung? — Murph cutucou meu cotovelo. Ele sorriu para mim, e eu o olhei de lado.

Murph era um cara de boa aparência, e sabia disso. Constatei o fato mais uma vez ao vê-lo em sua camisa social branca engomada, aberta na garganta, as mangas enroladas, os antebraços bronzeados e musculosos apoiados despretensiosamente na mesa. Seu cabelo loiro-escuro ondulado apenas roçava o colarinho, e seu novo bronzeado dava aos seus olhos um efeito brilhante, fazendo-os parecer mais verdes que o normal. A família de Murph tinha uma casa em Cape Cod, e ele sempre passava uma semana ali no Memorial Day. Tinha acabado de voltar e praticamente transbordava privilégio e bem-estar.

Murph e eu tivemos um envolvimento, digamos, anos atrás. Quando você contrata noventa e cinco jovens, inteligentes, atraentes e ambiciosos que acabaram de se formar na faculdade de Direito e aterrissaram em Manhattan, e os faz trabalhar vinte horas por dia juntos, obviamente vai haver tensão sexual. Logo no nosso primeiro ano, Murph organizou uma festa imensa de Halloween no loft que dividia com um de seus colegas de faculdade em Tribeca. Eu não queria ir, não tinha fantasia, mas todos os outros advogados associados da nossa turma iam, e não havia nada que eu odiasse mais do que me sentir deixada de fora.

Então, no último minuto, saí correndo do trabalho, fui para casa e coloquei meu vestido do baile de formatura — o mesmo que eu havia usado na noite em que fui coroada a primeira rainha de origem asiática da Potomac Valley High. (Ah, céus! A sra. Saltzstein, a orientadora escolar, se empolgou.

Ela já tinha ouvido falar de oradoras orientais antes, mas nunca de uma rainha do baile chinesa.) O vestido era uma peça de tafetá rosa-choque sem alças. O zíper precisou de algum esforço, e eu estava um pouco mais desenvolvida na parte de cima, mas, minha nossa, eu ainda ficava muito bem naquela coisa.

Quando consegui pegar um táxi no centro até o loft de Murph, a festa já estava a todo vapor.

— Yung! — Um Murph bastante bêbado me recebeu na porta.

Ele estava vestido de papa João Paulo II. Nos cumprimentamos com beijos no rosto — engraçado como estar em uma festa faz com que não haja problema em beijar seus colegas de trabalho —, e ele me levou até a cozinha para pegar uma bebida. Muitas horas e margaritas depois, Murph, Hunter, a esposa de Hunter e eu estávamos amontoados ao redor de sua coleção de CDs (isso bem antes da era do iPod) e alguém colocou *Son of a preacher man*. Murph olhou para mim, com olhos turvos, e falou:

— Yung, o que você está vestindo?

Fiz um olhar sedutor e respondi quase ronronando:

— Meu vestido da formatura.

A esposa de Hunter jogou a cabeça para trás e soltou uma gargalhada.

— E que tal uns chupões falsos? Não dá para ser rainha do baile de formatura sem os chupões.

Sem perder tempo, Murph se ofereceu para fornecer a coisa de verdade e, antes que eu pudesse pensar melhor no assunto, ele se inclinou sobre meu pescoço e ombro desnudos e fez as honras, enquanto eu me recostava na torre de CDs. Lembro-me de ter ficado surpresa com o calor de seu corpo, e como era boa a sensação de sua barba por fazer àquela hora da noite contra minha pele. Fez cócegas e comecei a gargalhar enquanto Dusty Springfield cantava que nem sempre é fácil ser bom. Então, Murph endireitou o corpo e me olhou com uma expressão totalmente séria e intensamente esperançosa no rosto, e eu percebi que tinha cometido um erro grave. Como era de se esperar, mais tarde, quando me ajudava a procurar meu casaco entre a imensa pilha em sua cama, Murph me encarou com ar solene, ainda que embriagado, e se inclinou na minha direção em um ângulo intencional. Eu me desvencilhei gentilmente dele e fingi rir da situação.

— Ainda se você não estivesse vestido como papa... — brinquei.

Foi o jeito mais fácil que encontrei de dispensá-lo sem magoá-lo. No fim das contas, aquele era o *Murph*, e ele era como um irmão para mim. Além disso, todo mundo no trabalho sabia que ele flertava com quem quer que fosse. Na segunda pela manhã, nós dois agimos como se o acontecido tivesse sido apenas resultado da tequila. Foi há oito anos. Nunca mais falamos disso.

— Comida saudável? — Murph perguntou agora, acenando com a cabeça na direção do meu prato.

— Cale a boca, é delicioso — respondi para ele, e comi uma bela garfada da lasanha.

Eu não gostava que Murph ou qualquer outra pessoa examinasse o que estava comendo. Sempre parecia, ainda que só um pouquinho, que eu estava de volta ao refeitório do quinto ano, desembrulhando timidamente a panqueca de cebolinha ou a torrada de camarão que minha mãe mandava embalada em papel-alumínio na minha lancheira. "O que é isso?", perguntava Becky Noble, enrugando o nariz enquanto levava à boca seu superorganizado sanduíche de queijo e mortadela, fazendo com que todas as outras garotas rissem de mim. Anos mais tarde, em um encontro às cegas no Campbell Apartment, meu martini de vinte dólares chegou junto com as mesmas panquecas de cebolinha, que eram aperitivos, cortadas em triângulos delicados e servidas com molho de soja e gengibre. Meu encontro às cegas — um anestesista chamado Ethan — as empurrou na minha direção. "Experimente uma. Essas coisas são incríveis", ele se entusiasmou, colocando uma na boca. "São boas mesmo, não são?" respondi, sorrindo vagamente e me perguntando qual fim teria levado Becky Noble.

Murph balançou a cabeça para mim.

— Juro que nunca vi uma mulher comer tanto e ainda ser tão magra, Yung.

Dei de ombros.

Eis outra coisa sobre todos os advogados homens com quem trabalhava. Todos me chamavam pelo meu sobrenome, Yung, em vez de pelo meu primeiro nome, Ingrid. Eu me perguntava se alguns deles sequer sabiam qual era meu nome, mas não me importava. Eu estava no mundo corporativo há tempo suficiente para saber que isso era um bom sinal. Quando eles se sentiram confortáveis o bastante para xingarem feito estivadores perto de mim, soube que finalmente tinha sido aceita.

Olhei para Hunter. Ele estava encurvado sobre um pedaço de papel, rabiscando algum tipo de esboço enigmático que parecia uma árvore.

— O que é isso?

— Hã? — Ele ergueu os olhos. — Ah. Estou desenhando nosso grupo no *softball*. Olha. — Ele deslizou o papel na minha direção. — É assim que a temporada está se desenhando. Wachtell está fora. Tudo o que temos que fazer agora é derrotar Simpson Thacher, em duas semanas. E, acredite em mim, vamos conseguir. Eles estão horríveis esse ano. Então, se Davis Polk passar pelo Skadden semana que vem e acabar com o pessoal do escritório do procurador depois disso, vamos enfrentá-los nas finais. — Ele sorriu.

Murph olhou para mim.

— Gostou da explicação?

Hunter era o capitão do time de *softball* do escritório, os Procuradores da Parsons Valentine, e estava obcecado com a ideia de ganhar o troféu do campeonato da Liga de Advogados do Central Park. Ele passava duas vezes mais tempo com as obrigações de capitão do time do que com a advocacia, mas podia se dar a esse luxo. Hunter era basicamente intocável. Há nove anos, durante o último semestre da faculdade de Direito, ele teve a sorte de engravidar a filha de um cliente de muito tempo da Parsons Valentine. O diretor financeiro (CFO) do banco imediatamente encaminhou o currículo de Hunter para o sócio-diretor do nosso Departamento Corporativo, com um convite para o almoço e um bilhete escrito à mão, sugerindo com sutileza que certamente seu novo genro seria um trunfo para qualquer empresa. Hunter foi contratado na semana seguinte. Estava no escritório desde então, trabalhando cerca de dois terços das horas em relação aos demais. Nós o aceitávamos de má vontade em nosso meio. Sabíamos que ele jamais seria feito sócio — o escritório era preocupado demais com negligência para isso —, mas tinha assegurado um trabalho confortável como associado sênior ou advogado pleno enquanto o banco de seu sogro pagasse as contas.

— Um conselho de amigo — começou Murph, abaixando a voz —: ouvi dizer que Adler está procurando ajuda para um caso monstro. Se o encontrar por aí, pareça ocupada.

Em geral, éramos designados para os casos nas reuniões do Departamento Corporativo, para que o processo parecesse justo e transparente, mas às vezes os sócios saíam aleatoriamente pelos corredores procurando ajuda. Se sua mesa estivesse limpa demais ou se você estivesse navegando descaradamente na internet quando um sócio enfiasse a cabeça em seu escritório, você era premiado com um caso novo. Isso era conhecido, com ressentimento, como atribuição de passagem.

— Esse não é o *modus operandi* do Adler — comentei. Marty Adler era o sócio que mais fazia dinheiro na Parsons Valentine, o cara do jogo sério. Ele não precisava vagar pelos corredores. Os advogados associados queriam trabalhar com ele. Se gostasse de você, ele poderia fazer sua carreira.

Murph deu de ombros.

— Bem, acredite no que quiser. Sou só o mensageiro.

— Falando do diabo. — Acenei com a cabeça na direção do outro lado da sala. Marty Adler, Harold Rubinstein, Sid Cantrell e Jack Hanover — os pesos-pesados, todos membros do Comitê de Administração da empresa — estavam se levantando de uma mesa e guardando os BlackBerrys nos bolsos. (Sócios deixavam as bandejas na mesa para a equipe do refeitório limpar. Advogados associados retiravam as suas.) Todos observamos quando a gangue dos quatro saiu da Tribuna do Júri pelas portas de vidro e ficou conversando diante dos elevadores. Adler gesticulava loucamente a respeito de alguma coisa. Os outros assentiam com as cabeças em concordância, aparentemente sem perceber que todos os advogados associados os encaravam.

Comi outra garfada da lasanha. Esse tipo de louvor descarado e aberto aos sócios me divertia. Éramos advogados associados sêniores, prestes a receber nossas próprias chances como sócios, mesmo assim considerávamos os sócios um tipo de celebridade distante e irreverente — meio como as crianças falavam de seus professores no ensino fundamental. Os sócios caminhavam entre nós. Trabalhávamos com eles. Conversávamos com eles todos os dias. Mas, apesar dessa fachada de igualdade, eles permaneciam envoltos em mistério. Eram seres que deviam ser analisados, reverenciados, odiados e amados — e alvo de fofocas.

Esperava-se que todos nós os chamássemos pelo primeiro nome quando falássemos com eles, mas, em particular, que usássemos apenas os sobrenomes, como se fossem figurinhas de beisebol para serem trocadas.

Observamos os quatro sócios desaparecerem no elevador.

— Bem, de volta à rotina — anunciou Murph, amassando o guardanapo e jogando-o na bandeja. — Tenho muita coisa para fazer hoje.

Hunter afastou a cadeira da mesa e se levantou.

— Sim, acho que também já vou embora.

Murph olhou para mim.

— Ei, você não se importa, né? Ou quer que lhe façamos companhia até que termine?

Na verdade, me importava. Comer sozinha na Tribuna do Júri fazia eu me sentir como se meu disfarce tivesse sido descoberto, mas não podia dizer aquilo.

— Podem ir, não me importo — falei, acenando para que fossem embora. — Vejo vocês mais tarde.

Comi mais duas garfadas da lasanha picante de três queijos e me levantei para devolver minha bandeja.

Meu escritório ficava no trigésimo primeiro andar, junto com os dos outros advogados associados sêniores. O escritório de Hunter era o primeiro pelo qual eu passava a caminho dos elevadores. *Hunter F. Russell*, dizia a placa de latão polida. Depois da de Hunter, vinha a sala de Murph e, na sequência, de um advogado com sete anos de empresa chamado Todd Ames, antes Abramowicz, mas que mudou de nome legalmente enquanto ainda estava na faculdade de Direito. Para conseguir soletrar, ouvi uma explicação sua certa vez.

Os escritórios de Hunter, de Murph e de Todd ficavam todos agrupados no lado bom do prédio, um pedaço de corredor conhecido como Fileira da Fraternidade. Eles tinham conseguido esses belos escritórios com vistas panorâmicas flertando descaradamente com a coordenadora de logística da empresa, Liz Borkofsky. Os rumores diziam que Liz tinha aceitado este emprego na esperança de fisgar um advogado, qualquer advogado, a caminho de se tornar sócio. Por fim, no inverno passado, ela ficou noiva do ligeiramente tímido e careca diretor de TI do escritório. A piada que corria pelos corredores era que Liz tinha conseguido dormir apenas com o escalão intermediário da empresa.

Fiz uma curva e entrei em meu escritório. Era bem agradável, mas tinha vista para a Avenida Madison, não para o parque. Tentei torná-lo um lugar confortável para passar minhas horas acordada, considerando que passávamos quase todo o tempo no trabalho. Eu tinha trazido um vaso alegre que mantinha sempre com flores frescas. Pôsteres antigos de viagem para as paredes. E uma fotografia enquadrada do horizonte de Manhattan que tirei a partir da ponte do Brooklyn.

Margo estava voltando de seu intervalo de almoço. Por mais ridículo que pareça, as secretárias não tinham permissão para comer no refeitório dos advogados. Margo trazia sanduíches de casa e os comia no parque.

— Oi, Margo. Como está lá fora?

— Quente e lotado — Ela suspirou. — Todos esses turistas europeus, sabe? Eles tiram o maldito verão inteiro de folga.

Eu amava a Margo. Ela era uma das melhores secretárias na Parsons Valentine, e eu tinha sorte de trabalhar com ela. (Cheguei a fazer um lobby para poder chamá-la de minha "assistente", em vez de "secretária", mas foi rotundamente vetado pelos sócios, por estabelecer "o tipo errado de precedente".) Como uma jovem advogada associada, tive alguns começos difíceis com secretárias que não deram certo, como a fumante inveterada Dolores, que me parabenizou pelo meu "inglês muito bom" na primeira vez que lhe ditei uma carta. Explicar que eu tinha nascido em Maryland não ajudou. Depois de mais alguns comentários cuidadosamente selecionados — "nunca fui muito fã de sushi, não se sinta ofendida" —, finalmente levei o caso ao Recursos Humanos, e Dolores foi rapidamente transferida para outro grupo de advogados. A empresa reconhecia um problema ambulante quando via um.

— Alguma mensagem?

— Nenhuma mensagem, mas aqui está sua correspondência da tarde. — Margo me entregou uma pilha de envelopes internos, a biblioteca encaminhando cópias do *The Wall Street Journal*, do *Financial Times* e do *New York Law Journal*, junto com um aviso de pagamento da Ordem dos Advogados da cidade.

O telefone na mesa dela tocou. Margo olhou para o aparelho e fez sinal para indicar que era a minha linha. Apoiei o quadril na frente da mesa dela e esperei, vasculhando minha correspondência.

— Boa tarde. Escritório da srta. Yung — anunciou Margo no receptor. — Aguarde um momento, por favor, vou verificar. — Ela apertou o botão de mudo e piscou para mim. — Você está para Marty Adler?

Todo mundo estava para Marty Adler.

— Vou atender na minha sala.

— Ela vai atendê-lo agora mesmo — continuou Margo para a secretária de Marty Adler.

Fui até meu escritório, empurrei a porta com o calcanhar para fechá-la e joguei a correspondência no aparador. Uma alegria adolescente e formigante borbulhou dentro de mim. *Ele me ligou!*

Sentei-me na cadeira giratória preta e girei as pernas para ficar de frente para a janela. Levei um instante para me recompor. Não importava o aviso de Murph no almoço sobre o "acordo monstro", eu estava bem satisfeita por Adler me ligar. Trabalhei em alguns projetos pequenos com ele, mas não tinham sido nenhum de seus casos realmente importantes. Eu atuo em grande parte com seus advogados associados sêniores e não com o próprio Adler. Agora, em meu oitavo ano, eu era a associada sênior com meus próprios casos.

Advogados associados raramente eram chamados pessoalmente por Marty Adler para trabalhar em alguma coisa. Isso era novidade.

Limpei a garganta e disse com a voz melíflua que reservava para sócios e clientes.

— Oi, Marty, como vai você?

— Espere um pouco — disse uma voz feminina grave de fumante. — Vou colocá-lo na linha.

Merda.

Que erro de principiante. Óbvio que Adler era o tipo de homem que esperava até que a secretária me colocasse na linha antes de atender a ligação. Valendo US$ 1.125 a hora, o tempo dele era precioso.

Escutei um bipe, seguido pelo próprio Marty Adler.

— Olá, Ingrid. — Sua voz era profunda e rouca, mas sempre achei que havia algo de gentil nela. Eu gostava bastante.— Então — ele prosseguiu, sem preâmbulos —, estava me perguntando sobre sua disponibilidade este mês. Tem algum tempo sobrando?

— Bem, Marty, eu...

— Vou lhe dizer por que pergunto — ele continuou, como se eu não tivesse falado nada. — Uma aquisição altamente confidencial e de valor alto acaba de chegar ao escritório. O advogado de fusões e aquisições deles teve que alegar conflito, então é uma grande coisa para nós. Vai exigir muito tempo e atenção, e eu ficaria muito grato se você fizesse parte da minha equipe.

Essa era uma peculiaridade engraçada dos sócios dos escritórios de advocacia: quando mandavam você fazer algo, em geral eles diziam que "ficariam muito gratos", como se você tivesse alguma escolha no assunto.

— É verdade que o cliente quer tudo pronto para ontem — Adler seguiu falando. — Este acordo está com um cronograma apertado e vou precisar que se concentre nele como sua prioridade máxima. Quer dizer, se você estiver disponível para assumi-lo. — Ele fez uma pausa para deixar suas palavras ressoarem, pois sabia exatamente o tipo de oportunidade que estava me oferecendo.

A chance de brilhar na frente de Marty Adler não aparecia todos os dias, em especial não semanas antes da escolha dos próximos sócios.

— Eu adoraria fazer parte da sua equipe, Marty.

— Maravilha — disse ele, sem surpresa nenhuma. — Por que não dá um pulo no meu escritório, então, e lhe conto sobre o acordo?

— Já estou indo. — E desliguei.

Eeeeeeee!

Fiz uma dancinha feliz na minha cadeira giratória, dando três voltas completas. Parei e inclinei a cadeira bem para trás, sentindo-me atordoada, mas animada. Respirei fundo algumas vezes, para me acalmar, e olhei para a estante de cerejeira lisa que ocupava uma parede inteira do meu escritório.

Eu amava aquelas prateleiras. Eram o lar para pilhas e pilhas de livros de Direito que eu acumulei de cada transação em que trabalhei: fusões, compras de ativos, vendas de ativos, compras de ações, vendas de ações, acordos em dinheiro, acordos em ações, trocas de ações, recapitalizações, consolidações, fusões triangulares reversas, fusões horizontais avançadas, fusões de conglomerados, fusões de extensão de mercado. Dava para perder facilmente o controle dos nomes e das centenas de maneiras com as quais esses acordos podiam ser estruturados. Metade do meu trabalho era apenas aprender como jogar estes termos por aí tão casualmente quanto bolas de tênis.

Eu adorava o fechamento de cada acordo. Dava para sentir o poder e a autoridade que percorriam as salas de reuniões feito correntes elétricas no alto da cidade. Adorava ouvir os brindes dos jantares de encerramento no Jean Georges ou no La Grenouille no mesmo momento em que zilhões de dólares, ou ienes, ou euros, se originavam em algum lugar e desembarcavam, por meio do milagre da transferência eletrônica, nas contas bancárias dos nossos clientes a meio mundo de distância. Esse universo era emocionante.

Fui até meu guarda-roupa de cedro, abrindo a lateral que tinha um espelho de corpo inteiro. Verifiquei o rímel e o brilho labial, e amarrei novamente a faixa de seda da cintura do meu vestido justo estilo Audrey Hepburn. Então, pegando uma caneta e um bloco de notas do aparador, praticamente flutuei até o elevador.

Marty Adler tinha um imenso escritório de canto, no trigésimo sétimo andar. Parei diante da mesa de sua secretária, esperando para dar meu nome, mas ela ergueu os olhos e me deu um sorriso familiar.

— Oi, Ingrid. Sou Sharon. É um prazer conhecê-la. O sr. Adler a espera. Pode entrar.

— Obrigada.

Eu devia ter percebido. As secretárias sabiam tudo por aqui.

Bati à porta uma vez e a abri. Adler estava sentado na outra extremidade da sala, em uma cadeira giratória de couro verde, atrás de uma imensa mesa antiga de mogno cheia de pilhas de papel e pastas sanfonadas. No outro canto, um sofá de encosto alto e duas cadeiras antigas estavam posicionadas ao redor de uma bela mesa de teca com um aparelho de audioconferência sobre ela. Imensas janelas panorâmicas corriam pelos dois lados do escritório e iam até o teto, inundando a sala com a luz do sol do meio-dia que reluzia no topo da careca brilhante de Adler. Os parapeitos longos e baixos estavam repletos de prêmios emoldurados, placas, fotografias e pequenos troféus, lembranças para marcar o encerramento exitoso de uma fusão ou aquisição. Eu amava colecionar esses. E, uau, Adler tinha vários deles.

— Entre, entre, Ingrid. — Ele deu a volta na mesa, gesticulando com os óculos bifocais na mão, na direção do sofá. Não era um homem alto, mas era pesado. — Sente-se, por favor.

Parecia uma longa caminhada só para chegar até ali. Ajeitei-me na beira do sofá e posicionei meu bloco de notas recatadamente sobre os joelhos.

Adler se acomodou em uma cadeira diante de mim.

— Antes de mais nada, sei que não preciso lhe dizer isso, mas este acordo ainda é altamente confidencial.

— Certamente, Marty. Sem problema — falei.

Ele se recostou, ergueu os braços e cruzou as mãos atrás da cabeça, fechando os olhos. Manchas amarelas pálidas marcavam sua camisa branca na região das axilas. Eu me obriguei a não olhar diretamente para elas. Não gostava de sofrer desilusões.

— Então — disse Adler ainda com os olhos fechados —, como você provavelmente deve ter ouvido na rádio corredor, acabamos de ser contratados pela SunCorp, o conglomerado do ramo de energia, baseado em Houston.

Acenei com a cabeça como se estivesse confirmando.

— Eles estão prestes a adquirir uma nova empresa de tecnologia limpa, a Binney Enterprises, por novecentos milhões e alguma coisa — prosseguiu Adler. — Estão atrás disso há um ano e meio, e, por fim, fecharam o negócio com o pessoal da Binney na semana passada.

Eu escrevia furiosamente em meu caderno de anotações. Adler falava muito rápido.

— A SunCorp é uma oportunidade imensa para nós. Pode levar a vários outros trabalhos no setor de energia.

Ele me olhou para ter certeza de que eu estava entendendo o significado deste caso; assenti, entusiasmada.

— No entanto, Ted Lassiter, o CEO da SunCorp, espera que isso seja prioridade máxima — continuou. — Ele vem para uma reunião conosco na quinta-feira. O que quer que esteja na sua agenda, remarque. Ele quer assinar um termo de compromisso o mais rápido possível, para poder anunciar publicamente no final do trimestre.

Ergui as sobrancelhas.

— Mas isso é menos do que cinco semanas de prazo.

— Eu sei — Adler piscou. — É por isso que estou contando que você vai dar máxima prioridade a isso, Ingrid.

Seria necessário o esforço hercúleo de uma equipe de advogados trabalhando vinte e quatro horas por dia para levar uma aquisição de quase um bilhão de dólares da estaca zero até um termo de compromisso assinado naquele prazo.

— Sem dúvida — garanti. — Eu me dedicarei cem por cento.

— Ótimo. Era o que eu queria ouvir. — Adler bateu as mãos nos joelhos e se levantou. Parecia ser minha deixa para me levantar também. — Entretanto, eu disse para Ted Lassiter que, depois da nossa reunião com ele, na quinta-feira, enviaríamos para a outra parte um rascunho preliminar do termo de compromisso até o final da próxima semana. Esse prazo é viável para você?

Era uma pergunta retórica.

— Com certeza — concordei.

— Excelente. — Adler sorriu. — Ah, e Ingrid... — acrescentou ele em voz baixa, quase como se fosse uma lembrança tardia. — Quero que entenda... — Ele fez uma pausa com ar conspiratório.

Sim? Sim? Percebi que eu estava segurando a respiração.

— Espero que entenda que eu não confiaria um acordo desta magnitude para qualquer advogado associado. Você impressionou muita gente por aqui, e sabemos que é capaz de cuidar disso.

Meu coração deu um pulinho.

— Fico realmente agradecida, Marty. Obrigada.

Ele balançou a mão na minha direção — *de nada*. Quando me virei para ir embora, quase incapaz de suprimir o imenso sorriso que se formava em meu rosto, ele acrescentou casualmente:

— Ah, só mais uma coisa, Ingrid: me pediram para designar um assistente jurídico corporativo em particular para ajudar neste acordo. Ele acabou de começar aqui no nosso escritório. O nome dele é Justin Keating.

Eu nunca tinha ouvido falar dele.

— Ah, um novato? — perguntei. — Não seria melhor pegar um dos assistentes jurídicos especializados em fusões e aquisições para este caso? Em geral trabalho com Evelyn Griffiths ou com Joseph Cruz, e ambos são ótimos. Muito inteligentes, e por dentro de tudo.

Adler ergueu os olhos. Uma expressão de aborrecimento cruzou brevemente seu rosto.

— Justin Keating será o assistente jurídico deste acordo — repetiu. Então, de repente, seu sorriso voltou. — Pelo que entendi, ele é um jovem brilhante, ansioso para trabalhar duro e mostrar seu valor. De fato, Ingrid, eu consideraria um favor pessoal para mim se você pudesse mostrar os caminhos para ele. O pai dele é um velho amigo meu, e um bom amigo do escritório. — Ele me encarou com atenção. — Adoraria que você colocasse Justin sob sua asa. Que o integrasse realmente na equipe responsável pelo acordo. Eu mesmo faria isso, óbvio, mas, bem, estarei absurdamente ocupado este mês.

E eu tinha acabado de receber um acordo novinho em folha para ser anunciado em menos de cinco semanas. Nenhuma pressão, de fato.

— Sem problema, Marty — garanti. — Será um prazer.

— Obrigado, Ingrid. Eu sabia que o escritório podia contar com você.

Adler se sentou novamente atrás de sua imensa mesa de mogno, indicando o fim da nossa conversa.

Dois

— Margo, ligue para Marty Adler e lhe diga que reservei a sala 3201-A para a reunião da SunCorp. E pode ver se Justin está por aí?

Justin Keating tinha acabado de se formar na faculdade. Era difícil imaginar que ele seria o tipo de assistente jurídico designado para trabalhar em um acordo bilionário. No entanto, quando Douglas Keating — um executivo de Wall Street com muita influência — mencionou despretenciosamente para Adler que esperava que o breve trabalho como assistente do filho pudesse se transformar em um interesse na carreira de Direito, Justin Keating se tornou meu problema.

Eu estava passando pó bronzeador no nariz quando Justin apareceu. Sua estrutura alta, parada na porta, me assustou.

— Você me chamou? — Ele tinha se barbeado e colocado um terno para a reunião com o cliente. Notei, sem me surpreender, que o terno parecia caro; o corte e o caimento eram melhores do que se via em homens com o dobro de sua idade. Ele estava com as mãos nos bolsos, recostado no batente, sorrindo. Era um sorriso divertido e calculado. Quase afetado.

— Ei, Justin. Sim, chamei. Nossos amigos estarão aqui em quarenta e cinco minutos.

Justin sequer pestanejou.

— E? — E fez um movimento circular preguiçoso com uma mão, como se dissesse *Aonde você quer chegar com isso?*

— E — respondi sem me abalar — quero saber como está a sala de reuniões.

— Tudo arrumado. Deixei tudo pronto ontem.

— Cópias da lista do grupo de trabalho?

— Na sala.

— Pedido de café?

— Feito.

— Blocos de notas.

— Sim.

— Canetas?

— Sim.

— Tanto marcador quanto esferográfica?

Ele só me olhou.

— Ok, obrigada. Por que não espera em seu escritório, então? Chamo quando os barões do petróleo chegarem. E avise o Serviço de Refeições que podemos pedir sanduíches mais tarde, a menos que os clientes queiram sair para almoçar.

— Sem problema. — Justin endireitou o corpo, se afastando do batente da porta, e saiu na direção de seu cubículo.

Ele estava aqui havia poucas semanas, mas já tinha escutado um punhado de assistentes jurídicas mulheres dando risadinhas na sala do café por causa dos olhos sedutores de Justin Keating. Eu não enxergava essa sedução toda. Primeiro que ele só tinha vinte e três anos, e eu tinha pouca tolerância para garotos dessa idade, mesmo quando eu tinha vinte e três anos.

Margo tocou meu interfone.

— Oi, Margo.

— Sua mãe na linha um.

— Obrigada.

Apertei a luz vermelha piscante para atender a linha um.

— Oi, mãe.

— Ingrid? — A voz dela era hesitante.

— Sim, sou eu. Oi, mãe.

Minha mãe tinha uma relação de amor e ódio com o fato de me ligar no escritório. Por um lado, ela adorava que eu tivesse uma secretária. Por outro, Margo a intimidava. Mesmo depois de morar nos Estados Unidos por mais de trinta anos, minha mãe ainda preferia falar em mandarim.

Quando me formei na Faculdade de Direito e comecei a trabalhar na Parsons Valentine, minha mãe telefonou para cada amigo e parente que tinha para dar o número do meu novo escritório, para que, se alguém tentasse me ligar, ouvissem minha secretária atender e dizer: "Escritório da srta. Yung. Em que posso ajudar?". Durante alguns meses no início da minha carreira, tive uma avalanche de chamadas anônimas, nas quais alguém ligava para meu escritório, ouvia a secretária atender e desligava. Minha mãe nunca admitiu aquilo.

— Ingrid-ah, está ocupada agora? Dá pra falar?

Suspirei.

— Na verdade, não, mãe. Tenho uma reunião em poucos minutos. Com clientes novos. Não posso falar muito tempo. — Essa era uma boa estratégia para usar com ela. Eu a cultivava desde a faculdade. Sempre que minha mãe queria que eu limpasse o quarto ou praticasse piano, eu espiava por cima do livro e respondia: "Mãe, estou lendo. Para a faculdade".

Mesmo agora, minha mãe morria de medo de que eu perdesse o emprego. Meus pais acreditavam que crianças sino-americanas, em especial garotas, deviam ficar em carreiras tranquilas, estáveis, que se baseavam na experiência técnica, em vez de no instinto assassino. Médico, sim. Contador, sim. Tubarão do mundo corporativo, não. Eles sabiam que eu estava visando à sociedade, e estavam extremamente orgulhosos de mim. Mas, às vezes, minha mãe ainda perguntava se não era tarde demais para eu ir para a faculdade de medicina.

— Ok, vou ser rápida. — Ela começou a tagarelar em mandarim. — Só estou ligando para lembrar você do convite para o casamento de Jenny Chang. Você já falou para tia Chang se poderá ir?

— Ainda não, mãe. Ando muito ocupada. *Hen mang*. — Repeti "realmente ocupada" em mandarim, para enfatizar. Eu falava com meus pais em uma mistura de mandarim e inglês, meu próprio dialeto de "chinglês".

— É em dois meses.

Dois meses! Eu não conseguia prever como estaria minha agenda em dois dias, muito menos em dois meses.

— Mãe, vou tentar, mas você sabe que não posso prometer.

— Eu sei, eu sei que você nunca pode prometer. Mas, Ingrid-ah, você devia ir. Tia e tio Chang convidaram mais de duzentas e cinquenta pessoas! Vinte e oito mesas! Já falei que vai ser no Country Clube do rio Potomac?

Só uma dúzia de vezes.

— Sim, a senhora mencionou.

Ouvi um bipe baixo, e então a luz que indicava minha segunda linha se acendeu. Dava para ouvir Margo na outra sala falando de maneira agradável:

— Sinto muito, mas ela está em outra ligação no momento.

— Os filhos dos Fong também foram convidados — minha mãe estava dizendo. — Eddie Fong acaba de comprar um apartamento novinho em folha em Washington D.C.! Não para morar, mas para alugar para inquilinos. Ele vai ser... como se diz... um explorador!

Dei risada.

— Acho que a senhora quer dizer um *senhorio*, mãe.

Ela ignorou meu comentário.

— Tia Fong disse que Eddie é médico, especializado em endo... endo alguma coisa.

— Endocrinologia — sugeri.

— Sim, isso — minha mãe confirmou. Ela parou para dar um suspirinho suave. — E Vincent Lu estará lá. Que belo rapaz. Você se lembra do Vincent?

— Com certeza — respondi, e me peguei sorrindo.

Minha mãe tentava fazer com que eu me interessasse por Vincent desde que me entendia por gente. Pelo que eu sabia na época em que estudamos juntos na Potomac Valley High School, ele era um rapaz bem gentil, mais precisamente o tipo de garoto asiático estereotipado que eu lutava tanto para não ser. Óculos de fundo de garrafa, primeiro violinista, primeiro prêmio na competição de ciências da Westinghouse, uma mãe tigresa que controlava cada milímetro de sua vida. No nosso último ano, me sentei ao lado dele no jantar no Washington Hilton, que homenageava os semifinalistas do mérito nacional, e me lembro de como fiquei envergonhada quando a esposa do prefeito automaticamente presumiu que éramos namorados.

— Ah, Cindy Bai e Susan Wu serão madrinhas de Jenny. — Minha mãe fez uma pausa e suspirou novamente. — Ingrid-ah, Cindy e Susan são garotas tão boas. Tão doces, tão gentis. Você podia realmente aprender alguma coisa com elas. Elas não são como você, sempre trabalhando, trabalhando, sem tempo para encontrar ninguém, desperdiçando seus melhores anos.

Cresci com Cindy Bai e Susan Wu nos subúrbios de Washington D.C. Íamos à mesma escola de chinês todo domingo à tarde desde o jardim da infância até o final do ensino médio. Cindy era ortodontista com consultório próprio no shopping center local, e Susan era analista de computação no Departamento do Tesouro. As duas eram casadas — não uma com a outra, embora isso pudesse ter tornado tudo infinitamente mais interessante — e viviam a menos de quinze minutos do nosso antigo colégio. Minha mãe estava certa. Provavelmente Cindy e Susan eram mais doces e mais gentis do que eu. Mas ninguém se tornava sócio de um dos escritórios mais poderosos do país sendo doce e gentil. Meus pais não entendiam isso.

— Mãe, preciso ir. Meus clientes chegarão a qualquer minuto.

— E como vai sua amiga Rachel? — prosseguiu minha mãe, como se eu não tivesse dito nada. Minha mãe adorava Rachel Freedman, minha melhor amiga e ex-companheira de quarto na faculdade de direito em Columbia. Naquela época, quando Rach e eu dividíamos um pequeno apartamento em Morningside Heights, fiquei surpresa quando ela e minha mãe se aproximaram, entre todas as coisas, por causa da receita de *mapo tofu* da minha mãe — ela ensinou Rach a preparar o prato na nossa minúscula cozinha de estudantes de direito. Rachel cozinhava. Eu, não.

Depois da graduação, Rach e eu começamos a trabalhar como advogadas associadas em grandes escritórios de direito empresarial — eu na Parsons Valentine, Rachel na Cleary Gottlieb. Mas Rachel pediu demissão três anos mais tarde, quando se casou com um gerente de *hedge fund* chamado Josh e se mudou para uma casinha charmosa no subúrbio. Rachel desistiu de uma prestigiada carreira no direito para ficar em casa com seus dois filhos adoráveis. Minha mãe aprovava. Rachel não estava desperdiçando seus melhores anos.

— Rachel está bem como sempre — suspirei. — Mais alguma coisa, mãe?

Depois de alguns segundos de silêncio, ela disse em voz baixa.

— Tia Chang e tia Fong sempre perguntam como você está se saindo em Nova York. Papai diz para elas: "Está indo muito bem!". Mas eu digo para elas que você ainda trabalha demais, como sempre. Então elas me perguntam: "Ainda nenhum namorado, né"? E eu respondo que não. Ainda nenhum namorado.

Minha mãe realmente sabia escolher o momento de dizer as coisas.

— Ok! — cantarolei. — Preciso ir. Nos falamos mais tarde, tá?

— Ok — respondeu ela. E não parecia feliz.

Às dez e vinte e cinco, Margo chamou pelo interfone.

— O pessoal da SunCorp está aguardando na recepção. O sr. Adler está terminando uma ligação e quer que você comece sem ele. Devo descer e buscá-los?

— Sim, por favor. Leve-os para a sala de reuniões 3201-A. Eu os encontrarei lá.

Alisei a saia lápis por sobre os joelhos, peguei alguns cartões de visita do porta-cartões prateado que estava em cima da mesa e segui pelo corredor até a sala interna monótona onde os assistentes jurídicos ficavam.

Justin estava em seu cubículo, olhando uma tela de leilão no eBay. “2 INGRESSOS. SPRINGSTEEN NO MADISON SQUARE GARDEN, FILA 14!!!!!!”. O lance atual era de US$ 689.

Observei enquanto ele digitava “US$ 780” ao lado de seu lance máximo.

Pigarreei.

— Justin, os barões do petróleo chegaram. Vamos lá.

— Espere. Só um segundo. — Ele ergueu o dedo distraído, como se quisesse me calar.

Sério?

— Na verdade, não. Não temos um segundo. — Falei, com um pouco de irritação na voz. — Não deixamos clientes esperando.

Justin ergueu os olhos para mim, com uma sobrancelha levemente arqueada, em uma expressão surpresa. Soltou um suspiro profundo e clicou no botão enviar.

— Você é que manda — comentou, sarcástico.

Tinha reservado minha sala de reuniões favorita, aquela que eu usava em todos os meus fechamentos, reuniões e sessões de trabalho até tarde, aquela que tinha a melhor vista de Manhattan, incluindo todo o Central Park. Dava até para encontrar o alto do meu prédio, se olhasse com bastante atenção. Às vezes, sozinha, debruçada sobre acordos e demonstrações financeiras até as primeiras horas da manhã, eu parava diante da janela, pressionando o corpo todo contra o vidro, e olhava para baixo. A dureza fria em minha testa e o efeito vertical vertiginoso me deixavam sem fôlego e empolgada.

Justin colocou um bloco de notas com Parsons Valentine & Hunt LLP impresso em letras maiúsculas, ao lado de dois lápis recém-apontados, em cada lugar. Bandejas pretas elegantes com clipes de papel, clipes de fichário e canetas organizadas por cor — pretas, azuis e vermelhas — estavam espalhadas uniformemente ao longo da cumprida mesa de reuniões de mogno polido. A sala estava ótima, e eu falei isso para ele. Justin deu de ombros, sem se incomodar em olhar para mim.

Dava para ouvir a voz de Margo pelos corredores, dizendo algo em relação ao mês incomumente frio de maio que estávamos enfrentando.

— Aqui estamos — disse ela, abrindo a porta da sala de reuniões. Os barões do petróleo entraram, e Margo se retirou, fechando silenciosamente a porta atrás de si.

Eles não pareciam tão maus. Os dois homens eram altos, tinham ombros largos e usavam ternos azul-marinho conservadores, com um leve amassado, típico de quem acabou de sair do avião. Um deles aparentava ter sessenta e tantos anos, cabelos brancos como a neve, olhos azuis sorridentes e pele avermelhada. Parecia o Papai Noel com botas de caubói. Contive um sorriso. Só faltava um velho e bom chapéu Stetson em sua cabeça. O outro era mais alto e tinha a aparência um pouco mais jovem do que eu esperava. Chegava quase a ser bonito, de um jeito americano previsível, meio como um *quarterback* envelhecido.

Propositalmente, escolhi o traje mais conservador que tinha no armário esta manhã. Agora eu percebia que podia ter usado algo um pouco mais gracioso.

— Bem-vindos — falei, dirigindo meus cumprimentos para ambos. — Marty já está a caminho. Em instantes ele estará conosco.

— Obrigado — respondeu o Papai Noel educadamente, e então atravessou a sala e ofereceu a mão para Justin. — Ted Lassiter — ele se apresentou. Justin apertou a mão do cliente, com uma expressão meio perplexa, meio que olhando para mim. Então Ted Lassiter se virou na minha direção. — Quando tiver um segundo, pode pedir para trazerem suco de laranja para a sala?

Quando se é a única mulher, com a pele mais escura, o nome mais estranho e a voz mais suave, em um aposento cheio de executivos arrogantes, você aprende a escolher suas batalhas. Assim, mal registrei esse episódio na minha escala comparativa de desrespeitos. No âmbito do preconceito racial, era o mesmo que encontrar um cabelo flutuando na sopa — irritante, mas não valia a pena fazer um grande alarido.

— Pode deixar — respondi com suavidade, virando-me para um levemente corado Justin Keating. — Justin, você pode, por favor, ligar para o Serviço de Refeições e avisá-los?

Justin correu até o telefone para fazer o pedido. De sua parte, Ted Lassiter não parecia nem um pouco envergonhado por seu equívoco.

— Olá, Ted — falei estendendo a mão. — Sou Ingrid Yung. É um prazer conhecê-lo. — Sorri calorosamente e olhei diretamente em seus olhos.

Desenvolvi esse hábito no meu primeiro ano no escritório, quando os sócios fizeram todos nós participarmos de um seminário de uma hora intitulado "Estratégias efetivas de networking para advogados".

— Sempre, sempre repita o nome da pessoa em voz alta depois de ser apresentado — pediu Valerie, nossa especialista em networking eficaz. — E olhe diretamente nos olhos da pessoa ao apertar sua mão. Lembre-se de olhar diretamente em seus olhos.

Murph e Hunter, que se sentaram ao meu lado no seminário, acharam tanto Valerie quanto seus conselhos hilários. Eles riram durante toda a apresentação. Por dias depois do evento, se eu cruzasse com um deles no corredor, eles apertavam minha mão com entusiasmo e sussurravam ameaçadoramente:

— Prazer em conhecê-la, Ingrid Yung. — Olhando diretamente em meus olhos com uma expressão mortal de *serial killer*.

Eu concordava que era meio brega organizar uma aula sobre como fazer networking; mesmo assim, fui direto para meu escritório depois do seminário de Valerie, fechei a porta e escrevi o máximo de seus conselhos de que consegui me lembrar.

— Então você é Ingrid Yung — repetiu o Papai Noel caubói, me olhando de alto a baixo com uma expressão levemente confusa. De algum modo, sua voz exalava tanto rouquidão quanto calor. — Sou Ted Lassiter. — Ele apertou minha mão, e então gesticulou na direção de sua companhia. — Este é nosso conselheiro-geral, Mark Traynor.

O aperto de mão do *quarterback* foi agradavelmente caloroso.

— É um prazer conhecê-la, Ingrid. — Ele tinha um leve cheiro de uma colônia pós-barba de boa qualidade.

Justin estava novamente ao meu lado, e gesticulei na direção dele.

— Este é Justin Keating, um de nossos assistentes jurídicos corporativos, que nos ajudará com esta aquisição — expliquei.

Justin rapidamente entrou na minha frente.

— É um prazer conhecê-los. — Disse aquilo com um sorriso de comercial de pasta de dente, e apertou as mãos dos dois homens.

— Keating, hein? — comentou Lassiter. — Onde você se formou, filho?

— Em Colby, senhor — respondeu Justin, com um sorriso de orelha a orelha.

— Excelente faculdade. Muuuuito boa. Meu filho quase estudou lá. No fim, acabou ficando na lista de espera de Dartmouth.

Contive um sorrisinho. Eu me divertia em ver como certos homens transformavam qualquer conversa em uma competição para ver quem era melhor. Isso era especialmente verdade quando se tratava de horas faturáveis. Na Parsons Valentine, era uma forma distorcida de se gabar quando alguém dizia que tinha passado a noite toda no escritório. Era um distintivo de honra maior ainda perder uma viagem de férias por causa de trabalho. O escritório pagava milhares de dólares por ano para reembolsar os advogados por voos perdidos, reservas não reembolsáveis em hotéis, spas e chalés alugados. Um cara que queria ser sócio na área de Litígios recentemente elevou o nível de dificuldade para nós quando deixou de participar do nascimento do primeiro filho a fim de tomar um depoimento.

Houve uma batida rápida à porta e Marty Adler entrou sem esperar resposta. Sempre dava para saber quando e onde Adler estava em uma sala. Embora tivesse baixa estatura, tinha uma presença dominante inconfundível. Alguns advogados associados — em especial aqueles que Adler ignorava rotineiramente quando tinha que montar equipes para seus acordos — chamavam isso de complexo napoleônico. Eu achava que era uma genuína qualidade de liderança.

— Bom dia, cavalheiros — disse Adler. Ted Lassiter apertou sua mão e lhe deu um tapinha no ombro, com familiaridade. — Sou Marty Adler. É bom vê-los aqui. Acredito que já conheceram Ingrid Yung, minha associada?

— Já conhecemos, e tenho que lhe fazer uma pergunta — disse Lassiter em uma voz que fingia severidade. — Que diabos de espetáculo você administra aqui? Você me prometeu colocar seu melhor advogado associado neste acordo, e então aparece com essa mocinha que não deve ter mais do que dezoito anos! — Lassiter deu uma gargalhada curta e grossa.

Ok, agora esse cara estava testando minha paciência. Apertei os lábios com força.

Adler me deu um olhar de advertência, que dizia *Não se preocupe. Eu cuido disso.*

— Escute, Ted, eu lhe disse que reuniria um time de primeira linha para este acordo. Ingrid é uma das melhores advogadas associadas que este escritório já teve, e está comandando o show de algumas de nossas maiores transações já há algum tempo. Pessoalmente, eu não confiaria seu acordo a mais ninguém.

— É óbvio! — Lassiter gargalhou. — Só estou brincando com você, Marty. Relaxe.

Adler lançou um olhar avaliador na minha direção, com um erguer de sobrancelha. *Tudo bem?*

Respondi com um aceno de cabeça e dando de ombros. *Tudo bem. Vamos em frente com isso.* De fato, mesmo que meu coração estivesse batendo forte e eu meio que já odiasse Lassiter, fiquei mesmo tocada com as palavras de Adler, me defendendo com tanta veemência para o cliente.

Mark Traynor pigarreou.

— Por que não começamos? Temos muito chão para percorrer.

— Sim. — Adler acenou com a cabeça para Traynor. — Sim, é uma excelente ideia. Cavalheiros? — Ele gesticulou na direção da mesa de reuniões.

Lassiter puxou a cadeira giratória de couro que estava mais perto, que era a da cabeceira da mesa. Traynor rapidamente se sentou em uma cadeira à direita de Lassiter, e Adler se sentou bem em frente a Traynor, virando a cadeira de modo que pudesse encarar os dois clientes ao mesmo tempo.

Endireitei os ombros, respirei fundo para me acalmar e me espremi em uma cadeira à esquerda de Adler, ficando um pouco de lado. Evitando contato visual, comecei a mexer na bandeja de suprimentos mais próxima, fingindo analisar com cuidado a seleção de esferográficas enquanto lutava para recuperar meu controle emocional.

Justin hesitou por um instante, então se sentou à minha esquerda. Adler pareceu irritado com isso, mas a emoção só foi registrada em seu rosto por um instante. Esperava-se que os assistentes jurídicos se sentassem em uma das cadeiras enfileiradas no perímetro da sala durante reuniões com clientes, para facilitar a saída caso algo precisasse ser buscado, copiado ou enviado por fax. Nenhum assistente jurídico de carreira teria cometido esse tipo de gafe. Mas era de se esperar que Justin presumisse ter um lugar *literal* à mesa.

Ted Lassiter não pareceu perceber. Ele entrelaçou os dedos e apoiou os cotovelos na madeira escura brilhante da mesa de reuniões.

— Agora, deixem-me iniciar essa reunião dizendo que este acordo ainda é altamente confidencial.

Adler pigarreou.

— Isso é obvio, Ted.

Lassiter assentiu com a cabeça, aprovando.

— Já tem havido alguma especulação da imprensa, é verdade, e nosso escritório de Relações Públicas continua rechaçando ligações, mas ninguém conseguiu nada específico. Só fechamos o acordo com Binney há uma semana. Não temos sequer um termo de compromisso preliminar ainda.

— Mas o preço de compra está estipulado em noventa e nove em dinheiro e ações, certo? — perguntou Adler.

— Isso mesmo. E estamos ansiosos em fechar o acordo. Esse preço é uma barganha.

Anotei no bloco de notas diante de mim: "US$990 milhões. Dinheiro/Ações".

Justin olhava por sobre meu ombro enquanto eu fazia isso. Resisti ao impulso de proteger o bloco de notas com o braço.

— No entanto, não preciso lhe dizer que esse preço de compra precisa ser mantido em sigilo até que tenhamos um termo de compromisso assinado — prosseguiu Lassiter, falando apenas com Adler.

— Com certeza. — Adler assentiu e se virou rapidamente na minha direção. — Anote que temos que enviar um acordo de confidencialidade padrão para Ted analisar. Vamos assinar isso antes mesmo de termos um rascunho do termo de compromisso.

Anotei rapidamente em meu bloco de notas.

— O que está acontecendo com os executivos por lá? — perguntou Adler. — Alguém vai ficar ou já estão todos pulando do barco?

— Um punhado de caras importantes está pulando do barco — respondeu Lassiter. — Mas estamos interessados principalmente em manter Jack Barstow. — Ele se inclinou na direção de Adler, de modo conspiratório. — É o braço direito de Fred Binney. O chefe de operações (COO) mais jovem da história da empresa.

Aquele nome tocou uma campainha.

— Barstow — repeti. — É o cara que leva o crédito por aumentar as vendas de Binney em quarenta por cento nos últimos quatro anos?

Dava praticamente para ouvir todas as cabeças na sala se virando na minha direção. De canto de olho, eu estava ciente de Marty Adler pestanejando furiosamente para mim.

— É isso mesmo — confirmou Lassiter lentamente. Ele olhava direto para mim agora, como se estivesse me vendo pela primeira vez.

Pressionei.

— Dizem que ele está possesso por ter passado quatro anos trabalhando como escravo para colocar as operações de perfuração offshore em funcionamento, só para descobrir que o velho Binney queria vender. É provável que ele já esteja conversando com um monte de headhunters. Definitivamente, vamos precisar de uma cláusula de pessoa-chave no termo de compromisso.

Ninguém disse nada por alguns segundos. Então Ted Lassiter pigarreou.

— Isso é muito impressionante — disse ele, sorrindo. — Mas como você sabia sobre Barstow?

— Li na *Investidor de Petróleo e Gás* — repliquei, com meu primeiro sorriso verdadeiro desde que a reunião começara.

— Você lê a *Investidor de Petróleo e Gás*? — Ele se recostou na cadeira, cruzando as mãos sobre a formidável extensão de sua barriga.

— Leio muitas coisas — respondi com doçura. Meu queixo estava erguido. Encontrei o olhar de Lassiter diretamente e não desviei. *Estou feliz que finalmente estejamos nos entendendo.*

Lassiter se virou na direção de Adler.

— Muito impressionante, Marty. Você tinha razão.

A expressão de Adler mudou de alarmada para levemente confiante.

— Foi o que eu lhe disse. — Ele pigarreou: — Então, voltando ao termo de compromisso...

— Isso é incrível — prosseguiu Lassiter. Deu uma gargalhada e inclinou a cabeça na direção de Adler. — Bonita e com um cérebro também. Veja bem, Marty, quando você me disse pelo telefone que *Ingrid Yung* cuidaria do nosso acordo, eu esperava uma velha fräulein com cara azeda. Acredite quando digo que sempre vou preferir trabalhar com uma garota asiática bonitinha.

— Ele disse o quê?

Murph estava sentado transversalmente em uma das poltronas que ficava do outro lado da minha mesa, com as longas pernas penduradas de lado. Tínhamos acabado de ir para a Starbucks, a fim de tomarmos nosso café da manhã. Eu passava cream cheese no meu bagel de trigo integral e Murph equilibrava uma minúscula bola de futebol de papel no joelho, mirando em mim.

— Juro, é uma citação *ipsis litteris* — garanti. — Você devia ter visto a cara do Adler.

Murph caiu na gargalhada.

Jeff Murphy tinha uma gargalhada característica. Era algo que ficava entre uma hiena e um galo. Em qualquer outra pessoa seria desagradável. Em Murph, era cativante.

— E então — prossegui —, quando estava indo embora, Lassiter se vira para mim e diz: "Estou feliz que minha esposa não vai conhecer você. Ela nunca acreditaria que você é nossa advogada!".

Murph assobiou. Estávamos ambos gargalhando agora. De algum modo, eu me sentia tranquilizada pela reação dele.

— Mas, na verdade, ele meio que tem razão — comentou Murph. — Como dois imigrantes chineses decidem chamar a filha de Ingrid?

Eu ouvia muito essa pergunta.

É bem comum que pais asiáticos escolham os nomes de seus filhos americanos em um completo limbo cultural. É por isso que você vê tantos Normandos e Eugenes sem graça. Isso porque havia uma Eunice Kim, uma Florence Liu e um Elvis Chang na minha turma de formandos em Yale. Quando criança, queria me chamar Jennifer. Mas tive sorte. Podia ter sido pior. Muito pior.

— Meus pais foram ver *Casablanca* quando estavam namorando, ainda em Taipei — expliquei. — Meu nome vem de Ingrid Bergman.

— Legal. — Murph assentiu com a cabeça. — Bem, pense dessa maneira, Yung. O CEO de uma empresa que faz parte da lista da Fortune 500 acha que você é gostosa. Você é gostosa. O que tem de errado nisso?

Revirei os olhos. Mas uma emoçãozinha agradável passou por mim.

— De todo modo, o que Adler disse sobre isso?

— Ele veio até meu escritório depois da reunião para discutir alguns pontos do termo de compromisso. Quando estava saindo, pediu desculpas pelos "comentários politicamente incorretos" de Lassiter.

Murph virou a palma das mãos para cima.

— Viu só? Até Adler reconhece que o cara é um babaca.

— Sim, mas é um babaca pagante — retruquei. — E se Lassiter fizer algo ainda pior, e eu acabar tendo que desistir do acordo? Como isso vai parecer na minha análise para sociedade?

Murph balançou a cabeça.

— Você está sendo dramática. Confie em mim, você vai se sair bem na análise para a sociedade. Pelo amor de Deus, Adler acaba de escolher você para cuidar do maior acordo do escritório. Eu pararia de me preocupar se eu fosse você.

Ele meio que tinha razão.

Por um momento, nenhum de nós falou nada. Murph tomou o resto de seu Frappuccino.

— Tá tudo bem. Mas como vai você? — perguntei rapidamente, limpando um pouco de cream cheese do canto da minha boca. — O que está aprontando essa semana?

Ele olhou para mim e sorriu.

— Anna Jergensen.

Ergui as sobrancelhas.

— Quem é Anna Jergensen?

— Assistente jurídica na Debevoise.

Balancei a cabeça.

Eu tinha uma teoria de por que todo homem razoavelmente bem-apessoado de trinta e poucos anos de Nova York, com apartamento e ensino superior, parecia ter várias mulheres à sua escolha, enquanto tantas mulheres inteligentes e de sucesso não conseguiam um encontro nem que sua vida dependesse disso. Era pelo seguinte: para o bem ou para o mal, as mulheres nessa cidade só queriam namorar caras mais bonitos que elas, ou pelo menos tão bonitos quanto. Os homens, no entanto, eram livres para namorar mais bonitas ou mais feias, mais velhas ou mais novas, com qualquer nível educacional ou profissional, com entrega total, e ninguém jamais questionava. Era por isso que assistentes jurídicas de vinte e quatro anos da Debevoise, MILFs de quarenta e oito, bartenders bonitinhas com piercing no umbigo, *au pairs* croatas, garçonetes do Hooters e alunas da Universidade de Nova York eram todas alvos fáceis para caras como Murph. Já minhas amigas solteiras — médicas, advogadas, professoras universitárias, consultoras — sempre pareciam se limitar a homens que combinavam com ou excediam sua própria idade, nível educacional e financeiro. Era uma estratégia completamente autodestrutiva.

— E? Como ela é?

Ele deu de ombros.

— Veremos. Acho que ela era uma garota linda, mas alguma coisa a impedia de ser uma nota dez. Sabe, como quando uma garota bonita não sabe andar de salto ou coisa assim?

— Que pena — balancei a cabeça com tristeza.

— Além disso — Murph prosseguiu —, estava bem escuro no bar em que a conheci. Ela pode ser algum tipo de *bakkushan*.

Um momento se passou enquanto eu mastigava meu bagel.

— Ok. Eu desisto. O que é uma *bakkushan*?

Murph sorriu.

— É a palavra em japonês para uma garota que é gostosa de corpo e feia de rosto.

Balancei a cabeça. Pobre Anna Jergensen, quem quer que ela fosse.

Como única mulher advogada sênior na área de fusões e aquisições que sobrava no escritório, eu estava acostumada com aquilo. Enquanto Murph podia ir para o trabalho e contar todos os detalhes nojentos de suas façanhas amorosas — e ele fazia isso até cansar, para grande diversão de Hunter, minha e dos demais colegas —, eu nunca falava com nenhum dos caras do escritório sobre minha vida amorosa. Óbvio, não havia nada para contar nos últimos dois anos e meio, mas isso não vinha ao caso. Apesar de Gloria Steinem, ainda havia um padrão explicitamente diferente para homens e mulheres no que se referia a falar sobre a vida sexual no escritório.

No caso de Murph, era quase esperado que, quanto mais obsceno, melhor. No meu caso, pareceria pouco profissional; no melhor dos casos — e, no pior —, vulgar.

— Você vai conseguir ir ao passeio este ano? — perguntou Murph.

A Parsons Valentine estava prestes a realizar o passeio anual do escritório no Country Clube em Westchester. Sempre acontecia em uma sexta-feira, e a empresa dava o dia de folga às secretárias e aos assistentes jurídicos — o que parecia ser um gesto magnânimo até que você parava para pensar que eles não tinham sido convidados para o passeio em si. Era estritamente para advogados e estagiários. Como todos os eventos do escritório, a presença não era facultativa.

— Eu tenho escolha?

Murph deu de ombros.

— Na verdade, não.

— Então acho que estarei no passeio, certo?

Ele sacudiu as sobrancelhas para mim.

— Vai levar o biquini esse ano, Yung?

— Continue sonhando, Murph.

Ele deu uma gargalhada.

— Ah, eu vou, Yung. Eu vou.

Meu telefone tocou, e nós dois olhamos para a tela.

Martin J. Adler x3736

Murph bateu continência para mim.

— Parece que você precisa atender esse — observou ele, desdobrando as pernas da minha poltrona e se levantando. Na porta, ele deu meia-volta. — Não vou dizer que eu te disse, mas sabia que você devia ter fingido estar ocupada naquele dia que Adler ligou. Agora você estragou todo o seu verão.

Ele balançou a cabeça, fingindo pena.

— Cale a boca, Murph — retruquei enquanto ele saía.

Mas eu estava sorrindo. Murph estava com inveja, e nós dois sabíamos disso.

Três

Eu estava atrasada para o almoço com Ted Lassiter. Mesmo se eu saísse correndo do escritório até o restaurante, ainda chegaria atrasada. Cinco minutos pelo menos. Talvez dez. Droga. Ted Lassiter não era o tipo de cliente que alguém deixava esperando. Xinguei os sapatos de salto alto que eu tinha escolhido naquela manhã, embora a vozinha em minha mente me assegurasse de que eram a opção certa. Obviamente, Ted Lassiter era o tipo de homem que, se não tinha outra escolha a não ser trabalhar com uma advogada, achava que pelo menos ela deveria lhe demonstrar a cortesia de usar saia e salto alto.

Saí do elevador e atravessei o lobby de mármore correndo.

— Onde é o incêndio? — gritou Ricardo, que trabalhava na segurança do edifício.

Nós éramos amigos desde que ele me resgatou de um elevador parado, há oito anos. Era meu segundo mês no escritório, e eu tinha acabado de virar minha primeira noite trabalhando, em total exaustão, entrei em um elevador que ficava desabilitado durante a noite e, estupidamente, apertei o botão para fechar as portas. Foi Ricardo que me encontrou às cinco da manhã, amontoada em um canto, em pânico e chorando. Ele nunca mencionou o incidente para nenhuma outra alma, e fiquei eternamente grata.

— Atrasada para uma reunião, RC — respondi por sobre o ombro enquanto seguia em direção à saída. — Vejo você na volta.

Desci pela Madison, virei à esquerda na Cinquenta e Um e esperei na esquina para atravessar a Park Avenue. Respirei fundo. Esta parte em especial da cidade sempre teve um efeito calmante em mim, principalmente em um dia como esse, com o céu de um azul vívido contra o interminável rastejar de táxis amarelos que iam de um lado para o outro pelo cânion de hotéis e bancos de investimentos. Um punhado de turistas estava preso na pequena ilha de concreto que divide a Park Avenue, e senti uma pontinha de simpatia. Eu me lembrava de quando era uma jovem recém-formada e recém-chegada a Nova York e costumava me incomodar com o fato de julgar mal o tempo do semáforo de pedestres da Park Avenue e ficar presa naquela faixinha de concreto, enquanto os táxis e os carros passavam zunindo. Eu me sentia exposta, uma amadora. Agora, estava em casa. Amava essa sensação. E por que não? Fiz por merecer.

A luz mudou, e a multidão atravessou a Park.

Olhei mais uma vez para o relógio. Se Lassiter estivesse na hora, ele já estaria me esperando há sete minutos. Merda. Acelerei o passo. Eu meio que andava, meio corria quando passei pela fila da sopa em St. Bart, pelos funcionários dos escritórios almoçando ao ar livre, pelos carrinhos e food-trucks que serviam kebabs, gyros, arepas, empanadas, dumplings, pãezinhos, frango condimentado, rolinhos de lagosta, curry indiano e churrasco sulista. Tudo me parecia delicioso. Eu teria preferido mil vezes alguma coisa daqueles carrinhos brilhantes de metal do que a salada Cobb que eu sempre pedia nesses almoços com clientes.

O restaurante estava logo em frente, do outro lado da Lex. Quando me aproximei da esquina, notei um homem de meia-idade, com papada, sentado ao lado de uma série de aquarelas e desenhos a carvão emoldurados. A cabeça do homem estava virada quase noventa graus para olhar a traseira de uma jovem funcionária de escritório que atravessava a rua. Argh. Poucas coisas são mais irritantes do que caminhar na direção de um homem que você tem certeza de que vai olhar sua bunda assim que você passar por ele. Em especial quando não é um homem que (a) você particularmente queira que olhe sua bunda ou (b) cuja bunda você também queira olhar.

De vez em quando, dependendo do meu humor, achava engraçado surpreender esses caras — eu me virava com rapidez e os pegava no ato. Quatro em cinco vezes, eles ficavam envergonhados. Às vezes, até ríamos, o homem e eu.

Respirei fundo, endireitei os ombros e passei pela calçada do artista. Mas o semáforo mudou naquele instante e a onda de tráfego avançou. Fui obrigada a dar um passo atrás e esperar na esquina perto dele.

— *Ni how!* — ele falou para mim.

Suspirei.

— *Konnichiwa!* — ele tentou novamente, mais alto. — Ei, você! *Konnichiwaaaa!*

Revirei os olhos. Seria uma longa espera pelo semáforo.

Eu não entendia por que a maioria dos homens não conseguia compreender a distinção sutil, porém importante, entre uma cantada que tinha alguma chance de dar certo versus outra que não tinha. Por exemplo: *Belo cabelo*, ok. *Belo par de tetas*, não. Era tão difícil assim dominar a técnica?

Quando o semáforo finalmente mudou e desci do meio-fio, o homem assobiou para mim e, em um sussurro que todo mundo podia ouvir, falou:

— Maldita china.

Fiquei paralisada. Lá estava. Aquela agitação familiar, centrada bem no fundo do estômago. Um clarão agudo de raiva. E então ira.

A voz dentro da minha mente gritava *Ei, você não tem tempo para isso!*, ainda que eu sentisse que estava dando meia-volta, com força, apoiada no meu salto direito. Caminhei em direção ao homem. Parei bem à sua frente, obrigando-o a olhar para mim. Eu estava parada perto o suficiente de uma de suas aquarelinhas horrorosas, pronta para enfiar o salto do meu sapato Jimmy Cho bem no meio dela. Teria sido tão fácil. Eu tinha jogado futebol feminino durante três temporadas em Yale.

O artista de calçada pestanejou, me olhando com bastante surpresa, e então fingiu estar fascinado por um ponto fixo a três metros distante de mim.

— Com licença — falei em alto e bom som. — O que foi que você acabou de falar?

Dava para ver ele apertando e soltando os músculos da mandíbula, enquanto um profundo rubor vermelho se espalhava por debaixo do colarinho.

Inclinei a cabeça para o lado e esperei. Lutei contra a vontade de olhar o relógio. Queria que ele pensasse que eu podia ficar parada ali o dia todo.

Esse babaca não ia vencer só porque eu estava atrasada.

Eu sabia que estava desperdiçando tempo de um homem muito importante, um diretor executivo (CEO) da Fortune 500 que não estava acostumado a esperar. Em especial por uma "menina advogada" que, antes de mais nada, ele nem queria que estivesse cuidando de seu acordo. Eu já podia ouvi-lo reclamar, com o rosto vermelho e furioso, para Adler. Ah, sim, eu sabia que teria que enfrentar o diabo quando chegasse ao restaurante, e certamente depois que voltasse ao escritório. Mas, naquele momento, eu não me importava.

Porque esse babaca podia ter me chamado de qualquer outra coisa. Ele podia ter me seguido pela rua, gritando *sua puta* em meu ouvido, e não teria sequer vacilado. Eu nem mais me lembraria dele no instante em que entregasse o casaco para a garota da chapelaria no interior frio do restaurante, passando as mãos sobre a saia e seguindo o *maître* até a mesa de Lassiter, com um sorriso doce e algumas desculpas ensaiadas nos lábios.

Mas aquela palavra — a que o artista de calçada lançara tão sem cuidado em minha direção —, aquela palavra, não podia perdoar. Não importava quem eu deixasse esperando.

Eu me aproximei de sua cadeira de lona encardida e lhe perguntei novamente.

— Tem algo que você queira me dizer? — Cruzei os braços por sobre o peito e esperei. — E aí?

Ele soltou uma bufada feia e desdenhosa. Olhou sério para mim, jogou as mãos para cima e deu de ombros.

— Olhe, moça, eu não sei de que diabos você está falando. Só saia da minha frente.

— Estou falando de quando você me chamou de china, agora há pouco, seu merda. É disso que estou falando.

Ele parou por um segundo, então apoiou as mãos peludas sobre os joelhos e gargalhou.

— Você é louca. — E então se levantou. Ele era muito maior do que parecia sentado. Senti uma onda de pânico, mas o encarei até que ele me deu as costas e fingiu se ocupar com uma fileira de impressões do tamanho de cartões-postais.

Pela primeira vez, dei uma boa olhada no que ele vendia. Eram imagens amadoras, caricaturas ruins — retratos, suponho — de cães e também de mulheres. Algumas vezes sozinhos; outras, juntos na mesma cena. Todos os cães tinham características humanas: cães dirigindo táxis, cães vendendo jornais, cães bebendo cerveja, cães jogando futebol. Ironicamente, nenhum jogava pôquer. Quase soltei uma gargalhada.

As mulheres em suas pinturas eram todas nuas e peitudas. Que surpresa. Olhei para a maior aquarela, aquela que estava mais perto de mim. Mostrava uma loira voluptuosa, nua e de braços abertos em uma cama de motel. Um cão estava deitado ao lado dela, fumando um cigarro.

Ele percebeu que eu estava olhando.

— Ah, você gostou dessa, né? Sim, é uma das minhas favoritas. Quinhentos dólares — disse ele, com os lábios torcidos em um sorriso zombeteiro. Ele estava se divertindo. Me olhou languidamente, de cima a baixo, parando para encarar meus seios. — Mas, para você... ah, deixo você levar por vinte. — E deu uma piscadela exagerada.

— Tenho desconto especial para chinesas bonitas. — Ele apontou rudemente com o queixo na minha direção. — Você é chinesa, certo?

Não respondi.

— Ou é japonesa? Ou coreana? — Ele deu um sorrisinho e acenou com pouco caso. — Ah, bem, não importa. Vocês são todas parecidas.

BAM!!!!

Enfiei a ponta fina do meu sapato de couro de crocodilo bem no meio da pintura. Por reflexo, eu tinha dobrado o joelho e puxado o pé para trás, e depois esticado a perna com tudo, fazendo contato no ângulo preciso, movimento que aperfeiçoei em tantos treinos de futebol. Eu ainda tinha uma bela mira. E também estava em boa forma. Meu treinador teria ficado orgulhoso. Acertei o chute bem no centro da tela, deixando um buraco grande e irregular. Destruí o cachorro fumante completamente, e a metade da mulher nua também.

O homem caiu de joelhos diante de sua pintura, acenando com os braços e gritando.

— Mas que merda? *Que merda*?

Eu estava aturdida, inspecionando meu sapato direito que, sabe-se lá como, não estava danificado — vê? É por isso que se paga pela qualidade superior —, quando o cara jogou a tela destruída no chão e veio na minha direção. Seu rosto estava vermelho e brilhante.

Tentei me afastar, mas minhas pernas se recusaram a obedecer, e fiquei parada no lugar.

O artista de calçada deu dois passos cambaleantes na minha direção.

— Calma, amigo — ouvi uma voz masculina rouca dizer.

Dei meia-volta e vi Ted Lassiter parado bem atrás de mim. Ele pegou um clip de dinheiro do bolso do terno cinza perfeitamente cortado. O artista de calçada de repente não soube como agir, e Lassiter aproveitou a hesitação momentânea para pegar uma nota de vinte de seu grosso maço de dinheiro. Ele enfiou a nota na mão do homem.

— Acredito que esse seja seu preço.

O artista de calçada parecia aturdido demais para responder.

Lassiter se virou na minha direção com um sorriso largo. Sorri de volta para ele.

Enquanto cruzávamos a Avenida Lexington, Lassiter me deu um tapinha no ombro, exatamente do mesmo jeito que cumprimentou Marty Adler em nossa primeira reunião.

— Vamos lá, Campeã. Estamos atrasados.

Quatro

Entrei na minha cozinha e abri a geladeira de aço inoxidável. As prateleiras imaculadas me encararam, vazias, exceto por uma caixa de suco de laranja, uma embalagem para viagem de frango tikka masala, um iogurte Chobani velho e — bingo! — uma garrafa de Pinot Grigio. As sobras da cozinha de uma mulher que jantou em casa exatamente três vezes no último mês.

Ainda que eu tivesse comprado o imóvel há dois anos, meu apartamento ainda não era habitado — não havia fotos nas paredes brancas impecáveis, nem tapetes no piso nu de madeira. "Mas não parece que alguém mora aqui!", minha mãe exclamou em sua última visita a Nova York. Meu pai apenas murmurou, aprovando o sistema de segurança de última geração.

Eu me servi uma taça de Pinot Grigio e voltei para a sala, para pensar nos acontecimentos do dia em paz e em silêncio. Afundei no sofá — a única extravagância que me permiti, um pequeno presente para celebrar a assinatura do contrato desse lugar. Estofado, com encosto baixo, cor de aipo e terrível e absurdamente caro. Era o tipo de sofá feito para admirar, mais do que para sentar. Tendo crescido em uma casa onde os móveis eram comprados em saldões e permaneciam cuidadosamente cobertos até o momento preciso em que as visitas entravam pela porta, eu não estava acostumada a fazer compras por impulso. Mesmo assim, me permiti aquele único luxo.

Tomei um gole de vinho, recostada nas almofadas, e fechei os olhos, finalmente me permitindo pensar na coisa que me incomodou a tarde toda — que me irritou mesmo enquanto eu navegava por um almoço produtivo com Ted Lassiter, seguido por uma reunião de estratégia bem-sucedida com Marty Adler quando voltei ao escritório.

Por todas as medidas objetivas, aquele devia ter sido um grande dia. Mas era extremamente desagradável para uma mulher de trinta e três anos, que estava prestes a se tornar sócia de um dos escritórios de advocacia mais poderosos do mundo, perceber que uma palavra descuidada e estúpida jogada na rua ainda podia me atingir como se eu não fosse absolutamente nada ou ninguém.

Era como se eu tivesse seis anos de idade novamente, e as crianças do ensino fundamental puxassem o canto dos olhos para mim, no pátio do recreio, cantarolando:

Chinês,
Japonês,
Joelho sujo,
Olhe outra vez!

Isso ainda não devia estar acontecendo, não é?

Controle-se, Ingrid. O que há de errado com você? Por que se importa com o que um imbecil qualquer na rua diz? Tudo está indo do jeito que você sempre quis. Tomei outro gole generoso do vinho, coloquei a taça na mesinha lateral e me encolhi no meu sofá absurdamente caro, tentando dormir.

Conseguia me lembrar com perfeita clareza da primeira vez que vi as belas espirais e os picos do horizonte de Manhattan que eu tanto amava.

Era verão, e eu tinha nove anos de idade. Naquele final de semana de junho, meus pais e eu saímos de nossa casa no subúrbio de Maryland para visitar Nova York pela primeira vez. Durante semanas eu não falava de outra coisa.

Íamos visitar um antigo colega do meu pai, um economista muito respeitado de Princeton chamado Roger Giles. O dr. Giles era um americano que ocupou o cargo de acadêmico visitante na universidade do meu pai, há muitos anos, em Taipei, Taiwan, e os dois tinham conseguido manter contato todo esse tempo. Todo Natal, minha mãe copiava cuidadosamente uma única frase em inglês que eu escrevia para ela — *Boas festas para você e os seus, e os melhores votos para o ano novo que chega!* — em uma caixa cheia de cartões da Hallmark comprados pela metade do preço no dia 26 de dezembro do ano anterior e guardados por onze meses em nosso porão. Todo ano, meus pais enviavam diligentemente estes cartões para o punhado de conhecidos não chineses que tinham acumulado nas duas décadas depois que imigraram para os Estados Unidos: alguns colegas de trabalho; minha professora de piano, a sra. Johnston; dois ou três vizinhos que nos convidavam para um eventual churrasco ou festa no quarteirão (nem todos os nossos vizinhos faziam isso); e o dr. Giles.

Depois de se aposentar de Princeton, o dr. Giles e sua esposa foram morar em tempo integral em Nova York e, durante anos, convidaram minha família para visitá-los em Manhattan. Afinal de contas, eles escreviam em letras alegres na parte debaixo de suas cartas anuais de boas festas: “Nova York fica apenas a três horas de trem de Washington! Adoraríamos ver como a pequena Ingrid está crescida. Parece que ela está se tornando uma excelente aluna!”

Por fim, minha família aceitou o convite depois que voltei da escola um dia e anunciei que era uma das poucas crianças da minha sala que nunca tinha visto o topo do Empire State Building.

Adorava fazer longas viagens de carro com meus pais. Eu não tinha irmãos com quem encrencar no banco de trás, então era sempre pacífico me sentar com as duas pessoas que mais amava e admirava, em nosso veículo fechado e particular. Eu me sentia segura, confortável e protegida do mundo exterior. Enquanto passávamos por fábricas, casas antigas e vitrines de lojas, meu pai inventava histórias engraçadas sobre cada lugar que ficava para trás. Minha mãe cantarolava acompanhando fitas antigas com canções de Connie Francis e Elvis de que ela e meu pai gostavam — as mesmas músicas, dizia ela, que meu pai tinha usado para *xavecá-la* quando ambos faziam faculdade em Taiwan. Sempre havia certas palavras estranhas na sua nova língua com as quais minha mãe me surpreendia ao usá-las no contexto adequado, e "xavecar" era uma delas.

Eu adorava ter a companhia integral e sem pressa deles por horas. Do banco ao lado do motorista, minha mãe se virou toda para me explicar como meu pai tinha sido o melhor aluno do curso de economia do dr. Giles em Tai Da, a melhor universidade de Taiwan, em especial porque ele falava inglês muito melhor que a maioria de seus colegas. Meu coração se encheu de orgulho e afeto.

Com os olhos na estrada, meu pai murmurou que ela estava exagerando, mas dava para notar pelo seu tom de voz que, na verdade, ele estava sorrindo. Enquanto avançávamos pela interestadual a cento e dez quilômetros por hora, lembro-me de sentir a felicidade mais perfeita de todas, mesmo das que vieram depois. Nossa pequena família estava extremamente feliz e relaxada naquele carro, indo conhecer um lugar novo.

Chegamos em Nova York em torno do meio-dia. Enquanto meu pai deu voltas e mais voltas pelo centro da cidade, xingando baixinho ao tentar achar uma vaga para estacionar, minha mãe apontava o edifício Chrysler, a Estação Grand Central, o Carnegie Hall e o Rockfeller Center.

Eu não conseguia afastar os olhos da janela. Nunca tinha visto uma cidade como essa, e nunca tinha me sentido tão pequena, mas pequena de um jeito maravilhoso, que não era ruim ou solitário. Tudo parecia vital e importante aqui. Maior, melhor, mais rápido, mais. Como se todo mundo fosse essencial e funcionasse em uma grande máquina com várias engrenagens, e como se fosse imprescindível que todos estivessem aqui, fazendo suas atividades exatamente como faziam. Foi nesse momento que jurei que me mudaria um dia para cá, o momento em que Nova York me conquistou.

Primeiro, porque era o que eu queria, fomos ao topo do Empire State Building, onde uma mulher recebia todas as crianças que saíam do elevador com grandes pirulitos vermelhos embrulhados para parecerem maçãs do amor, com fitas que diziam EU ♥ *NY*. Meus pais me ergueram no parapeito, para que eu pudesse ver até lá embaixo, cada um deles me segurando com firmeza pelos cotovelos. Havia tanta coisa para olhar lá de cima. Dava até para ver a linha onde o céu azul terminava e a massa cinza que formava a cidade começava.

Havia um menino bem ao meu lado, mais ou menos da minha idade, erguido pelo pai, que apontava enfaticamente para alguma coisa.

— Está vendo aquele edifício ali, Max? Aquele grande, com a ponta verde perto daquele com o topo arredondado e dourado?

— Sim — respondeu o menino, entediado. Me esforcei para ver o prédio sobre o qual o homem falava.

— É ali que o papai vai trabalhar todo dia — disse o homem com orgulho. — O que você acha?

— Eu sei. Podemos ir embora agora?

Enquanto o pai tirava o filho do parapeito e os dois se afastavam, me lembro de sentir uma inveja intensa de ambos, embora não pudesse realmente dizer o motivo daquilo.

Meus ouvidos quase estouraram na descida do elevador. Quando voltamos à rua, meu pai desceu do meio-fio, ergueu o braço em um floreio e fez um pequeno aceno com a mão, me mostrando como chamar um táxi. Mas o semáforo estava vermelho, então nenhum carro se mexia. Meu pai olhou para mim, deu uma piscadinha e perguntou:

— Quer tentar?

Confirmei com a cabeça. Ele me pegou no colo e deu um passo em direção à rua. Levantei o braço e acenei para o tráfego. O semáforo abriu, os carros avançaram e, como mágica, um táxi amarelo parou bem ao nosso lado. Fiquei encantada.

O carro nos deixou diante de uma loja de brinquedos enorme e elegante perto da entrada do Central Park. Ficamos ali durante horas, mas eu não tinha permissão para comprar nada. Pude, no entanto, ganhar um sorvete de casquinha de um dos vendedores do parque, embora minha mãe tivesse alertado sobre a hora de jantar. Enquanto estava sentada ali, em um banco verde do parque entre meus pais, com sorvete de chocolate pingando nos joelhos, observando os cavalos e as carruagens passarem, decidi que Nova York era absolutamente o melhor lugar do mundo.

Quando os longos tentáculos das sombras da tarde começaram a se estender pelo parque, meu pai olhou para o relógio e disse que devíamos ir para o bairro onde o dr. e a sra. Giles moravam. Não queríamos chegar tarde para o jantar. Saímos do parque e paramos na calçada. Minha mãe sugeriu que parássemos para comprar uma bela garrafa de vinho para levar de presente, e uma senhora idosa e gentil, caminhando com o menor cachorro que eu já tinha visto, nos indicou a direção da loja de bebidas.

Depois de comprar uma garrafa de vinho tinto, pegamos outro táxi. Meu pai rapidamente murmurou o endereço para o motorista, e ele partiu. Eu estava orgulhosa que meu pai conhecesse a cidade e não precisasse de um mapa. Eu ainda era jovem o bastante para acreditar que meus pais sabiam tudo.

Saímos pela Avenida Madison, viramos à esquerda em um quarteirão de edifícios altos e imponentes, e depois viramos à esquerda novamente, por outra avenida larga, onde paramos em um semáforo vermelho. Do outro lado da rua, à minha direita, a calçada se abria para uma grande praça plana, com fontes e bancos.

— Olhe — minha mãe apontou pela janela. Espiei o Metropolitan, com uma extensão incrivelmente grandiosa, fileiras intermináveis de degraus brancos bem-cuidados, grossas colunas redondas flanqueando dois banners gigantes e coloridos. A ARTE OLMECA DO ANTIGO MÉXICO, eu li. REALISMO REVISITADO: AS OBRAS-PRIMAS AMERICANAS.

— Podemos ir?

Meu pai negou com a cabeça.

— Hoje não, Ingrid. Não queremos deixar o dr. Giles e sua esposa esperando. — Ele viu a expressão arrasada em meu rosto e acrescentou: — Da próxima vez, ok? Nova York sempre estará aqui. Eu prometo.

O carro parou diante de um enorme edifício branco com uma placa dourada polida na entrada. Meu pai olhou para os números no toldo verde e branco e falou:

— É este mesmo. Aqui está ótimo, obrigado.

Passamos pelas portas giratórias e entramos em um saguão de mármore reluzente, com uma área separada à direita que parecia a sala de estar de alguém. De alguém rico. Lembro-me de, de repente, pensar que os sapatos da minha mãe faziam muito barulho. Pela primeira vez naquele dia, eu me perguntei se estávamos vestidos adequadamente. Minha mãe queria trazer uma muda de roupa para o jantar, depois de passear pela cidade o dia todo, mas o dr. Giles nos dissera para ir como estávamos, que não íamos a nenhum lugar elegante.

Um homem rotundo, de bochechas rosadas, em um uniforme verde-escuro com debrum dourado nos pulsos e na bainha ficava atrás de uma mesa de madeira alta, a poucos metros de nós. Estava ocupado, assinando uma prancheta que um rapaz magrelo de uniforme marrom segurava para ele, enquanto equilibrava um grande embrulho no quadril.

— Esqueci o vinho! — meu pai exclamou baixinho, e saiu correndo pela porta de vidro na direção do nosso táxi, que já estava se afastando do meio-fio. Meu pai foi atrás dele.

Minha mãe se aproximou do porteiro e disse, educadamente:

— Somos os Yung. Estamos aqui para ver o dr. e a sra. Giles.

Ele olhou para minha mãe e para mim de cima a baixo.

— Como soletra isso?

— Y-U-N-G — respondeu ela, enunciando claramente cada letra.

— Só um momento. — Ele pegou um telefone verde e discou um número que parecia saber de cor. Anunciou nossa presença, escutou por um instante, desligou e disse. — Sim, estão esperando vocês. Os elevadores ficam daquele lado, no corredor à sua direita. 20-E. — E então ele voltou sua atenção para o jornal meio escondido diante de si.

— Vamos esperar seu pai aqui — disse minha mãe em mandarim, me afastando do porteiro. No instante seguinte, meu pai entrou pela porta giratória e se aproximou sem fôlego, segurando a sacola de plástico com a garrafa de vinho.

O porteiro ergueu os olhos, apontou com a cabeça para a esquerda e disse:

— A entrada de serviço é dobrando ali.

Meu pai parou por um segundo, e então começou a passar pelo porteiro.

— Não, estou aqui para...

O porteiro saiu detrás da mesa e se plantou diante do meu pai, bloqueando seu caminho.

— Eu falei que o elevador de serviço fica ali. Você não entende inglês?

Minha mãe fez um barulhinho que eu nunca tinha ouvido antes, um tipo de soluço assustado.

Meu pai não falou nada por um instante. Então disse, calmamente:

— Estamos aqui para jantar com o dr. Roger Giles. Pode dizer para ele que é o dr. Le-Wen Yung e sua família.

O porteiro olhou para minha mãe e para mim com mais atenção desta vez. Minha mãe levantou o queixo um pouco e o encarou de volta. Pensei por um momento que ele pudesse se desculpar — ele tinha que fazer isso, não tinha? Mas ele simplesmente voltou para atrás da mesa e pegou o jornal.

— Sim, ok. 20-E.

O rosto do meu pai estava enrubescido de raiva. Ele e minha mãe ficaram em silêncio enquanto nós três seguimos pelo longo corredor acarpetado até os elevadores. Pela expressão deles, eu sabia que não devia falar nada.

Lembro-me de querer chorar, mas não um tipo de choro triste. Um tipo zangado. Estava brava com o homem de uniforme verde-escuro, brava comigo mesma por sentir vergonha por meu pai.

Por fim, chegamos a um elevador de madeira escurecida com um corrimão de latão brilhante. Fiquei surpresa em ver outro homem de verde sentado lá dentro. Ele nos deu um sorriso e perguntou:

— Que andar?

Meus pais pareceram surpresos com o aparecimento de outro homem uniformizado, mas eu respondi:

— Vinte, por favor.

— É para já, senhorita.

As portas se fecharam e subimos os vinte andares. O elevador se movia tão rápido que meus ouvidos tamparam, e eu pensei que devia ser uma coisa estranha e maravilhosa viver tão no alto que seus ouvidos tampavam sempre que você chegava em casa.

Olhei de relance para meu pai. Ele ainda tinha uma expressão sombria no rosto e encarava resoluto para os números que acendiam enquanto subíamos até o vigésimo andar. Minha mãe endireitou a saia e conferiu seu reflexo em um pó compacto que tirou da bolsa. Depois estendeu a mão e alisou meu cabelo. Eu me afastei dela, envergonhada e irritada, antes que o elevador parasse em nosso destino.

Depois de atravessarmos estoicamente um jantar delicioso de carne assada e batatas amassadas, durante o qual nem minha mãe nem meu pai falaram muito — coisa que compensei tagarelando sem parar com os Giles sobre o que eu estava aprendendo no quarto ano —, o dr. Giles sugeriu que fôssemos para a sala de estar para algo que ele chamou de "um tônico". Ainda estava claro quando nos sentamos para jantar, então quando entramos na sala de estar, com a janela panorâmica que dava vista para a cidade, eu não estava preparada para a visão que nos recebeu.

Minha mãe, meu pai e eu ficamos parados diante daquela janela enorme, olhando por sobre a copa escura das árvores no Central

Park, e os picos e torres majestosos de Manhattan reluzindo em tons prateados e rosados na escuridão crescente. Era a coisa mais maravilhosa que eu já tinha visto.

— É uma vista e tanto, não? — destacou o dr. Giles, animado, enquanto servia quatro bebidas em copos de cristal ornamentados. — Essa vista foi o que convenceu Nancy e eu a comprar este lugar.

Eu não conseguia afastar os olhos daquela janela, daquele tom violeta profundo que se espalhava pelo céu. Era como se as humilhações do dia tivessem sido drenadas do meu corpo e eu estivesse despertando revigorada. Eu jamais quis tanto pertencer a algo quanto àquela paisagem cintilante de torres de escritórios iluminadas contra o céu escuro de Nova York. Cada caixa de luz resplandecente — como pedras preciosas em um colar — parecia ser uma minúscula janela que levava ao sucesso, à aceitação, ao respeito, ou seja, a *um lugar no mundo*. Tudo que devia ser bom, grandioso e digno de luta. Pensei em como cada caixa de luz resplandecente vinha com um telefone, um computador, um teclado, uma mesa, diplomas na parede, estantes cheias de livros. Pensei comigo mesma que aquelas deviam ser os tipos de coisa que todos queriam. Resolvi naquele momento voltar aqui e olhar para o horizonte dessa cidade algum dia depois de crescida, e saber que uma daquelas milhões de caixinhas distantes e brilhantes de luz no céu era minha.

Eu não era grande. Eu não era forte. Eu não era alta. Sequer era um menino. Contudo, as pessoas diziam que eu era inteligente. Então, simplesmente desejei ser bem-sucedida — uma vez, e mais outra, e mais outra —, porque eu tinha que ser. Esse foi o único jeito em que consegui pensar para proteger meus pais e a mim mesma. Era a justificativa para o que minha família estava fazendo aqui. Não tinha outro jeito.

Cinco

O dia do passeio do escritório amanheceu brilhante e bonito. Como não? Era como se a Parsons Valentine tivesse encomendado o clima. Eu não teria me surpreendido. Se alguém pudesse fazer isso, seriam eles.

Às nove horas da manhã em ponto, enquanto o resto dos passageiros que chegavam ao centro da cidade corriam para bater o ponto e chegar em suas mesas, eu embarquei em um dos luxuosos ônibus fretados enfileirados na rua Cinquenta e Um.

Tyler Robinson, outro advogado associado do corporativo que trabalhava no grupo de Valores Mobiliários, acenou com os dois braços por sobre a cabeça.

— Sente aqui atrás, Ingrid.

As pessoas estavam rindo e conversando com animação; sacos de golfe estavam espalhados pelos assentos. O ar estava carregado com a expectativa de um bando de crianças indo para o acampamento de verão. Segui pelo corredor até Tyler, acenando com a cabeça para vários sócios e associados ao longo do caminho.

Tyler Robinson tinha um metro e oitenta e era lindo. Único associado afro-americano na área Corporativa que ficou por lá depois do terceiro ou quarto ano, ele era um dos poucos advogados declaradamente gay na Parsons Valentine. Em particular, Tyler e eu brincávamos que, juntos, formávamos o Dream Team da Diversidade da empresa. Considerando nós dois, o escritório conseguira marcar quatro pontos no questionário de diversidade da Associação Nacional de Colocação Jurídica: negro, gay, asiática, mulher. Quatro aves exóticas com apenas duas pedras.

E éramos, de longe, os dois advogados mais fotografados nas brochuras de recrutamento impressas em papel brilhante da empresa. *Olhe, aqui está Tyler em uma sala de reuniões! Ali está Ingrid na biblioteca jurídica! Aqui os dois estão interagindo com os sócios sêniores!* Ao mesmo tempo que era hilário, era triste.

Tyler meio que se levantou.

— Janela ou corredor?

— Vou ficar com a janela.

Ele se levantou gentilmente para que eu pudesse passar.

Afundei no assento e, olhando pela janela tingida, vi Murph procurando um ônibus para poder embarcar. Ele usava uma camisa branca de golfe e short cáqui, com uma bolsa para raquete de tênis pendurada no ombro. Dei uma batidinha no vidro, e Murph ergueu os olhos.

Acenei.

Murph fez sinal de positivo. No segundo seguinte, ele estava atravessando o corredor.

Tyler olhou para mim.

— Sério?

— Vamos lá, é só por uma hora.

Murph e Tyler não eram amigos. Eu não diria que desgostavam um do outro, por assim dizer; só que eram dois tipos de homem muito diferentes. Tyler não era um "participante" das atividades da empresa, mas se Murph algum dia deixasse o escritório, bem, dava para imaginar que a vida social na Parsons Valentine pararia na mesma hora. Não era de surpreender que Tyler evitasse Murph, Hunter e o resto dos atletas da empresa sempre que possível. De sua parte, Murph e Hunter achavam que Tyler era "reservado" e "pouco comunicativo".

Mas sempre gostei de ver os outros felizes. Eu queria que as pessoas se dessem bem — comigo e umas com as outras. Era cansativo ter amigos que não eram amigos entre si.

— Oi — disse Murph sem fôlego, despencando no assento na minha frente. — Você tinha que achar uma poltrona bem no fundo?

— As crianças descoladas se sentam no fundo do ônibus — brinquei.

— Sei, sei. — Ele guardou a raquete de tênis embaixo do assento e se recostou confortavelmente na janela, um braço bronzeado apoiado no encosto diante de mim. Enfim, olhou para Tyler e o cumprimentou com um aceno de cabeça.

Tyler respondeu ao aceno, sem dizer uma palavra.

— Então — falei, um pouco alto demais. — Vejo que pretende jogar tênis hoje, Murph?

— Com certeza. Hunter e eu vamos jogar em dupla. Mas quem sabe quem serão nossos parceiros? Espero que não sejam jogadores ruins.

— Com sorte, não — disse Tyler, sem entusiasmo.

Agora eu olhei sério para ele. *Se esforce mais.*

Tyler revirou os olhos para mim e gesticulou com a boca um *Qual é a dele?*

Decidi mudar de assunto.

— Por que duplas?

Murph deu de ombros.

— É mais fácil conseguir tempo de quadra. Pelo menos, desde que Trask assumiu.

O Comitê de Administração pedira discretamente para Ann Trask, a diretora de eventos especiais da empresa, assumir a organização das equipes de golfe e tênis. Nos últimos anos, os sócios homens mais atléticos tinham excluído os advogados menos atléticos dos carrinhos de golfe, uma prática que a empresa considerava antiesportiva.

Durante o resto da viagem, Murph e eu apostamos quais sócios ficariam mais bêbados, enquanto Tyler fingia cochilar.

Uma hora depois, o ônibus entrou na rua do Country Clube. Passamos por altas sebes verdes e por uma entrada imponente de pedra, com uma placa onde lia-se:

COUNTRY CLUBE OAK HOLLOW
FUNDADO EM 1883
ENTRADA APENAS PARA MEMBROS E CONVIDADOS

O ônibus parou na sede. Antigamente uma mansão graciosa, agora abrigava eventos corporativos e de arrecadação de fundos para políticos. Todo mundo se levantou ao mesmo tempo, pegando suas coisas e se aglomerando no corredor. Um grupo barulhento de estagiários se amontoava na frente do ônibus, brincando e conversando.

— Só quero saber daquelas panquecas — dizia um deles, esfregando as mãos.

— Esqueça as panquecas... Só quero saber do open bar! — dizia outro.

— Não antes do meio-dia, Steinberg — falava um terceiro. — Lembrem-se: temos que nos controlar.

— Ah, meu Deus, vocês não vão começar a beber antes do meio-dia, né? — indagou uma jovem, fechando sua bolsa de squash Louis Vuitton.

As outras garotas do grupo riram e jogaram os cabelos lisos e longos para trás, enquanto saíamos do ônibus e entrávamos na sede.

Lá dentro, seguimos por um longo corredor, nossos passos ecoando no piso impecavelmente polido. Passamos por uma biblioteca e uma grande sala de estar vazia, até que chegamos a um conjunto de portas-balcão que levavam ao imenso terraço de pedra. Em uma das pontas do terraço, havia um buffet posto em mesas com toalhas brancas ao lado de uma estação de grelhados ao ar livre. O café da manhã era servido por homens de chapéu branco de chef que preparavam omeletes na hora. O ar tinha cheiro de bacon frito e grama recém-cortada.

Ficamos parados ali por um momento, analisando a multidão da Parsons Valentine: homens vestidos com roupas brancas de tênis ou camisas de golfe e calças cáqui; as mulheres usavam blusas sem manga e shorts sob medida ou saias de tênis de cores claras. E ninguém jamais havia visto tanta gente usando viseiras.

— Vamos nos sentar ali — sugeriu Murph, inclinando a cabeça na direção de uma mesa onde Marty Adler e Harold Rubinstein conversavam com um grupo de estagiários.

— Sim, vamos — concordei. Tyler apenas deu de ombros. Abrimos caminho pela multidão, só para encontrar Justin Keating sentado na mesa, parecendo entediado e complacente. Senti uma onda de irritação. Nenhum outro assistente jurídico tinha sido convidado para o passeio. Mas, novamente, nenhum outro assistente jurídico tinha as conexões de Justin.

Adler ergueu os olhos e meio que se levantou, segurando o guardanapo no colo.

— Ora, ora! A festa já pode começar. Sintam-se em casa.

Murph, Tyler e eu puxamos cadeiras e nos sentamos.

Adler nos apresentou para os estagiários que estavam na mesa. Em seguida perguntou:

— E, certamente, todos vocês conhecem Justin?

Tyler negou com a cabeça.

— Não nos conhecemos. Oi, Justin, sou Tyler Robinson.

Justin mal olhou para ele.

— Oi.

Então Murph se inclinou sobre a mesa, e ele e Justin se cumprimentaram com o bater de punho típico de homens brancos.

— Ei, Keating.

— Ei.

Desde quando esses dois eram tão amigáveis? Até onde eu sabia, eu era a única advogada associada da área Corporativa que tinha o infortúnio de ter Justin auxiliando em um caso. Adler se inclinou na minha direção e disse:

— E como vão as coisas, Campeã?

Tentei não parecer muito satisfeita.

Murph sorriu.

— Campeã? Quem é Campeã?

— Ingrid. Desde a semana passada. — Adler me deu uma piscadela e se virou para Harold Rubinstein. — Parece que Ted Lassiter testemunhou nossa cara senhorita Yung repreendendo um idiota na rua. Ele me ligou pessoalmente para me dizer o quanto estava impressionado com a "presença de espírito" de Ingrid. Agora ele começou a chamá-la de Campeã. — Adler parecia totalmente encantado.

Harold Rubinstein sorriu para mim e ergueu sua xícara de café, em um pequeno brinde.

— A você, Campeã.

Tyler e Murph pareceram achar aquilo divertido.

— Falando de nosso amigo Ted Lassiter — disse Adler —, quais as novidades na SunCorp?

Todos os três estagiários se viraram para olhar para mim.

— Bem — comecei —, entreguei o termo de compromisso para os advogados de Binney na semana passada e acabei de receber o retorno. Terei minhas análises para você na segunda-feira, o que nos mantém no caminho para o anúncio dentro do prazo.

Os três estagiários viraram a cabeça ao mesmo tempo, na direção de Adler, como se estivessem em uma partida de tênis.

— Alguma bandeira vermelha sobre a qual eu deva saber?

— Nada até agora. Eles destacaram bastante a questão dos representantes de vendas e a cláusula MAC, mas eu aviso se encontrar algum impeditivo.

— Impecável como sempre, Ingrid. Siga com o excelente trabalho.

Um dos estagiários perguntou.

— O que é uma cláusula MAC?

— Vou deixar Ingrid explicar essa. — Adler acenou com a cabeça na minha direção.

— Tudo bem. — Eu me virei na direção do rapaz que tinha feito a pergunta. Ele me impressionou. Quando era estagiária, eu teria ficado assustada demais para fazer uma pergunta daquelas na frente de um sócio. Teria ficado apavorada em admitir que havia algo que eu não sabia. — Um MAC é uma mudança material adversa, *material adverse change* — expliquei para ele. — Significa uma mudança nas circunstâncias que afetam um negócio depois que a aquisição é acordada, mas antes que seja fechada. Se uma cláusula MAC é invocada, uma das partes pode desfazer o acordo.

— Por exemplo? — perguntou Adler.

— Por exemplo — prossegui —, se um embargo entrasse em vigor de repente e afetasse o importador principal, ou se uma nova lei fosse aprovada que impactasse substancialmente os resultados de uma determinada indústria, você poderia pagar a multa de dissolução, que pode ser robusta, mas encerraria o acordo.

Os três estagiários assentiram, demonstrando terem compreendido, ou fingindo compreender.

— E é isso — completou Adler.

Murph pigarreou.

— E, então, Marty, você vai jogar golfe esse ano?

Adler olhou para o relógio.

— Na verdade, Justin e eu temos um horário às dez e meia. É melhor irmos. — Ele bateu as mãos nos joelhos. — Aproveitem o dia, todos vocês. Divirtam-se.

Com isso, ele e Justin se levantaram, colocaram os guardanapos na mesa e voltaram para a sede. Murph pediu licença para se encontrar com Hunter nas quadras de tênis. Tyler foi verificar sua reserva na quadra de squash.

Foi difícil não me sentir solitária ao me dirigir para o vestiário vazio das mulheres, guardar minha mochila e seguir para a piscina.

A animação na piscina já estava no máximo quando cheguei lá. Ninguém estava nadando, mas uma fila já estava formada no bar. Coolers cheios de gelo, Perrier, Gatorade e garrafas de cerveja estavam posicionados em intervalos convenientes pelo deque impecável da piscina. Fiz o que fazia sempre: peguei um club soda com uma rodela de limão e me estendi em uma espreguiçadeira listrada de verde e branco, com os tornozelos recatadamente cruzados e um sorriso no rosto, tentando parecer que estava me divertindo muito.

O sol se refletia na superfície cintilante da piscina como minúsculas pedras preciosas. Era bom senti-lo no rosto e nos ombros. Me recostei e fechei os olhos, relaxando um pouco.

Não demorou muito e ouvi duas pancadas fortes na água e algumas risadas altas. Abri os olhos. Era o mesmo grupo de estagiários tagarelas que eu tinha visto no ônibus. Dois dos rapazes tinham saltado no fundo da piscina. Um terceiro seguia para o open bar — Steinberg, presumi. O restante do grupo estava pegando espreguiçadeiras e reunindo-as sob a sombra, organizando-as em um semicírculo a poucos metros de mim.

Coloquei os óculos de sol para poder observá-los com mais cuidado. Estava curiosa, e mais do que um pouco nostálgica. Havia noventa e cinco de nós na minha turma quando começamos o estágio, e mais de um terço éramos mulheres. Agora, oito anos depois, na área Corporativa, só sobraram eu, Murph, Hunter, Tyler e um punhado de outros caras.

Eu ainda era amiga de várias advogadas que tinham passado pela Parsons Valentine ao longo dos anos. Sabia que todas torciam por mim. Todo Natal, eu recebia um coro entusiasmado de mensagens: *Continue com a boa luta! Ansiosa para brindar à primeira sócia da área Corportativa!!! Vai nessa, Ingrid!!!*

Em geral, essas mensagens vinham escritas atrás de cartões com fotos de Natal que mostravam alguma criança de dois anos inacreditavelmente fofa fantasiada de rena, ou uma de minhas antigas colegas e seus maridos, ambos usando chapéus de elfo e abraçando um simpático labrador entre os dois.

Enquanto eu observava esse mais recente grupo de estagiários, gritando e jogando água uns nos outros na piscina, pensei em quanto eu sentia falta daquela camaradagem fácil — a liberdade desfrutada quando não havia a mínima chance de se tornar sócio, aquela segurança feliz do grupo. Era tão mais difícil se misturar quando havia apenas uma de você...

O que se chamava Steinberg voltou com uma grande bebida tropical servida em um abacaxi oco.

— Ei! — gritou ele para uma das garotas. — Por que você não está na piscina ainda?

Esta garota em particular — a mais bonita do grupo — era uma loira comprida e magra com maçãs do rosto altas, pele clara e algumas sardas enfeitando o nariz. Seu cabelo estava preso para atrás, em um coque bagunçado sustentado por um pequeno alfinete de tartaruga. Ela usava uma elegante saída de banho preta; as alças finas da parte de cima do maiô estavam amarradas atrás do pescoço em um laço aparente.

Eu sabia o nome dela — Cameron Alexander — porque Murph e Hunter a apontaram no Diretório dos Estagiários, também conhecida entre os advogados homens da empresa como O Cardápio. Cameron estudou em Exeter e em Harvard — tanto a faculdade quanto a formação em Direito — e, segundo a sua biografia na empresa, fazia trabalhos como modelo no tempo livre. Passarela, não catálogos. Rumores também diziam que ela namorava um cliente, um gerente de um *hedge fund* exclusivo que o escritório representava.

— Venha, Cameron — disse aquele que se chamava Steinberg. — Você falou que ia entrar.

— Não vejo ninguém impedindo você de nadar, Jason — respondeu Cameron com um aceno de cabeça. — Por que com você sempre tem que ser tipo "seu mestre mandou"?

Aquilo pareceu calar Steinberg por um instante. Os outros homens do grupo riram.

Ponto para você, Cameron, pensei.

— Ei, Ingrid, se importa se eu me juntar a você?

Ergui os olhos. Era Tim Hollister, um jovem sócio da área Corporativa do nosso grupo de Mercados Emergentes. Um brilho saía de seus óculos estilo Clark Kent, bem onde a luz do sol o atingia.

— Lógico que não — respondi, me sentando e erguendo os óculos de sol para o alto da cabeça. — Pegue uma espreguiçadeira.

Eu gostava de Tim. Ele era da turma de associados três anos mais velhos que Murph e eu, e pareceu um pouco surpreso em acordar um dia e descobrir que estava ocupando um escritório de canto imenso. Mesmo depois de ter sido feito sócio, Tim ainda conseguia parecer um de nós. Era o tipo de sócio jovem que raramente pedia aos associados para trabalhar no fim de semana se ele também não fosse estar presente. Uma vez, ele estava na fila da Tribuna do Júri atrás de mim, e eu o ouvi cumprimentar o caixa pelo nome.

Tim puxou a espreguiçadeira mais próxima, colocou-a ao lado da minha e se sentou, esticando as longas pernas. Abriu a garrafa de água que estava segurando e tomou um gole.

— Nenhuma gororoba tropical para você hoje, Tim? — perguntei, inclinando a cabeça na direção de Jason Steinberg e seu abacaxi oco.

Ele olhou o rapaz e sorriu.

— Uau. São só dez para as onze. Tento esperar pelo menos até o meio-dia. — Então ele olhou para mim e comentou: — Esse é sempre um longo dia, sabia?

Concordei com a cabeça, sentindo-me grata por ele ter dito aquilo.

Ficamos sentados em um confortável silêncio por um tempo. Deslizei os óculos de sol imenso, estilo Audrey Hepburn, de volta para meu rosto e analisei Tim Hollister de perfil. Os rumores diziam que ele tinha um doutorado em teoria política, além do bacharelado em Direito, o que o tornava bastante interessante para as mulheres do escritório. Seu cabelo é grisalho e seus olhos cinzentos são gentis. Era o tipo de cara cujo apelo, eu imaginava, era óbvio para a maioria, mas não para todos. Mulheres inteligentes poderiam discordar em relação à sua beleza.

Enquanto eu estava ocupada pensando naquilo tudo, ele abriu a boca e me soltou essa:

— Então, Ingrid, dizem por aí que você causou uma excelente impressão no CEO da SunCorp.

Eu quase caí da cadeira. Tim Hollister e eu não nos conhecíamos muito bem. Mal nos falávamos. O fato de que aquilo tinha chegado até ele era novidade.

Tentei não parecer embasbacada.

— Estou surpresa que tenha ouvido falar isso, Tim. Mas, obrigada — respondi, e falava sério.

— Você está brincando? — Tim parecia genuinamente feliz por mim. — Não há segredos neste lugar, acredite em mim. Marty Adler tem falado de você a semana toda. Eu só queria dizer que acho que é muito merecido. E o momento não podia ser melhor para você, obviamente.

Senti meu rosto corar de satisfação. Eu estava tentando pensar em algo ao mesmo tempo espirituoso e sincero para responder, mas Tim já tinha se virado e olhava em direção à entrada da piscina. Gavin Dunlop, outro jovem sócio da área Corporativa, gesticulava impaciente para ele, apontando para o relógio e fazendo gestos exagerados com os braços, simulando uma tacada de golfe.

Tim se levantou.

— Preciso ir. Hora da partida das onze. A gente se vê.

— Sim. E obrigada. Fiquei realmente feliz com o que você disse.

— O prazer foi meu. — Ele levantou os dois braços e fez um gracioso arremesso livre com a garrafa de água vazia. Eu observei-a fazer um arco suave até a lixeira mais próxima. Então, Tim saiu correndo na direção de Gavin Dunlop, e os dois subiram a encosta gramada na direção da sede.

Respirei longa e profundamente, além de alongar braços e pernas o máximo que pude, sentindo a agradável tração em cada músculo, a pura alegria de ser jovem, admirada e boa no que fazia. Coloquei um braço preguiçosamente acima da cabeça e fechei os olhos, me deliciando com o calor do sol e com as palavras de Tim. *Acho que é muito merecido.*

Meus olhos ainda estavam fechados quando, de repente, pensei: *Está silencioso aqui. Está silencioso demais.* Um silêncio reverente caíra sobre o deque da piscina. Quando abri os olhos, vi o motivo.

Cameron Alexander tinha tirado a saída de banho e caminhava até a piscina com um biquíni cavado branco. Ela se movia com graça, sem pressa, como se estivesse ciente de tantos olhos sobre si e realmente não se importasse. Steinberg vinha obedientemente atrás dela, ainda segurando a ridícula bebida no abacaxi. Ele parecia uma criança na manhã de Natal.

Para mulheres advogadas em um passeio da empresa, a questão do traje de banho sempre era um enigma. O que uma jovem com planos de carreira devia usar no que era essencialmente uma festa na piscina organizada por seu empregador? Por um lado — sejamos honestos —, os escritórios de advocacia valorizavam a boa aparência e o sex appeal tanto quanto qualquer outro lugar. Então, se você era a jovem atraente, não ia querer ser a pudica da turma, encolhida na beira da piscina com um casaco. Por outro lado, mostrar pele demais tampouco era uma boa ideia. Não se você esperava ser levada a sério novamente. Observei os advogados na fila do bar sorrindo sorrateiramente e cutucando uns aos outros. As pessoas fingiam retomar suas conversas momentaneamente abandonadas, mas continuavam a olhar na direção dela.

Sem se abalar, Cameron ficou parada sozinha na beira da água. Ergueu uma perna perfeitamente torneada pelo Pilates e mergulhou o dedo do pé na água.

— Ainda está muito fria — ela anunciou, alto o bastante para que todos ouvíssemos. — Acho que vou esperar um pouco.

Steinberg não pareceu desapontado ao ouvir aquilo. Seu objetivo tinha sido alcançado.

— Por mim, tudo bem — disse ele, balançando a bebida no abacaxi para ela. — Estou fora mesmo. Vamos pegar alguma coisa para beber.

Cameron deu de ombros e seguiu com Steinberg até o final da fila das bebidas, onde dois sócios se juntaram a eles — eu devia dizer que se juntaram a ela —, de repente interessadíssimos em começar uma conversa com os estagiários. Não demorou muito para que o grupo de amigos de Cameron e Steinberg se juntasse a eles também, formando um grande bando diante do bar.

Todos os estagiários tentavam agradar os sócios, mas nenhum deles teve o mesmo sucesso que Cameron Alexander. Ela parecia quase régia, com um sorriso benevolente e, ocasionalmente, jogando a cabeça para trás, em uma gargalhada, como se fosse a coisa mais natural do mundo estar descalça com os sócios da área de Impostos Corporativos, conversando animadamente sobre o último filme de ação do verão, enquanto usava um biquíni cavado branco e gesticulava com seu mojito para enfatizar alguma coisa.

Para ser honesta, eu estava com inveja. Lógico que estava, mas não pelo jeito como Cameron ficava em seu biquininho branco. Em vez disso, tinha inveja de sua confiança e de sua completa falta de autocrítica. Eu me maravilhava ao pensar em como seria passar pela vida completamente incauta. Com uma certeza tão completa de pertencer a um lugar que nunca era necessário pensar no modo pelo qual seu próximo movimento seria percebido.

Tornar-se sócio da Parsons Valentine era como um grande exame final para o qual poucos selecionados tinham o gabarito. Enquanto o restante de nós, idiotas, tínhamos que estudar.

Mas você também está chegando lá, Ingrid!, lembrei a mim mesma em um instante. Tim Hollister não tinha acabado de me parabenizar pessoalmente pelo excelente trabalho que estou fazendo? Marty Adler não tinha me chamado de Campeã? Hoje não era dia para sentir pena de mim mesma. Decidi que eu merecia uma ou duas margaritas para comemorar. Me levantei e fui até a fila das bebidas.

Um pouco antes do anoitecer, depois de passar uma tarde agradável batendo papo e socializando, observar algumas partidas de tênis e caminhar pelos jardins, segui até a sede para me preparar para o jantar. Coloquei o vestido — um modelo envelope de linho branco, com decote recortado simples —, junto com o par de sandálias de tiras de couro de crocodilo. Penteei o cabelo, dei um passo para trás e analisei o resultado no espelho. Simples e elegante. Era isso que esperavam que canalizássemos o tempo todo. Se fosse tão fácil quanto Cameron Alexander fazia parecer.

Eu estava me sentindo bem quando cruzei o gramado até a área onde o jantar seria servido. A tenda estava linda, como um oásis. Era um fim de tarde perfeito de verão, o sol acabava de mergulhar atrás das árvores, e as primeiras estrelas logo estariam visíveis no céu. Do outro lado do gramado, o caminho de pedra perto da sede estava iluminado com centenas de minivelas, e a tenda em si estava enfeitada com lanterninhas de papel. Tudo parecia aconchegante e festivo.

Este estava sendo o melhor passeio do escritório do qual eu conseguia me lembrar em meus oito anos na Parsons Valentine. Com a leveza da tequila e o ânimo do elogio de Tim, estava mais feliz e mais relaxada do que estivera em muito tempo.

Embaixo do dossel, o jantar tinha sido preparado como uma elegante recepção de casamento — vinte mesas redondas postas com porcelanas e cristais, centros de mesa florais brilhando sob a luz das velas. Elegantes cartões cor de marfim com os nossos nomes indicavam os assentos. Fiquei satisfeita em ver que Murph e eu tínhamos sido colocados na mesma mesa. De fato, era uma boa mesa no geral, com os sócios da área Corporativa Harold Rubinstein e Gavin Dunlop; Pamela Karnow, uma sócia de quarenta e poucos anos da área de Litígios, direta e que eu admirava; dois associados sêniores da área de Litígios com quem eu nunca trabalhara; e três estagiários aleatórios.

Gavin e os três estagiários já estavam na mesa, discutindo o espetáculo da Broadway a que assistiram na noite anterior como cortesia da nossa empresa.

Então Murph apareceu, recém-banhado e barbeado depois de seu jogo de tênis. Seu cabelo loiro-escuro ainda estava úmido, e ele vestia uma camisa branca limpa e calça cáqui recém-passada. Ele estava lindo, e pensei em falar isso para ele.

Sentei entre Murph e Gavin Dunlop. Considerando que Gavin estava no grupo de Valores Mobiliários, eu nunca tinha trabalhado com ele, mas Tyler, sim, e achava que ele era um cara legal — um pouco pernóstico, talvez (Gavin usava gravata borboleta e terno de anarruga sem ironia), mas um tipo honesto.

— Oi, Ingrid — Gavin me cumprimentou. E então me apresentou para os três estagiários.

Examinei os cartões com os nomes dispostos diante de seus pratos. *Caleb Sweeney, UNC-Chapel Hill. Nate McArdle, Duke. Andrea Carr, Yale.*

Caleb e Nate pareciam se conhecer bem — talvez porque ambos fossem da Carolina do Norte. Nate McArdle tinha um porte atlético e exibia uma pele bem bronzeada, e era bonito de um jeito nada original. Caleb Sweeney parecia um bom garoto, sério e bem-arrumado. Notei, com uma pontada de simpatia, que seu cabelo estava dividido cuidadosamente de lado, enquanto a maioria dos outros rapazes usavam penteados bagunçados, sem divisão. E esse não é um comentário irônico.

Andrea Carr era uma loira pequena e bonita, com óculos de aro de tartaruga, um vestido negro de bom gosto e um colar simples de pérolas de água doce no pescoço. Murph imediatamente se apresentou para Andrea, com seu sorriso mais deslumbrante. Que previsível. Eu teria que brincar com ele mais tarde por causa disso.

Andrea respondeu em um tom de voz que era impecavelmente educado, mas completamente neutro. Eu conhecia aquele tom. Eu mesmo o havia usado muitas vezes. "Oi, Jeff, é um prazer conhecer você." Nada de jogar o cabelo para trás, nada de risadinhas, nada de flertes de nenhum tipo. Isso me surpreendeu e me impressionou.

Em geral, as mulheres não eram tão resistentes aos encantos de Murph. Como que para confirmar uma suspeita, dei uma olhada na mão esquerda de Andrea. Como era de se esperar, lá estava: um imenso anel de noivado, piscando para mim sob a luz das velas.

Depois que Harold Rubinstein, Pamela Karnow e os dois associados sêniores da área de Litígios se juntaram a nós, os garçons vieram encher nossas taças de vinho, e todos comemos nossas saladas.

Eu ainda estava desfrutando de uma leveza agradável e de uma confortável sensação de que tudo estava certo com o mundo. O efeito das margaritas ainda não tinha desaparecido completamente, e o vinho tinto que eu estava bebendo mantinha essa sensação.

Os garçons voltaram para anotar nossos pedidos de carne ou salmão. Todo mundo escolheu carne, exceto Andrea Carr. Quando nossas entradas chegaram, o bife estava delicioso, de derreter na boca — um medalhão de filé, cozido com perfeição rara, servido com o premiado molho Béarnaise do chef. Murmúrios de apreciação se espalhavam pela mesa quando, diante de mim, Caleb Sweeney levantou a mão para chamar um garçom que passava ali perto.

— Pois não, senhor?

Harold Rubinstein, Gavin Dunlop e Murph, que estavam ocupados discutindo o péssimo desempenho dos Yankees naquela temporada, olharam para Caleb.

— Quando tiver uma chance, você pode me trazer um pouco de molho A-1? — pediu Caleb.

— Como, senhor?

Gavin Dunlop encarava Caleb, com o garfo parado a meio caminho da boca.

— Molho A-1. Para o meu bife? — repetiu Caleb, gesticulando na direção de seu prato.

— Senhor — começou o garçom, com um tom de voz paciente —, se não gostar do Béarnaise, talvez possamos lhe oferecer o molho de pimenta-preta no lugar. A pimenta-preta também é excelente.

Harold Rubinstein pigarreou e se intrometeu.

— Sim, Caleb, eu recomendo esse molho. Já experimentei, e é excelente.

— Não, eu realmente prefiro um pouco de A-1 — prosseguiu Caleb, alheio.

Na fração de segundo seguinte, porém, dava para ver os cantos de sua boca se afrouxarem, quando ele lentamente percebeu que, de algum modo, sem que ele sequer notasse, algo tinha dado muito errado. E era tarde demais para voltar atrás. O molho de pimenta-preta salva-vidas lhe foi arremessado e cruelmente retirado.

O garçom deu um suspiro suave.

— Muito bem. Verei o que posso fazer. — Ele deu meia-volta e se afastou.

Harold e Gavin trocaram um olhar breve e aguçado.

Andrea, Nate e todos os demais na mesa fingiram se concentrar em seus próprios pratos. Durante vários instantes, o único som era o tilintar suave dos talheres nos pratos de porcelana.

Meu coração estava partido por Caleb Sweeney. Percebi que eu estava segurando a respiração. Eu queria estender os braços, lhe dar um abraço, levá-lo para longe daquela tenda, de volta à segurança do dormitório da faculdade de direito da Universidade de Nova York, onde ele estava morando naquele verão. *Eu sei*, eu queria dizer para ele. *Não é justo e não é fácil, mas você vai aprender. É só praticar até parecer natural, é só isso. Fingir até conseguir.*

Depois de alguns minutos, o garçom voltou à nossa mesa segurando algo cuidadosamente embrulhado em um tecido branco. Ele fez um grande espetáculo, colocando a garrafa do molho industrializado A-1 em nossa mesa com um floreio. Então saiu rapidamente, sem dizer uma palavra.

Caleb Sweeney parecia em estado de choque. Ele ficou encarando a garrafa. Dava para vê-lo revendo sem parar, em sua mente, o que tinha feito, e como se recuperaria disso mais tarde, quão duro teria que trabalhar para fazer todo mundo se esquecer. Quer dizer, isso se ele recebesse uma proposta de emprego do escritório.

Murph estava envolvido em uma conversa animada com Harold e Gavin sobre a qualidade dos arremessos dos Yankees nesta temporada até agora.

— Sim, eu sei, eles nunca deviam ter trocado DeSoto, mas estão compensando o erro com Sanchez. Sério, olhe para ele nesse final...

Ainda falando, sem perder o passo, Murph estendeu a mão até o meio da mesa, pegou o molho A-1, tirou a tampa — ainda argumentando sobre a última troca dos Yankees — e, como se fosse a coisa mais natural do mundo, começou a derramar a coisa marrom salgada em seu belo e perfeito medalhão.

Um instante depois, Caleb Sweeney — o rubor já começando a diminuir, só um pouco, de seu rosto — pegou a garrafa também e despejou um rio de molho em seu prato. Ele devorou sua carne em três minutos, no máximo. Até conseguiu parecer animado novamente na hora da sobremesa.

Dei outro gole do meu vinho e olhei para Murph. Olhei de verdade para ele. Ele ainda estava falando de beisebol com Harold e Gavin, mas agora o assunto eram os Mets. Minha cabeça estava um pouco zonza, e senti que afundava na cadeira, desfrutando da sensação de calor da sala e da luz de vela suave que fazia com que todos parecessem brilhar, como antigas estrelas de cinema em um filme em preto e branco. Eu estava feliz.

Havia algo mais que eu estava sentindo, algo que não conseguia nomear naquele momento se alguém me perguntasse. Quando olhei novamente para Murph, ele estava olhando para mim. Eu estava tão admirada com ele naquele momento... De repente, quis que ele soubesse que eu *amei* o que ele tinha acabado de fazer por aquele garoto. Dei um sorriso caloroso para ele. Murph desviou o olhar, respondendo a algo que Harold Rubinstein tinha perguntado, mas, por baixo da mesa, senti ele estender a mão e dar um tapinha no meu joelho. Era um tapinha reconfortante e fraternal. Como se dissesse *Eu também noto você.*

Então, houve um ruído alto na outra extremidade da tenda. Dave Cavender, um sócio alto e simpático da área de Impostos Corporativos, estava em pé em uma plataforma estreita e elevada, ajustando o suporte de microfone. Eu tinha ouvido dizer que Dave Cavender era amigo de Conan O'Brien da época em que participaram do *Harvard Lampoon* juntos, e nunca tinha superado completamente o fato de que Conan tinha seu próprio programa de TV enquanto Dave tinha acabado como um excelente advogado tributarista.

Sentada diante de mim, Pamela Karnow empurrou a cadeira para trás e se levantou.

— Com licença, pessoal — disse, alegremente. — É hora do show! — Ela ziguezagueou pelas mesas para se juntar a Dave Cavender sobre o palco.

Um silêncio de expectativa caiu sobre a multidão. As pessoas viravam suas cadeiras na direção do palco. Assobios e vaias vinham das mesas da frente.

A "Revista Legal da Parsons Valentine" — uma tradição anual consagrada da empresa — era uma rara chance de rir, se soltar e ver seus colegas de trabalho sérios e bem-vestidos bancarem os bobos de uma maneira não só espetacularmente pública, mas também ordenada pelo escritório.

Dave Cavender já foi o apresentador oficial da "Revista Legal" dos últimos três anos, desde o verão em que revelou um curta-metragem espetacularmente exagerado que ele tinha escrito, dirigido e filmado por conta própria, e que parodiava *O poderoso chefão*. Ele até conseguiu fazer Marty Adler virar lentamente na direção da câmera, em sua imensa cadeira de couro verde, segurando um charuto e um uísque, e dizer, com voz grave e baixa: *Nunca vá contra o escritório, Dave. O escritório é a família.*

— Temos um ótimo espetáculo para vocês este ano, pessoal. Um ótimo espetáculo! — Dave estava no microfone, usando uma cartola em um ângulo engraçado e levantando as duas mãos para o ar. Parecia estar se divertindo.

Pamela Karnow estava ao lado dele, sorrindo. Ela usava uma cartola igual e segurava um conjunto de fichas e uma caneta com ponta de laser.

Fora do palco, Ann Trask estava sentada em uma pequena mesa, com um sistema de som e alto-falantes. Eu gostava dela — mesmo antes de descobrir que, certa vez, ela rejeitou a ideia do Comitê de Administração de fazer o pessoal do refeitório se vestir com roupas tradicionais étnicas para o "Dia Internacional da Comida".

As luzes diminuíram. Pamela olhou para Ann e acenou com a cabeça, e esta colocou a música no máximo. Dei uma risada, reconhecendo as primeiras notas de uma música pop brega que não ouvia havia anos, algo sobre um cara em uma passarela e o fato de ele ser demais para — o quê? Sua calça? Sua camisa? Olhei para Murph. Sexy demais, de fato. Ele também riu, e cutucou meu braço.

Um vídeo começou a ser reproduzido. Pamela Karnow gritou no microfone:

— E agora, senhoras, para seu prazer visual, quero apresentar... os homens da Parsons Valentine!

Nós gritamos e aplaudimos.

Era um vídeo-calendário no estilo Chippendales. A primeira imagem anunciava o Mister Janeiro, seguida por uma foto posada de Lincoln Forster, um associado popular da área Tributária, magricela e ruivo, com seis anos de empresa, que todo mundo chamava de Link. Na foto, Link estava ao ar livre, do lado da escultura de bronze que ficava na frente do edifício da Parsons Valentine, virado para a câmera com um sorriso tímido, completamente vestido com camisa e gravata, e o paletó cinza do terno pendurado em um ombro. Estava adorável. A pose meio que o deixava parecido com o príncipe Harry da Inglaterra, e não era exatamente algo ruim.

A sala explodiu em risos, assobios e aplausos. Todos estavam histéricos. Olhei ao redor, procurando Link Forster. Ele estava sentado a algumas mesas de distância, cercado de sócios da área tributária e estagiários. Seus colegas homens estavam convulsionando de tanto rir e davam tapinhas em suas costas, enquanto Link sorria e corava sem parar.

A imagem na tela mudou. Phil Calabrese, um novo sócio da área de Capital Privado, era o Mister Fevereiro. Phil foi fotografado em seu escritório, parado ao lado da janela em uma espécie de postura de poder, com os pés bem separados, braços cruzados sobre o peito, encarando as lentes da câmera com uma expressão desafiadora, do tipo *não brinco em serviço*. Na verdade, era bem sexy.

Mister Março era um associado da área de Litígios, com três anos de empresa, que eu não conhecia, mas o Mister Abril acabou sendo ninguém menos que Murph.

Eu morri de rir.

Ao meu lado, Murph fingia se sentir insultado.

— Vamos lá, Yung, não é tão engraçado.

Mas ele estava quase se dobrando de tanto rir também.

Em um movimento clássico de Murph, ele decidiu ostentar em sua foto, permitindo ser fotografado sem camisa, saindo de um chuveiro com box de vidro, o cabelo úmido e uma toalha branca enrolada frouxamente na cintura. Dava para ver que ele estava tentando fazer uma expressão *caliente* com o olhar, um efeito que era estragado pelo imenso sorriso pateta em seu rosto.

Reconheci o cenário. A foto no chuveiro de Murph foi tirada na infame "Suíte R&R" da empresa, localizada no quadragésimo andar — dois quartos escuros e frios, com macas e travesseiros, como se fosse uma enfermaria de escola, e um banheiro adjacente com instalações de banho de verdade. Esses quartos eram oferecidos como uma "conveniência" para os advogados da Parsons Valentine que passavam a noite em claro no escritório, para poderem tirar um cochilo ou então se refrescarem antes de um fechamento matutino. Porém, a suíte tinha toda a cara de uma cela na prisão, então parecia menos um lugar para descansar e recarregar as baterias e mais uma detenção.

Por sorte, nunca tive que me valer das instalações de banho da Parsons Valentine — eu morava perto o suficiente para ir de táxi para casa naquelas horas silenciosas da madrugada, tomar um banho rápido no meu próprio chuveiro, secar o cabelo e colocar roupas limpas antes de dar meia-volta e retornar de táxi para o escritório.

Para decepção da multidão, os slides pararam abruptamente depois do Mister Outubro. Enquanto os créditos finais rolavam na tela e as luzes se acendiam, Pamela Karnow retornou ao microfone.

— Ei, o que aconteceu? — um sócio da área de Litígios interpelou da primeira fila. — E quanto aos Misteres Novembro e Dezembro?

Pamela brincou:

— Bem, o plano era ter uma foto diferente para cada mês do ano, mas, infelizmente, não conseguimos localizar doze caras gostosos que realmente trabalhem na empresa.

Com isso, toda mulher solteira da plateia caiu na gargalhada, comemorando e aplaudindo. Soltei um grito de apreço.

— Amém, Pam! — alguém mais gritou.

Murph se inclinou na minha direção, sorrindo, cochichando em voz alta.

— Hum, isso não é, tipo, assédio sexual ou coisa assim? Eu jamais poderia falar sobre qualquer advogada dessa forma.

Respondi alegre, acima do barulho:

— Vamos lá, Murph, você não aceita uma brincadeira?

Pamela Karnow fez uma reverência dramática e saiu do palco. Dave Cavender voltou ao microfone, aplaudindo.

— Obrigado, Pam. Não vou levar para o lado pessoal o fato de não ter sido chamado para posar. Devo ter estado fora nessa semana.

A plateia deu uma risadinha de apreço.

— A seguir, senhoras e senhores, para sua diversão, a apresentação musical de Matt McCallum, Kyle Latham e Hunter Russell!

Murph e eu assobiamos, deliciados.

— Ah, eu tenho que ver isso! — Ele gargalhou.

— Hunter? Cantando? — Eu me inclinei e dei uma cotovelada divertida em Murph. Harold Rubinstein olhou para nós com uma expressão de horror zombeteiro.

— Apresentação musical de Hunter Russell? — gritou ele acima do barulho da multidão. — Acho que devíamos todos estar com medo, com muito medo.

Murph sorriu, colocou as duas mãos em concha ao redor da boca e começou a cantarolar para o palco:

— Russ-*ell!*

As luzes diminuíram.

Eu estava tomando outro gole de vinho quando meio que senti, em vez de ouvir, um murmúrio baixo e excitado, seguido por algumas gargalhadas estridentes vindo a algumas mesas de distância, atrás de nós. Ao meu lado, Murph tinha uma expressão levemente chocada no rosto.

— Ah, merda. Ah, não, eles não fizeram isso.

Olhei para o palco.

Na verdade, não entendi o que estava vendo no início. Bem, quer dizer, eu sabia o que estava vendo, mas não acreditava naquilo. Hunter, junto com Kyle e Matt, ambos advogados associados com cinco anos de empresa, do grupo de Litígios de Títulos Privados, estavam enfileirados no palco, ao lado de um imenso aparelho de som antigo. Kyle e Hunter, com os braços cruzados de forma desafiadora sobre os peitos, os lábios curvados em rosnados insolentes, usavam agasalhos escuros e largos, voltas e mais voltas de correntes douradas no pescoço e óculos escuros. Hunter usava um boné de beisebol dos Lakers virado de lado. Kyle tinha um lenço amarrado na cabeça, dois dentes dourados ostentosamente falsos, e segurava algo que parecia suspeitamente como — *Não! Eles não fariam isso, fariam?* — um cachimbo de crack.

Matt McCallum usava camiseta preta e calça jeans extremamente largas, que estava posicionada bem na metade de sua bunda, de modo que seu abdômen e a parte de cima de sua cueca estavam visíveis. Ele também usava toneladas de joias de ouro e dera a si mesmo imensas tatuagens de personagens chineses que percorriam seus braços de cima a baixo. Assim como Hunter e Kyle, ele usava óculos de sol, mas, ao contrário dos outros dois, acrescentou uma peruca.

Matt McCallum deu a si mesmo trancinhas falsas.

— Yeeeeeeah! Yeeeeeah! — Mike gritou no microfone. — Boa noite, galera! Eu e meus manos *chegamos*!

Ah, meu Deus. Isso só podia terminar mal.

Estiquei o pescoço e olhei as mesas ao redor, procurando Tyler. Estava escuro demais com as luzes fracas. Eu não conseguia vê-lo. Virei e fechei os olhos com força por um segundo. *Por favor, por favor, não*. Fiz uma prece feroz e desesperada.

No palco, Hunter se ajoelhou e apertou um botão na caixa de som. No instante seguinte, uma batida pesada e ritmada sacudiu a tenda inteira. Dava para sentir a terra aos nossos pés latejando com o baixo grave e constante. Então, um crescendo de cordas orquestrais começou a se destacar, e reconheci a música imediatamente.

Era um hip-hop popular de alguns anos atrás, que fora trilha sonora de um filme de Hollywood. Um dos primeiros raps a cruzar a linha entre os gêneros e chegar ao topo das paradas do *mainstream*.

Era, colocando em outras palavras, um rap que brancos ricos tinham escutado.

Hunter, Kyle e Matt sacudiam os corpos na batida grave e constante, as palmas das mãos abertas, balançando diante deles, golpeando o ar em arcos aleatórios. Hunter e Kyle eram dançarinos comicamente desajeitados, mas então percebi que estavam fazendo isso de propósito, tirando sarro de si mesmos, saindo do ritmo de maneira deliberada, brincando diretamente com o estereótipo de brancos sem noção tentando fazer rap.

Mas Matt McCallum estava realmente interessado na performance. Ele batia os punhos no ar e sacudia o corpo violentamente no ritmo da música. Tinha uma expressão mortal e irritada em seus olhos azuis e um escárnio convincente no rosto. Matt McCallum não procurava um efeito cômico. Tinha entrado no personagem.

Eu me esforcei para me concentrar na letra da paródia que estavam cantando:

Enquanto caminho pelo vale de sombras da morte
Olho minha vida e vejo que não restou muita sorte
Porque trabalho nessa empresa há tanto tempo
Que até minha mãe acha que perdi o discernimento
Mas continuamos faturando, faturando, não podemos nunca parar
Se um dia desses quisermos acabar no topo
É melhor prestar atenção em como fala, é melhor prestar atenção no jeito de andar
Ou você e seus manos nunca vão se dar bem
Agora, eu sou o tipo de cara que os maninhos seguem
Jantar no Luger's, casa de veraneio na costa
Mas noventa horas semanais é jogo duro
Ninguém em Harvard nos deu a resposta!

Agora Matt deu um passo para trás para poder se juntar a Hunter e Kyle e, ainda balançando em uníssono e acenando freneticamente os braços no ar, os três se lançaram no refrão, cantando juntos a plenos pulmões:

Passamos a maior parte de nossas vidas trabalhando no paraíso dos sócios
Passamos a maior parte de nossas vidas trabalhando no paraíso dos sócios
Passamos a maior parte de nossas vidas trabalhando no paraíso dos sócios
Vamos passar a maior parte de nossas vidas trabalhando no paraíso dos sócios

Ah, meu Deus.

Parecia que a tenda estava se fechando; o ar ao meu redor estava parado e muito úmido. Devagar, tomando o cuidado de manter uma expressão neutra no rosto — tão neutra quanto possível —, olhei ao redor da mesa. Gavin Dunlop estava sorrindo e acenando com a cabeça no ritmo da batida. A testa de Andrea Carr estava enrugada. Ela parecia austera. Eu sabia que gostava daquela Andrea Carr. Caleb e Nate, por sua vez, só pareciam entediados.

Dei uma olhada de relance para Murph. Seus braços estavam cruzados sobre seu peito, e ele tinha uma expressão quieta e pensativa no rosto, mas era impossível decifrar. Não dava para dizer se Murph parecia pensativo porque — como eu — estava contemplando a idiotice daqueles três advogados incrivelmente privilegiados parodiando uma música que era um lamento ao ciclo destrutivo da violência dos gângsters no centro da cidade, ou porque estava pensando que teria inventado uma letra mais engraçada.

Olhei para as mesas vizinhas com o máximo de discrição possível. Muitos dos sócios sêniores estavam gargalhando e até mesmo batendo os pés e dando tapinhas nas coxas ao ritmo da batida latejante do baixo. A maioria não parecia perceber que algo não usual estava acontecendo naquele momento. Mas alguns advogados mais jovens pareciam desconfortáveis e, fora do palco, Pam Karnow parecia completamente chateada.

Por fim, localizei Tyler. Ele estava sentado algumas mesas atrás de mim, com os braços pendurados soltos na lateral do corpo, sem fazer contato visual com ninguém em sua mesa. O estagiário sentado perto dele parecia mortificado. Tyler parecia ao mesmo tempo triste e absolutamente nada surpreso. Eu queria que ele olhasse para mim, mas ele não olhou.

Virei novamente para o palco. Observava, impotente, enquanto Hunter, Kyle e Matt apoiavam os braços nos ombros uns dos outros e cantavam a estrofe seguinte:

Poder e dinheiro, dinheiro e poder
Minuto após minuto, hora após hora
Você acumula suas riquezas
Pega suas minas e suas amigas
Agora que eu e meus manos nos demos bem
E nossas esposas estão cada vez mais jovens
Nossos carros são nossos tesouros
Temos que correr mais rápido
Para acompanhar esses c...!

Só que eles não disseram "c...". Eu não pude acreditar. Eles realmente cantaram a palavra que rima com "tesouros".

Perdi o fôlego. E não fui a única. Houve uma arfada coletiva nas mesas perto de nós.

Murph olhou ao redor, me olhou no olho e fez uma expressão que significava: *Puta merda.*

Virei para trás a tempo de ver Tyler Robinson saindo da tenda. Empurrei minha cadeira para trás, murmurando "Com licença" para ninguém em particular, e corri atrás dele.

— Tyler? — corri pelo crepúsculo que se aprofundava, espiando pelo gramado coberto de sombras e levemente inclinado. — Tyler? — Tinha esfriado no fim da tarde, e esfreguei os braços desnudos, tremendo, sem ter certeza para onde ir. Ele não estava em nenhum lugar à vista. — Tyler! Cadê você?

— Ei — disse ele, muito mais perto do que eu esperava.

Eu me virei. Ele estava a poucos metros de mim, inclinado em um tronco grosso e retorcido de um velho carvalho.

Caminhei até ele.

— Ei. — Me apoiei ao lado dele no carvalho, que cheirava a musgo e umidade. Ficamos em silêncio por vários instantes.

Escorreguei até a base da árvore e me sentei em uma de suas raízes antigas e retorcidas, surpresa em notar como parecia sólida e estável sob meu peso.

Inclinei o rosto para cima, olhando por meio dos galhos velhos e enrugados até encontrar as estrelas, que se destacavam em um nítido contraste no céu claro da noite. Não dava para ver estrelas assim na cidade, e pensei em como toda aquela beleza era incongruente com tudo o que estava acontecendo embaixo da tenda.

Senti que devia dizer algo para que Tyler soubesse que ele não era o único no mundo que estava se sentindo mal. Enquanto eu vivesse, não ia desperdiçar um momento de silêncio.

— Tyler, não sei no que aqueles caras estavam pensando… — comecei a falar.

— Pare. — Ele levantou a mão, como se fosse um guarda de trânsito. — Não. Você não precisa. Não vamos falar disso.

— Ok — falei, praticamente em um sussurro.

— Maldição. — Tyler bateu com o punho na árvore. Me surpreendi. — Nada mais me surpreende por aqui. Sabia disso? — Ele se afastou e começou a subir a colina, em direção à sede.

Eu o segui.

— Espere, aonde você vai? Ainda falta pelo menos uma hora para os primeiros ônibus da empresa começarem a voltar para o centro da cidade.

— Pode ficar se quiser. Vou chamar um maldito táxi.

Continuei correndo atrás dele, lutando para acompanhá-lo enquanto os saltos das minhas sandálias afundavam na grama macia e úmida.

— Mas, Tyler, e se alguém perguntar para onde você foi?

Ele parou. Deu uma risada e se virou. Eu percebi que tinha acabado de fazer uma pergunta bem estúpida.

— Ingrid. — Ele estava com os punhos cerrados. — Para mim já deu. Já passei o dia inteiro fingindo conversar com pessoas que não suporto e serei um idiota se ficar sentado aqui, sorrindo, por mais um segundo daquele maldito *jantar de entretenimento*.

— Escute, Tyler, e se a gente...

— Não. Não vou mais fazer isso. — Ele balançou a cabeça. — Já passei tempo demais assim. — E ele não estava falando só sobre o passeio.

— Tyler, espere. — Entendi a mão e toquei seu braço.

— Não. — Ele se afastou. Então me olhou de maneira incisiva. — Fica você, então.

Aquelas palavras me feriram.

Ele começou uma rápida corrida colina acima. Em mais um instante, ele deu a volta na sede e desapareceu.

Me senti completa e inteiramente sozinha, mais sozinha do que jamais me senti em dez anos desde que tinha entrado na Parsons Valentine. Porque Tyler tinha acabado de plantar uma sementinha amarga e incômoda da dúvida. Sobre o que nós dois estávamos fazendo ali.

Estremeci, notando novamente o frio da noite. Queria ter trazido um xale. Devagar e com cuidado, tentando não escorregar na grama úmida de orvalho da noite, segui pelo gramado até a tenda e voltei para dentro.

Quando me sentei novamente, Gavin Dunlop se inclinou na minha direção e sussurrou.

— Está tudo bem?

Concordei com a cabeça.

Não estava nada bem. Eu me sentia enjoada. Por mais incrível que parecesse, a apresentação maluca ainda continuava. No palco, Matt McCallum ainda estava cantando rap. Hunter e Kyle dobravam os joelhos no ritmo e arqueavam os braços loucamente.

Passamos a maior parte de nossas vidas trabalhando no paraíso dos sócios

Vamos passar a maior parte de nossas vidas trabalhando no paraíso dos sócios

Não conseguia olhar para eles. Em vez disso, tentei encarar a mesa, mas as manchas de ganache de framboesa que ficaram em meu prato de sobremesa, de repente, pareciam espalhafatosas e obscenas — pornográficas até — e fizeram com que eu me sentisse mais enjoada. Tudo parecia acontecer em câmera lenta. Na minha frente, Harold Rubinstein se mexia inquieto em sua cadeira. Do outro lado da tenda, Pamela Karnow e Dave Cavender pareciam estar discutindo, e ela gesticulava para os três homens no palco. Os ombros de Dave se erguiam, em um gesto que parecia querer dizer, *eu sei, mas o que você queria que eu fizesse exatamente?*

O espaço ao meu redor girava, e um silêncio sufocante caiu sobre a multidão; eu tinha a estranha sensação de que estávamos todos submersos. Era quase como se eu estivesse me afogando. E cada outro som embaixo daquela tenda parecia abafado aos meus ouvidos, exceto aquelas três vozes nítidas — animadas, bêbadas, alegres, um pouco desafinadas — vindas do palco.

A música continuou por mais dois versos. Ninguém fez um gesto para parar a performance.

Quando eles finalmente terminaram, e o som latejante do baixo desapareceu, ainda podia sentir um martelar em minha garganta, em meu peito, e, aparentemente, no chão sob a mesa. Um silêncio tenso caiu sobre a tenda, seguido por algumas palmas irregulares. Cerca de metade do público estava aplaudindo. Como aquilo podia acontecer? Alguns sócios pareciam mesmo se divertir com a esquete. A maioria das pessoas parecia perplexa e desconfortável. Alguns estavam absolutamente lívidos e sussurravam e gesticulavam na direção do palco.

Olhei novamente para o assento vazio de Tyler. *Não culpo você.*

— Pelo amor de Deus, ninguém jamais veta essas coisas antes do passeio? — ouvi Harold Rubinstein reclamar em voz baixa, mais para Gavin Dunlop do que para qualquer outra pessoa da mesa. — Vamos ouvir falar disso novamente. Acredite em mim.

Gavin deu de ombros.

— Pare com isso, é só uma sátira. Nenhum dano, nenhuma falta. Só um punhado de rapazes bêbados se divertindo um pouco. De mau gosto, talvez, mas ninguém vai se lembrar disso na segunda-feira.

Harold olhou para Gavin com uma expressão de descrença.

— Não tenho tanta certeza disso, Gavin.

Gavin o ignorou.

— Bem — disse animado para nós. Era como se estivesse olhando diretamente para mim. — Isso foi mesmo... interessante, né?

— Interessante não é bem a palavra — respondeu Murph.

Não pude me forçar a dizer nada. Eu não confiava em mim mesma para soar tão aérea e despreocupada como senti que precisava naquele momento. Afastei o olhar e notei um garçom uniformizado limpando calmamente os pratos de sobremesa de uma mesa ali perto. Era o único afro-americano sob a tenda toda, e, além de mim, era a única pessoa não branca à vista. Era mais velho do que meu pai.

Peguei minha taça de vinho, que tinha acabado de ser reabastecida, e tomei a coisa toda em poucos goles.

Murph se inclinou na minha direção e sussurrou.

— Ei, opa. Vai com calma. O que há de errado com você?

O que havia de errado comigo? Minha cabeça estava girando; meus ouvidos, latejando, e eu só queria que a noite acabasse, para que pudesse me afastar dessa multidão o mais rápido possível.

A algumas mesas dali, Marty Adler gesticulou para Harold Rubinstein.

— Com licença — disse Harold, empurrando sua cadeira para longe da mesa. Ele e Adler saíram da tenda e começaram a conversar baixinho na escuridão. Rubinstein concordava com a cabeça e esfregava as têmporas, enquanto Adler parecia lhe dizer algo bem sério.

Pam Karnow voltou ao palco. Parecia nervosa e com raiva, mas pegou o microfone e disse:

— Ok, pessoal, vamos dar seguimento aqui. A seguir, teremos...

Mas o ar parecia ter sido sugado para fora da tenda, o clima havia mudado totalmente, e mais alguns sócios sêniores do Comitê de Administração saíram para se juntar aos sócios que conversavam baixinho afastados da luz da tenda.

— Eu não me sinto muito bem. — Eu me inclinei de repente e sussurrei para Murph. — É como se o ambiente estivesse meio que, hum, rodando.

Murph olhou para mim e rapidamente me entregou seu copo.

— Tome, beba um pouco de água. — Tomei grandes goles sedentos. A água descia com uma sensação boa e refrescante.

— Jesus, quantas margaritas você tomou hoje na piscina? — perguntou ele em uma voz baixa que só eu estava perto o bastante para ouvir.

— Não sei. — Ergui três dedos. — Quatro? Cinco? Acho que vou vomitar.

— Precisamos levar você para casa. — E olhou para o relógio. — Escute, os primeiros ônibus de volta devem embarcar em breve. Vou tirar você daqui. Acha que consegue ficar em pé?

Confirmei com a cabeça, mas me sentia zonza.

Rapidamente, Murph e eu demos boa-noite para o restante da mesa. Ele mantinha discretamente uma mão firme na parte de baixo das minhas costas, como apoio, enquanto seguíamos pelo caminho do terraço até a sede do clube.

Assim que entramos no corredor frio e escuro do antigo edifício de pedra, nossos passos ecoando no piso polido, comecei a me sentir melhor. Era tão bom estar longe do barulho da tenda e daquela música incrivelmente estúpida, e Hunter, Kyle e Matt pareciam bem distantes daqui.

Além disso, era bom estar sozinha com Murph.

Enquanto seguíamos pelo corredor, Murph olhou pela janela, na direção da longa e sinuosa entrada de veículos.

— Viu só? Parece que dois dos ônibus já estão embarcando. Venha, vamos lá. Você vai se sentir melhor depois que tirar um cochilo no caminho para casa.

Mas eu não estava pronta para deixar a tranquilidade fresca da sede, não ainda.

— Não podemos nos sentar em algum lugar por um minuto? Por favor. Só por um minuto. — Estendi o braço e segurei a mão de Murph.

Murph olhou para minha mão e depois novamente para mim.

— Você está bem, Yung? Ainda está enjoada?

— Vou me sentir melhor se me sentar por um instante. — Eu o fiz dar alguns passos hesitantes pelo corredor, até uma sala vazia.

Ele não discutiu.

Espiei pela semiescuridão, localizei um divã estofado e convidativo em um canto, e nos levei naquela direção.

Nós nos sentamos.

Então — porque parecia natural e, antes mesmo que eu percebesse, já estava fazendo —, inclinei minha cabeça no ombro de Murph, me aconcheguei nele e fechei os olhos.

Ele tinha um cheiro bom — aquele cheiro de jovem solteiro que misturava creme de barbear, sabonete, desodorante e lençóis vindos da lavanderia — e respirei fundo, tentando encher meus pulmões com aquilo.

O ambiente tinha parado de girar, e senti que estava quase dormindo.

— Isso é bom — me ouvi murmurar.

Murph não falou nada. Mas eu podia ouvir sua respiração calma e regular, a sensação tranquilizante de seu peito subindo e descendo ao meu lado.

Quando ergui a cabeça de leve para olhar para ele, ele tinha inclinado a cabeça para trás, no encosto do sofá, e seus olhos estavam fechados. Ele tinha cílios bem longos e com um tom arenoso. Eu nunca tinha notado isso.

— Murph — falei, sonolenta.

Pausa.

— Hum.

— Por que você foi tão legal com aquele rapaz, Caleb, essa noite?

Murph não respondeu e, por um momento, pensei que ele não sabia do que eu estava falando, ou que talvez tivesse adormecido. Então ele disse em voz baixa:

— Porque eu gostaria que alguém tivesse feito algo assim por mim.

Pensei naquilo por um instante. E ergui os olhos e falei:

— Não entendo. Por que alguém precisaria fazer algo assim por você?

Ele abriu os olhos e olhou para mim.

— Do que você está falando?

— É só que... bem, você é Murph.

— E o que isso quer dizer?

— Você sabe. Você consegue se encaixar perfeitamente.

Murph deu uma risada.

— Você acha que sabe tudo, não é? — disse ele, baixinho. Seus olhos se fecharam novamente.

— Não. — Balancei a cabeça e me sentei. De repente, parecia extremamente importante deixar tudo bem explicado. — Essa é a questão, Murph. Eu não acho que sei tudo. Quando cheguei aqui, eu achava que não sabia nada. Só quis dizer que você conhece as regras do jogo muito bem, é só isso. Não é natural para mim, como é para você.

Eu não podia acreditar que estava mesmo dizendo todas aquelas coisas para Murph. Eu nunca tinha dito nada assim para ninguém, exceto para Tyler. E sabia que Tyler não aprovaria que eu falasse isso para alguém como Murph. Para um deles.

— E o que faz você pensar que é natural para mim?

— Tá brincando? É óbvio. São coisas com as quais você está acostumado.

— Com as quais estou acostumado?

— Sim. Quero dizer que, quando alguém vem de um lugar privilegiado, fica muito mais fácil navegar neste lugar.

Agora ele virou a cabeça e me olhava de lado.

— Um lugar privilegiado? — Dava para ouvir as aspas amparando a frase. — E o que eu poderia saber em relação a vir de um lugar privilegiado?

Murph estava me confundindo. Eu sabia que brancos ricos não gostavam de falar sobre dinheiro, mas, como estava sendo honesta com ele, imaginei que ele também devia ser comigo. Parecia justo.

— Hein? — Ele me cutucou. Sua voz era gentil. Eu podia dizer que ele não estava zangado, só curioso.

— Bem, a casa de sua família em Cape Cod, por exemplo — deixei escapar. Foi a primeira coisa em que pude pensar.

Ele riu novamente.

— O que foi?

— Você tem uma imaginação fértil, Yung. Não é a casa de veraneio da minha família... Ela é do meu colega de quarto da faculdade. Sou convidado para ir a Chatham todo verão desde meu segundo ano.

— Então foi quando você aprendeu a velejar?

— Bem, não tinha exatamente um clube de vela na West Tilden Regional High School — comentou Murph.

— Você fez o ensino médio em escola pública?

Murph se inclinou para mais perto de mim, como se fosse me contar um segredo.

— Já terminei de pagar todos os meus empréstimos estudantis no ano passado, Yung. Na verdade, eu tinha toneladas de dívidas da faculdade de Direito.

Eu me senti uma idiota. Todos esses anos, de algum modo, tinha conseguido inventar toda uma vida, uma história de aluno de escola preparatória de elite para Jeff Murph que simplesmente não existia. Por mais que me incomodasse quando as pessoas presumiam coisas a meu respeito, parece que eu fazia a mesma coisa.

— Uau — falei por fim. — Eu sinto muito, eu...

— Olhe — Murph me interrompeu —, todos fazemos suposições sobre os outros. É o que a pessoas fazem.

— Acho que sim. — Eu ainda me sentia envergonhada.

Murph inclinou a cabeça para trás e fechou os olhos novamente.

— E, só para registrar, também penso nessas coisas às vezes.

Acho que falei:

— Então você e eu temos muito mais em comum do que pensava.

Mas talvez eu só tivesse pensado.

Ficamos sentados ali, pacificamente, na quietude da sede às escuras, com minha cabeça apoiada no ombro de Murph, pelo que pareceu ser um longo período. Em algum momento, cochilei. Não sei quanto tempo ficamos ali, na escuridão — talvez dez minutos, talvez uma hora —, antes que um grande e barulhento grupo de estagiários aparecesse no corredor, a caminho dos ônibus, falando em voz alta.

— Eu não conseguia acreditar naqueles caras! — exclamou um.

— Pois é... Isso vai para o YouTube em cerca de dois segundos — riu outro.

— Boa sorte explicando isso para os recrutadores no *campus* no outono. — Um terceiro comentou, gargalhando.

Murph gentilmente sacudiu meu ombro.

— Ok, Yung, precisamos ir. — Ele se levantou, me segurou pelos dois punhos e me puxou para me deixar em pé. Ele teve que se esforçar para conseguir, porque eu estava resistindo. Não queria mais deixar o conforto e a segurança daquela sala, e queria que Murph ficasse ali também.

Quando os dois estavam em pé, ele me deu um pequeno abraço, rápido e desajeitado.

— Vamos. Ainda precisamos pegar nossas coisas nos vestiários. Quanto mais cedo chegarmos na cidade, mais cedo podemos levar você para casa.

Cochilei quase toda a viagem de ônibus até Manhattan — minha cabeça apoiada na janela, Murph fora uma presença sólida e quente ao meu lado, com os olhos fechados. Tê-lo ali fazia com que eu me sentisse protegida, segura. Mais do que isso, começava a me sentir compreendida.

Murph estava certo. Sentia-me melhor quando descemos do ônibus em frente ao edifício da Parsons Valentine, embora eu ainda estivesse um pouco tonta, e a silhueta do centro parecesse um borrão nebuloso.

Fiquei parada de modo obediente na calçada, enquanto Murph chamava um táxi para me levar os dez quarteirões até meu apartamento. Ele esperou até que eu estivesse acomodada no banco de trás, antes de se inclinar dentro do táxi e dizer para o motorista:

— Assegure-se de que ela entre em segurança no prédio, certo? — E lhe entregou uma nota de vinte.

Vem aqui, queria dizer para Murph. *Não me deixa ainda*. Tinha sido tão bom ficar tão perto dele, na segurança da sede e no ônibus, e conversar, conversar de verdade, mas agora era como se uma janela preciosa estivesse se fechando de forma abrupta, e eu não ia ter chance de dizer o que realmente queria. *Vem aqui, Murph. Vem pra casa comigo.*

— Vem aqui — cheguei a murmurar, mas, se escutou, Murph optou por ignorar.

Ele fechou a porta do táxi gentilmente, enfiou a cabeça pela janela e disse:

— Você vai ficar bem, Yung. Durma até melhorar. Vejo você na segunda.

Enquanto meu táxi se afastava do meio-fio, observei a silhueta de Murph diminuindo no espelho retrovisor.

O taxista me deixou na entrada do meu edifício. Fiel à sua promessa, ele esperou até eu estar dentro da portaria antes de partir. Abrigada em segurança na privacidade calmante e tumular do elevador, fechei os olhos e me recostei no corrimão de latão até chegar no décimo nono andar.

Assim que entrei em meu apartamento, chutei as sandálias para longe, joguei a bolsa no sofá e percebi a luz de mensagem piscando no telefone na mesa do hall de entrada.

— *Ingrid-ah* — a voz da minha mãe veio em mandarim. — *É sexta-feira, passam de dez da noite, e você não está em casa? Ouvi dizer que está um pouco frio em Nova York hoje... Assegure-se de levar um casaco quando sair. Papai e eu nos preocupamos com você, sozinha aí, sempre trabalhando tanto. Ligue para casa quando puder. Amo você, mamãe.*

Ouvir a voz dela me deixou inexplicavelmente triste. Eu não queria que meus pais se preocupassem comigo o tempo todo. Não estava me saindo bem? Não estava conseguindo tudo o que eles queriam quando vieram para cá?

Fui para o quarto e tirei o vestido de festa branco, deixando-o amontoado no chão. Quando subi na cama, exausta, embriagada, um pouco triste, e me cobri bem com o edredom, meu último pensamento antes de colocar a cabeça no travesseiro foi que eu devia ter beijado Jeff Murph enquanto estávamos sozinhos na escuridão da sede, e que agora o momento era irrecuperável.

Seis

“Passeio de verão da Parsons Valentine é marcado por paródia racista.”

Essa era a manchete do *New York Law Journal*. O *New York Post* foi mais criativo: “O gueto é fabuloso? Escritório de advocacia de brancos ricos pesa a mão”. Todos os blogs e salas de chat jurídicos estavam alvoroçados com o “escândalo racista na Parsons Valentine”. Noventa e três segundos de imagens granuladas gravadas em celular foram postadas no final de semana tanto no YouTube quanto no site *Above the Law*, antes que o escritório finalmente conseguisse retirá-los do ar. No vídeo, não dava para entender o que acontecia no palco, mas dava para ouvir o refrão da canção nitidamente. Um post mordaz no blog Gawker, intitulado simplesmente “Parsons: Paraíso?”, já tinha 477 comentários e o número só aumentava.

Eram nove e quinze quando Rachel me ligou.

— Você estava lá na hora da apresentação? — perguntou ela, sem fôlego. — Você chegou a ver?

— Ah, eu vi, Rach — suspirei.

— E? Foi tão ruim quanto os blogs estão dizendo?

— Foi pior.

— Uau. — Ela respirou fundo. — E o que você acha que eles vão fazer?

— O que quer dizer?

— Quero dizer que já devem estar no modo de contenção de danos nível máximo nesse momento.

— Não tenho certeza se tem muita coisa que podem fazer — comentei. Certamente não iam demitir Hunter Russell, isso eu sabia.

— Mas eles vão ter que criar algum tipo de autoproteção — retrucou Rachel. — Você não lembra o que aconteceu na Foster Cowan?

Lógico que eu lembrava. A Foster Cowan & Mays LLP era um dos cerca de doze escritórios de advocacia da cidade considerados Top Five até alguns anos, quando seis associadas denunciaram terem sido assediadas por dois sócios embriagados durante o cruzeiro de verão anual da empresa ao redor de Manhattan. Depois de semanas de um silêncio teimoso, a Foster Cowan finalmente liberou uma única declaração tépida: "Lamentamos se alguém presente se sentiu de alguma forma ofendida por qualquer ação de nossos advogados".

Basicamente, sentimos muito por vocês serem tão sensíveis.

Em um movimento ainda mais estúpido, cada advogada da empresa recebeu uma caneca de cerâmica e um moletom com capuz.

As principais escolas de Direito do país responderam rapidamente, algumas chegando a proibir a Foster Cowan de recrutar em seus *campi*. Todas as associações de alunas — a Associação de Alunas de Direito, a Associação de Alunas Afro-Americanas de Direito, a Associação de Alunas de Direito da Ásia e do Pacífico, a Associação de Alunas Latino-Americanas de Direito e a Associação de Alunas LGBTQIAPN+ de Direito — mobilizaram suas tropas, disparando milhares de e-mails incitando os destinatários a *Por favor, encaminhem*!!!

Como esperado, menos currículos da escola de Direito de Harvard foram enviados para a Foster Cowan naquele ano do que em qualquer outro momento dos cem anos de história da empresa. Um grupo pequeno, mas conspícuo, de clientes que faziam parte da Fortune 100 começaram a levar publicamente seus negócios para outros escritórios de advocacia — notícias que mereceram breves notas na seção de negócios do *Times*. A posição da empresa no Top Ten despencou.

A Foster Cowan na lista de *persona non grata*.

Dois anos mais tarde, no entanto, eles recrutaram uma sócia sênior afro-americana de alto nível e inauguraram a Bolsa de Estudos em Direito para Mulheres Foster Cowan, na escola de Direito de

Columbia. Muitos de seus principais clientes retornaram, e a Foster Cowan teve permissão para voltar a recrutar em Harvard e Yale.

Estava de volta aos negócios, como de costume.

Lá pelo meio da semana, Pamela Karnow, acompanhada de aproximadamente uma dúzia de sócios e associados da Parsons Valentine ultrajados pela apresentação musical, formaram um grupo chamado Advogados Contra o Racismo na Empresa — ACRE. Ouvi dizer que até alguns estagiários se juntaram à iniciativa, incluindo ninguém menos que Cameron Alexander (acompanhada, eu tinha certeza, por alguns membros de seu fã clube). O ACRE estava exigindo uma reunião de emergência com o Comitê de Administração para discutir uma resposta adequada e uma possível ação disciplinar.

Até onde eu sabia, ninguém do Conselho de Administração tinha dito uma única palavra para Matt, Kyle ou Hunter a respeito de qualquer ação disciplinar. Na verdade, os três pareciam bem animados quando os vi juntos no almoço na Tribuna do Júri. Havia até uma nota lisonjeira no boletim informativo da empresa, o *Briefing Diário* — sobre a nossa recente vitória no *softball* contra o Simpson Thacher, pela Liga de Advogados, por uma pequena margem, graças a um *double* no final do *inning*, conquistado pelo próprio Hunter.

Nos dias seguintes ao passeio, estava evitando ao máximo cruzar com Hunter. Pessoalmente, eu não achava que ele fosse um racista de verdade, apenas um idiota. De todo modo, resolvi não entrar no meio daquilo. Que o ACRE fizesse o que tinha que ser feito, se quisesse fazer. Eu já tinha muita coisa com o que me preocupar.

— Toc-toc.

Ergui os olhos do contrato de compra da SunCorp que estava revisando e dei de cara com Marty Adler recostado no batente da porta, com um grande sorriso do Gato de Cheshire no rosto.

— Oi, Ingrid. Você vem para a reunião?

— Sim, com certeza.

"A reunião" era o almoço do Departamento Corporativo, agendado para meio-dia e meia. Tínhamos esses almoços do departamento toda segunda sexta-feira de cada mês, explicitamente para "criar vínculos" entre as pessoas. O propósito real, no entanto, era que os caras importantes batessem no peito e pudessem avisar aos associados quais acordos os escravizariam nas próximas semanas.

— Gostaria de companhia? — Adler ofereceu o braço, como se estivesse me convidando para dançar.

Dei uma risada.

— Obrigada, mas preciso responder a um e-mail de Ted Lassiter antes. Vejo você daqui a pouco?

— Ok. Mas não se atrase.

Alguma coisa estava estranha. Marty Adler não ia até os escritórios dos associados simplesmente para nos chamar para uma reunião de rotina do departamento.

— O que está acontecendo, Marty? — perguntei, dando um sorrisinho. — Por que você está tão preocupado com a minha presença?

— Bem, digamos que temos algo um pouco especial na agenda hoje. Acho que você ficará bastante satisfeita, Ingrid. — Ele deu uma piscadela. — Encontro você lá. — E então ele se foi.

Fiquei encarando a porta vazia por um minuto inteiro, tentando conter meu júbilo. O e-mail podia esperar. Era evidente que Adler estava planejando mencionar para todo o departamento o trabalho incrível que eu estava fazendo na SunCorp. Como eu tinha conquistado Ted Lassiter depois da nossa primeira e tumultuada reunião, e como ele agora só ligava para perguntar alguma coisa para Adler se não conseguisse falar comigo primeiro.

Arqueei as costas, respirei fundo e fui até o espelho do meu armário. Reapliquei o brilho labial e a máscara para cílios antes de seguir para a sala de reuniões.

As pessoas ainda estavam chegando, embora já tivessem se passado dez minutos do horário de início. Essa era uma prática comum. Os advogados da Parsons Valentine não apareciam para reuniões internas na hora; isso poderia sugerir que você não tinha nada para fazer.

Um púlpito tinha sido montado na frente da sala. As mesas estavam arrumadas em um grande U. Jarras de água foram dispostas em intervalos de quatro lugares ao longo das toalhas de mesa brancas e engomadas, e um buffet de almoço foi montado em *réchauds* de prata ao longo de uma parede. Os aromas de batatas assadas e algum tipo de peixe vieram na minha direção. Enquanto eu pegava a fila para o buffet, Hunter apareceu atrás de mim e disse, um pouco perto demais do meu ouvido:

— Por Deus, espero que isso não leve a tarde toda. Tenho muita coisa para fazer.

Não estava animada em vê-lo, mas estava de ótimo humor para realmente me importar.

— Sim, nem me diga.

Murph entrou na sala, me viu e sorriu. Sorri de volta para ele, e meu rosto ficou aquecido enquanto ele caminhava na nossa direção.

— Oi, pessoal.

— Oi — falei, tentando parecer casual.

Murph me analisou.

— Você parece feliz. Qual é o motivo?

— Ah, nada — respondi, recatada. Peguei um guardanapo engomado e um jogo de talheres e usei uma pinça prateada para me servir de um pãozinho.

Murph tinha cortado o cabelo. Havia uma linha fraca bronzeada em suas orelhas, já que seu cabelo loiro-escuro costumava ser mais comprido. Ele tinha acabado de se barbear. E, ah, como ele cheirava bem.

Na manhã de segunda-feira depois do passeio, cheguei ao trabalho, liguei o computador e vi um e-mail de *jdmurphy* me esperando, sem assunto. Propositalmente, me obriguei a seguir com os movimentos normais de qualquer outra manhã — pegar um café, ouvir meus recados de voz, ler o *Journal* e a seção de negócios do *Times* — até que não aguentei mais e abri o e-mail dele.

Ei. Como foi a ressaca no sábado? Deve ter sido pesada.

Meu coração se encheu de alegria. Saltei da cadeira giratória e praticamente flutuei até a janela, olhando pelos trinta e um andares até os minúsculos retângulos amarelos subindo e descendo a Madison. *Aqui vamos nós! Foi dada a largada para o nosso romance de escritório.*

Fiquei parada ali na janela, ouvindo mentalmente uma dúzia de respostas inteligentes, alegres e sedutoras antes de finalmente voltar para minha mesa e digitar: *Sim, brutal. Obrigada por me colocar no táxi, a propósito. Meu herói. Como foi o restante de seu fim de semana?*

A resposta veio em dois minutos: *É. Ainda não há veredito para Anna Jergensen. Paciência. Tribuna do Júri às 12h30?*

Simples assim, murchei. Simples assim, Murph me disse que, até onde lhe dizia respeito, o antigo equilíbrio tinha sido restaurado entre nós. Ali estava o velho Murph brincalhão, criançâo e mulherengo. Eu queria o Jeff Murphy da sede do clube, mas ele estava me mostrando de um jeito gentil que eu não o teria outra vez.

Murph e eu não conversamos sobre o que aconteceu entre nós. O que, agora percebia, era nada. Nós não ficamos. Ele não foi para minha casa. Não tínhamos nos beijado. Então, por que eu estava tão nervosa? Por que estava tão preocupada em relação a como agiríamos ou o que diríamos um para o outro quando voltássemos ao escritório? Bem, Murph tinha colocado meu pé no chão ao afastar rapidamente qualquer ambiguidade. Além disso, caras como Murph não se interessavam por alguém como eu.

Por direito, o garoto de ouro do escritório devia ficar com alguém como Cameron Alexander. Então, qualquer que tivesse sido o acontecimento da última sexta-feira ou qualquer que tivesse sido o sinal que interpretei mal, já estava acabado, e não havia nada a fazer, exceto seguir a deixa dele e fingir que tudo também estava completamente normal para mim.

Mas não estava.

Eu sabia que estava sendo ridícula. Aqui estava eu, uma mulher crescida, trabalhando em uma aquisição de um bilhão de dólares para o maior novo cliente da empresa, prestes a fazer história em um dos escritórios de advocacia mais poderosos do mundo. Mesmo assim, há mais de uma semana, ficava acordada à noite me perguntando por que Jeff Murphy não me beijou naquela noite, quando teve chance, e percebendo com uma nitidez surpreendente e sóbria que eu queria, realmente queria, que ele tivesse feito isso.

Marty Adler entrou na fila atrás de nós. Ele me deu um sorriso rápido — quase conspiratório. Me senti um pouco melhor.

Adler examinou a mesa do buffet.

— Alguma coisa boa no cardápio?

Ao ouvir aquilo, Hunter se animou imediatamente e se esgueirou em volta de Murph e de mim, instalando-se diretamente na frente de Marty Adler.

— Ei, Marty — disse Hunter. — Vi sua excelente partida de golfe na semana passada.

Murph me lançou um olhar. Em geral, era considerado grosseiro tentar bajular um sócio diante de seus amigos. Mesmo assim, Murph e eu não nos importávamos quando Hunter fazia isso, porque — vamos combinar — o emprego de Hunter era meio que uma piada.

— Quando Hunter tiver terminado com o banho de língua em Adler, pergunte se ele está confirmado para o bingo — disse Murph em um sussurro teatral.

Tínhamos começado a jogar o Bingo da Sala de Reuniões ainda no nosso primeiro ano como associados. O objetivo era simples. Antes que uma reunião começasse, cada jogador escolhia uma "frase da vez" — expressões em "administrês" ou metáforas esportivas funcionavam melhor —, e alguém anotava. Quem quer que tivesse a frase escolhida dita em voz alta durante o curso da reunião era o vencedor. Apostávamos vinte dólares.

Nós nos sentamos. Murph pegou sua Montblanc e tirou um cartão de visitas da carteira. Virou o cartão e fez uma pausa com a caneta no ar, como um garçom esperando para anotar o pedido.

— E, então, Yung? Damas primeiro?

— Vou com "anotar *home run*" — falei.

Murph acenou com a cabeça, aprovando.

— Essa é boa. — Ele escreveu. — Ok, eu vou de "precisamos desse *inning*".

— Eu vou de "vai ser uma chuva de *strikes*" — falou Hunter. Murph e eu olhamos para ele. Não era um palpite ruim, em especial para Hunter.

Tyler Robinson entrou. Acenei para ele. Ele rapidamente fez um gesto de cabeça me cumprimentando e, então, depois de ver Hunter e Murph sentados ao meu lado, escolheu um assento para si mesmo na outra extremidade da mesa de reuniões.

Tyler e eu não falamos sobre a apresentação "Sócios no paraíso". Quando tentei ligar para ele na segunda-feira, ele simplesmente disse "Não quero falar disso". E eu tinha que respeitar.

Adler se levantou e bateu palmas para atrair nossa atenção.

— Tudo bem, pessoal. Vamos começar. Temos muita coisa na agenda hoje.

A sala ficou em silêncio. Os retardatários pegaram o filé de bacalhau e as batatas assadas e preencheram os lugares vazios ao redor da mesa de reuniões. Fiquei sentada em uma postura perfeita, as mãos cruzadas diante de mim, ignorando meu almoço. Não queria ser pega com a boca cheia de bacalhau quando Adler começasse seu grande discurso ao meu respeito.

— Vou passar a agenda da reunião — continuou Adler —, e vocês verão que, após nossa ordem habitual de negócios, vou apresentar um convidado muito especial.

Oi? Cabeças viraram na direção de um desconhecido sentado no fundo: um homem elegante, de óculos, com cerca de cinquenta anos, com uma barba grisalha bem-cuidada e cabelos já ficando ralos. Ele usava um blazer de tweed, camisa branca, calça de veludo, sem gravata. Parecia mais um professor do que um advogado. Eu me virei em meu assento para olhar para ele, e ele me cumprimentou com um aceno de cabeça, como se nos conhecêssemos. Afastei o olhar, constrangida. Ele era a "coisa especial na agenda", não eu. Me inclinei para a frente e enfiei uma garfada de salada na boca.

Adler repassou os acordos que estavam sendo tratados pelo escritório desde o mês passado — quatro ofertas públicas oficiais (IPOs) de empresas de alta tecnologia, duas aquisições alavancadas, uma defesa contra aquisição hostil. Quando chegou na SunCorp, Adler disse:

— Tudo está se movendo rapidamente. O termo de compromisso está praticamente assinado, e Ingrid e eu estamos trabalhando no contrato de compra. — Quando ele fez uma pausa, adotei uma posição ereta, esperando que ele me elogiasse. — Certamente não preciso dizer — ele olhou significativamente pela sala — que os termos deste acordo ainda são altamente confidenciais.

Nenhum elogio. Eu já devia saber.

Harold Rubinstein assentiu.

— Quanto tempo ainda precisamos, Marty, para que esse contrato de compra seja finalizado? Quer dizer, presumindo que tudo vai seguir bem depois que sairmos daqui e vai ser só anotar esse *home run*?

Rá. Dei um sorriso vitorioso para Murph e gesticulei com a boca: *Bingo*.

Murph fez uma cara feia zombeteira e estreitou os olhos na minha direção. Hunter se retorceu em seu assento e bateu o punho de leve na mesa.

Os quarenta dólares mais fáceis da minha vida. Eu adorava vencer.

Tim Hollister foi até o púlpito. Ele estava adorável hoje, de um jeito meio garoto de comercial de margarina. Desejei que Tyler tivesse se sentado perto de mim. Ele era a única pessoa na empresa com quem eu podia compartilhar esse tipo de observação.

Este ano, Tim estava a cargo dos cursos de Educação Jurídica Continuada para os advogados — um dos trabalhos mais pesados que os sócios sêniores entregavam para os mais jovens. Ele recitou uma lista com os próximos seminários da EJC.

— Além do almoço interno sobre Práticas de Corrupção no Exterior, no dia vinte e oito, próxima quarta-feira, temos um programa no café da manhã no Princeton Club que vai abordar a responsabilidade de diretores e administradores. O título é "A evolução de Dodd-Frank: as regras atuais de supervisão financeira e o que elas representam para você". — Ele olhou para nós. — Por favor, não saiam correndo para se inscrever.

Algumas pessoas riram. Murph digitou alguma coisa em seu BlackBerry, e então me cutucou nas costelas. Olhei para a mensagem na tela: "Me mate, por favor".

Adler voltou ao pódio.

— Obrigado, Tim. — Ele permaneceu em silêncio por alguns instantes. — E agora — disse ele, sorrindo solenemente para todos. — Tenho prazer de apresentar nosso convidado muito especial. Dr. Rossi, poderia vir até aqui, por favor?

Dr. Rossi e seus óculos atravessaram a sala com passos determinados. Ele se posicionou levemente à esquerda e atrás de Marty Adler, olhando para nós com expressão benigna, como um candidato à vice-presidência.

— Como vocês todos já estão cientes, há um imperativo crescente nos principais escritórios de advocacia do país para garantir diversidade e sensibilidade no ambiente de trabalho. — Adler iniciou as explicações.

Eu sabia exatamente onde aquilo ia terminar. Afundei alguns centímetros na minha cadeira, com a esperança de me misturar ao mobiliário.

— É verdade que recentemente esse se tornou um assunto urgente para nós por causa de determinados episódios infelizes que ocorreram no passeio da semana passada.

Mais do que algumas cabeças viraram na direção de Hunter. As bochechas dele estavam quase roxas. Incrível. Eu nunca tinha visto Hunter Russell constrangido antes. Então, a repercussão negativa tinha alcançado até mesmo ele.

— O que me traz ao nosso convidado especial, o dr. Stephen Rossi. — O professor deu um passo para frente e nos cumprimentou com um aceno de cabeça curto, enquanto Adler lia em tom monótono: — O dr. Rossi é fundador e presidente da empresa de consultoria Desempenho em Diversidade LLC. Antes disso, foi diretor de diversidade e inclusão em vários dos principais escritórios de advocacia do país, mais recentemente na Foster Cowan e Mays.

Ergui as sobrancelhas.

Adler olhou ao redor da sala e deu um sorriso.

— Estou honrado de anunciar que contratamos o dr. Rossi para examinar nosso desempenho como empresa para aumentar a diversidade e a inclusão em nossos quadros, e para recalibrar nosso negócio a fim de melhor alavancar nosso conjunto diversificado de talentos. Também organizaremos um evento de larga escala sobre diversidade no final do verão, para o qual convidaremos clientes e amigos da empresa. Espero que todos vocês recebam o dr. Rossi calorosamente, e cooperem com ele da forma como puderem enquanto ele realiza essa tarefa tão importante. Stephen?

Uma verdadeira ovação acompanhou o caminho de dr. Rossi até o púlpito. Os olhos de muitos advogados já estavam completamente desfocados. Alguns sócios, incluindo Gavin Dunlop, pareciam irritados ou céticos, mas não Harold Rubinstein, que olhava com atenção para o dr. Rossi. Aquilo fazia sentido. Rubinstein e Adler eram os sócios da área Corporativa que tinham assento no Comitê de Diversidade e Inclusão da empresa.

— Obrigado, Marty. — O dr. Rossi sorriu. — Durante os próximos dois meses, estudarei a cultura corporativa única da Parsons Valentine e formularei novas estratégias para melhor atrair, reter e desenvolver talentos diversos, em especial nos níveis mais altos da administração. Para este fim, farei uma série de entrevistas confidenciais com os nossos sócios e associados, em especial com minorias, mulheres e nossos colegas LGBTQIAPN+.

Alguém à minha esquerda deu uma bufada audível.

Se ouviu aquilo, o dr. Rossi ignorou.

— Essas informações serão minuciosamente analisadas e reunidas em um relatório abrangente, com recomendações prescritivas, que apresentarei para o Comitê de Administração da empresa na conclusão do meu contrato. — Ele fez uma pausa e, quando falou novamente, parecia sério e incisivo. — Afirmo veementemente que qualquer coisa que me disserem permanecerá estritamente confidencial. Nenhuma declaração será atribuída a nenhum advogado em particular, e todas as respostas permanecerão anônimas.

Nesse momento, quem bufou fui eu. Não era necessário ser exatamente um gênio para descobrir de onde teria vindo qualquer declaração de uma associada sênior sino-americana. Tyler Robinson teria o mesmo problema.

— Estou ansioso para conhecer todos vocês, ou o maior número possível, individualmente, nas próximas semanas. Obrigado.

Eu podia ter imaginado, mas parecia que o dr. Rossi olhava diretamente para mim ao terminar sua declaração. Bom, nada feito. Eu não pretendia contribuir para o pequeno relatório dele, fosse "confidencial" ou não. Eu não ia sacudir o barco. Não quando estava tão perto da costa.

Enquanto o dr. Rossi caminhava de volta ao seu assento, o barulho de vozes e o tilintar de talheres se ergueram novamente na mesa de reuniões. Algumas pessoas se levantaram para inspecionar as sobremesas.

— Vou pegar um brownie ou algo parecido — falei para Hunter e Murph. — Vocês dois querem alguma coisa?

Hunter negou com a cabeça.

— Preciso ir — murmurou e saiu da sala em disparada.

Fui até o buffet e me servi de um pratinho com um pouco de salada de fruta e um cookie com gotas de chocolate. Quando voltei para a mesa, Murph e Gavin Dunlop estavam conversando e rindo baixinho. Um garçom tirava os pratos e bloqueava meu caminho até a cadeira, então fiquei parada atrás dele, esperando que terminasse.

— Não acredito que estamos desperdiçando tanto tempo e dinheiro nisso — suspirou Gavin.

Murph riu e disse em voz baixa:

— Bom, ninguém mandou aqueles idiotas ficarem bêbados e se empolgarem no passeio de verão.

Parei de repente. *Se empolgarem?*

— É sério — disse Gavin. — Por que precisamos de um treinamento de diversidade? Por que ainda estamos falando disso? Não acabamos de nomear duas mulheres na sequência para a Suprema Corte?

Sim. E três homens brancos na sequência antes disso. Mas quem está contando?

Gavin balançou a cabeça.

— Quer dizer, pelo amor de Deus, quem está sentado na maldita Casa Branca! O que mais eles querem? O que vem depois? Uma sábia latina? — Gavin riu da própria piada.

Tossi alto, e os dois olharam para mim. Murph pareceu surpreso.

— Ah, ei, não tinha brownie hoje? — disse ele, dando um olhar de advertência para Gavin.

Gavin não percebeu.

— Foi uma apresentação inofensiva. De mal gosto, sim, mas só uma piada. Esse pessoal não tem senso de humor? Quer dizer, imagina o alvoroço se eu decidisse começar um restaurante só para homens brancos na empresa?

Não pude deixar de dar uma bufada baixinha.

Gavin olhou para mim.

— O que foi?

— Nada.

— Não. O que foi?

Olhei bem para ele.

— Sério, Gavin? A empresa já tem um refeitório só para homens brancos.

Murph deu uma risada.

— Bem, o que eu não entendo — prosseguiu Gavin — é como eles sempre ficam falando de "igualdade".

Eu me perguntei a quem Gavin se referia quando dizia *eles*. E se ele me incluiria como parte *deles* ou de *nós*.

Agora Gavin estava fazendo sinal de aspas jocosas no ar.

— Quer dizer, se estão atrás de igualdade, parece que faria mais sentido ignorar raça e gênero em vez de chamar cada vez mais atenção para isso, certo?

— Este país ainda não está pronto para ignorar raça ou gênero — retruquei, me arrependendo no instante em que as palavras saíram da minha boca.

Silêncio. Minhas palavras ficaram suspensas no ar.

— Ah, eu não sabia que você tinha opiniões tão fortes em relação a isso, Yung — comentou Murph com suavidade.

— Sim — Gavin falou, por fim. — Quer dizer — e ele falou em um tom conciliatório e bastante gentil —, eu nem estava falando dos asiáticos.

Murph lhe deu um olhar que significava *você não tem jeito mesmo*.

Gavin prosseguiu.

— Tenho a impressão de que os americanos de origem asiática se saem muito bem.

— Meu Deus, obrigada — falei. — Estou realmente feliz que pense assim, Gavin.

— Vamos lá. Só estou dizendo que, por qualquer medida econômica objetiva, os asiáticos estão no mesmo nível dos brancos.

— Puxa vida, Gavin, você está falando sério? Sério mesmo? — Arregalei os olhos, fiz um tom de voz agudo e ansioso e entrelacei as mãos sob o queixo. — Quer dizer que estamos no mesmo nível? E se prometermos trabalhar pesado e praticar nosso inglês todos os dias, podemos até mesmo ser considerados brancos honorários?

Agora tanto Gavin quanto Murph me encaravam.

Se eu fosse um deles, também estaria me encarando. Eu nunca tinha falado daquele jeito com ninguém no escritório, muito menos com eles. Eu sequer precisei pensar em dizer aquelas palavras, antes que elas despencassem da minha boca como se estivem presas há muito tempo.

Dei uma olhada em Murph. Desde que o conheço, jamais vi aquela expressão de completa perplexidade no rosto dele. Mas parecia que eu também via mais alguma outra coisa; era como se Murph estivesse se esforçando muito para impedir que os cantos de sua boca se erguessem.

— De toda forma, não posso ficar para conversar com vocês. — Eu me virei abruptamente da mesa. Murph se inclinou e estendeu a mão para segurar meu cotovelo.

— Ei, nós não...

Eu o interrompi:

— Tenho que terminar o rascunho da SunCorp hoje. Vejo vocês mais tarde.

Murph e Gavin trocaram olhares. Evitando contato visual com eles, saí da sala de reuniões e segui pelo corredor. Só podia imaginar suas conversas quando eu estivesse longe o suficiente para escutar.

Jesus. Qual o problema dela?

Vai saber. Talvez ela esteja naquela época do mês.

Ah, sim.

Minhas mãos tremiam muito. Meu rosto ardia. Precisava voltar para o escritório, e rápido. Raramente eu perdia a compostura no trabalho. E estava furiosa comigo mesma. Eu tinha acabado de quebrar minha própria regra fundamental: evitar discutir raça com meus colegas de trabalho. Aquelas eram conversas fadadas a terminar mal.

Estava dolorosa e tentadoramente perto. Tudo o que eu tinha que fazer agora era me manter na linha por mais algumas semanas — só mais algumas semanas! — e então eu seria uma sócia. Eu estaria dentro.

— Ei, Ingrid, espere.

E agora o quê?

Era Marty Adler.

Eu tinha conseguido chegar só até os elevadores. Deixei meu rosto em uma expressão neutra o máximo que pude.

— Ingrid — disse ele, bufando um pouco por causa da corridinha pelo corredor. — Que bom que alcancei você. — Ele estendeu a mão e apertou o botão do elevador para descer.

— Marty. O que foi?

— Você saiu tão abruptamente que não tive a chance de apresentá-la pessoalmente ao dr. Rossi.

— Ah? E por que você queria fazer isso?

Ele tossiu.

— Bem, Ingrid, na verdade, o Comitê de Administração teve uma reunião alguns dias atrás e, bem, parece haver um consenso prevalente de que, ah...

— Sim?

— Achamos que você seria uma excelente associada representante da nossa Iniciativa de Diversidade. — Ele sorriu, como se fossem ótimas notícias.

Não, pensei. *Não, não, não, não, não.*

Quando não respondi imediatamente, Adler tentou dar um sorriso tímido. Mas a timidez parecia falsa em Marty Adler.

Tentei ganhar tempo.

— Associada... Representante? — Fingi um sorriso perplexo e apologético. — Desculpe, mas o que é isso exatamente?

Adler me analisava com cuidado. Estava prestes a desmascarar meu blefe.

— Bem, nós realmente apreciaríamos sua ajuda em promover esta iniciativa, Ingrid. Você é um modelo excelente para os nossos associados juniores. Podemos aproveitar sua liderança. Você sabe, trabalhando com o dr. Rossi, fazendo brainstorm em busca de ideias para o evento de diversidade e inclusão que vamos organizar. Precisamos que você fale disso, reúna as principais partes interessadas, divulgue etc., etc.

Eu me sentia exposta. Impotente. Como se estivesse parada fora de mim mesma, apenas observando o acidente acontecer. E não havia nada que eu pudesse fazer para impedir. Eles estavam me coroando oficialmente como a garota do pôster da diversidade da Parsons Valentine, porque, como sempre, eu não tinha concorrência.

— Escute, Marty. — Tentei manter a voz estável. — Você sabe como estarei ocupada com os prazos da SunCorp. Preciso dar cem por cento de mim para esse acordo.

Adler virou a cabeça um pouco e coçou o queixo. Sua expressão perdeu o ar caloroso. Ele falou lentamente, em um tom de voz que eu só o ouvira usar uma ou duas vezes antes, e jamais comigo.

— Bem, então talvez você tenha que encontrar a capacidade de se doar cento e dez por cento, Ingrid.

Hesitei, e ele me viu hesitar. Adler não tinha nada além daquele instinto assassino, e agora ele atacou.

— Acho que você sabe como a empresa ficará grata se você nos ajudar nesta posição. Não preciso lhe dizer como valorizamos as contribuições não jurídicas de um associado para a empresa quando tomamos nossas decisões a respeito de sociedade.

Aquilo era quase fora dos limites — um movimento sujo e dissimulado — e nós dois sabíamos.

— Ficarei feliz em ajudar com a Inciativa de Diversidade de todas as maneiras possíveis — falei, com um sorriso gélido. — Falarei imediatamente com o dr. Rossi.

Adler se iluminou. Sorriu e relaxou os ombros, em um alívio fingido.

— Obrigado, Ingrid. — Ele pressionou a mão de leve nas minhas costas. — Eu sabia que podíamos contar com você.

As portas de um dos elevadores se abriram, e ele gesticulou para que eu entrasse.

— Depois de você.

Neguei com a cabeça.

— Não, vou pegar o próximo. — E acrescentei: — Vou subir.

Adler entrou no elevador.

— Como queira.

Como se eu realmente tivesse escolha.

Sete

Eu odiava ser selecionada para algo por razões que não tinham nada a ver comigo. Até onde me lembro, meus superiores — não apenas chefes, mas professores da escola e da faculdade, reitores, recrutadores e diretores de RH — sempre me pediam para participar de determinado comitê, ir a tal recepção, ser mentora, falar em um painel. Eu não me enganava pensando que, por ser dotada de sagacidade e charme, de aguçada perspicácia jurídica, minha ausência era impensável. Quando se encontra uma mulher de uma minoria que é atraente e articulada em seu meio, que não é muito combativa nem mansa demais, que fala inglês sem sotaque ou jargão, que faz amigos com facilidade e fotografa bem... você a quer.

Ser escolhida já era bastante ruim, mas eu me ressentia ainda mais com a sensação de fardo, de responsabilidade não solicitada, de ter que representar alguém sem ter concorrido a cargo algum. Quando você é a única pessoa com uma combinação determinada de gênero e raça, as pessoas se sentem à vontade para sugerir como você deve utilizar seu tempo ou habilidades. Eu notava os olhares desaprovadores no rosto das pessoas quando eu negava educadamente seus pedidos. *Não, desculpe, mas não tenho tempo para levar os advogados estrangeiros para almoçar hoje; por que não pede para alguém que realmente trabalhe em Internacional? Desculpe, eu realmente não posso orientar mais nenhum estagiário este ano. Vocês já me deram Christine Han, Danny Rodriguez, Victor Cho, Meera Patel e Herman Lim. Eu realmente preciso de algum tempo para fazer meu próprio trabalho.*

Mesmo que eu me sentisse, de certa forma, uma forasteira durante toda a minha vida — primogênita de imigrantes sino-americanos de primeira geração, a primeira da minha família a ser educada nos Estados Unidos, a primeira a ir para a escola de Direito — nunca estive mais ciente do quão "especial" eu era do que no dia em que entrei pelas portas de vidro reluzente da Parsons Valentine.

Se eu fosse escolhida este ano, não me tornaria sócia simplesmente, eu faria história. Seria a primeira mulher de minoria étnica a ser escolhida para se tornar sócia no prestigioso escritório de advocacia Parsons Valentine & Hunt LLP. Esse era o termo que usavam para mim na empresa. "Mulher de minoria étnica".

Era um termo tão peculiar, "mulher de minoria étnica". A primeira vez que ouvi, pensei no meu momento favorito do filme *O mágico de Oz*, quando a casa da fazenda de Dorothy aterrissa com tremendo solavanco, e ela abre a porta e sai em um novo e lindo mundo em Tecnicolor, conquistando amigos e inimigos imediatos. Era como eu me sentia aqui, às vezes: abrindo a porta para Oz, onde tudo era brilhante, grandioso e lindo, e parecia tentadoramente ao alcance. Eu sabia o que era ser aceita como uma estranha exótica nova, ainda que levantasse as suspeitas de alguns. Sabia como era tentar separar as coisas boas das más, e ser distraída por um bando de colegas persuasivos a continuar atrás de tudo o que sempre disse que queria. Eu estava avançando rápido no caminho da sociedade, como se fosse minha própria estrada de tijolos amarelos.

Um dia depois de Adler me encurralar diante dos elevadores, liguei para o dr. Stephen Rossi e me apresentei. Ele estava esperando minha ligação, e sugeriu que conversássemos naquela tarde. Às quatro, segui até o escritório improvisado que a empresa arrumou para ele. Ficava em um canto recoberto de sombras no vigésimo nono andar, uma parte pouco frequentada do edifício, onde a empresa deixava grande parte da equipe não jurídica: pagamentos, viagens, TI, despesas pequenas e o consultor de diversidade.

Eu o encontrei mergulhando um saquinho de chá em uma caneca azul da Parsons Valentine.

— Dr. Rossi?

Ele ergueu os olhos.

— Ingrid? Entre, entre. Imagino o quão ocupada você deve estar. Podemos começar já.

Ele deu a volta rapidamente em sua mesa e fechou a porta. Fiquei um pouco alarmada com isso. As pessoas raramente fechavam as portas do escritório na empresa. Era considerado rude, como se fosse contra a atmosfera de "cordialidade" que a Parsons Valentine estava sempre promovendo em seus folhetos impressos em papel brilhante. Também era um bom jeito de manter a rede de fofocas da empresa em funcionamento.

Esperei até que ele estivesse sentado atrás de sua mesa novamente antes de falar. Primeiro, eu precisava deixar claro que não estava ali por vontade própria.

— Dr. Rossi, espero que não se incomode se eu for sincera.

Ele sorriu.

— Bem, certamente espero que você seja, Ingrid. E, por favor, me chame de Stephen.

— Tudo bem. Stephen — emendei. — Só quero que saiba que tenho muita coisa sob minha responsabilidade agora. Vou fechar uma aquisição de valor particularmente alto em algumas semanas, então espero que isso não leve muito tempo hoje. Meu entendimento é de que estou aqui apenas para ajudá-lo a encorajar a participação de outros associados e para debater ideias para o evento de diversidade que a empresa vai organizar.

O dr. Rossi pareceu confuso, mas só por um segundo. Ele cruzou as mãos cuidadosamente sobre a mesa.

— Bem, Ingrid, ficarei grato por qualquer ajuda que possa me dar em fazer com que os outros associados participem. Mas deixe-me ser totalmente honesto. Fui instruído pelos sócios do Comitê de Diversidade e Inclusão de que você, em específico, seria uma associada particularmente boa para ser entrevistada. Então, eu esperava que pudéssemos ter nossa primeira sessão hoje.

Nossa primeira sessão?

Desde o momento em que esse cara foi apresentado, eu sabia que ele seria um pé no saco, mas prometi a Adler que cooperaria. *De todas as formas possíveis*, cheguei a dizer.

Cruzei as pernas, me recostei na cadeira diante de sua mesa e suspirei.

— Tudo bem. Ficarei feliz em responder a algumas perguntas, embora não consiga imaginar que o que disser possa ser de alguma utilidade. O que quer saber?

— Obrigado, Ingrid. Fico satisfeito com isso. — Ele pegou um pequeno gravador e um bloco de notas amarelo de uma gaveta da mesa.

Eu me endireitei.

— Você vai gravar nossas conversas?

Mais uma vez, ele pareceu intrigado.

— Bem, em geral eu acho útil gravar essas sessões, mas certamente não farei isso se a deixar desconfortável.

Eu gostaria que ele parasse de chamar aquilo de sessão. Ele não era meu terapeuta.

— Me deixa desconfortável.

— Sem problema. — Ele guardou o gravador na gaveta.

Eu me recostei novamente e olhei para o relógio de pulso.

— Agora, o que você precisa me perguntar?

— Bem, para começar, deixe-me perguntar por que você acha que a empresa me deu seu nome primeiro como alguém que eu devia entrevistar para o relatório.

A resposta era tão óbvia que dei uma gargalhada.

— Bem, seu relatório é sobre diversidade nesse escritório de advocacia, certo?

Ele inclinou a cabeça de leve.

— E?

— *E* — falei com uma ferocidade que me surpreendeu — quantas outras pessoas não brancas e não homens você vê por aqui que durou oito anos?

Apertei os lábios. Eu já dissera mais do que planejava. *Cuidado.*

— Este é um excelente ponto para começarmos — disse o dr. Rossi pegando uma caneta do bolso da camisa. — Então, você sente que foi escolhida pela virtude de ser — ele fez uma pausa e olhou para mim de modo inquisitivo — uma mulher? Ou uma americana de origem asiática?

Como se uma coisa pudesse ser separada da outra.

— Bem, pelas duas coisas — respondi. — O mundo corporativo adora um dois-em-um como eu.

Ele ergueu os olhos.

— Como é?

— Um dois-em-um — repeti. — Você sabe, como tirar o palito premiado do picolé.

O dr. Rossi riu baixinho, escrevendo em seu bloco.

— Gosto disso, Ingrid. Se importa se eu usar?

— Fique à vontade.

— Então, continuando, deixe-me fazer mais uma pergunta. Quantos, como você descreve, "não brancos e não homens" existem na empresa que você realmente acredita que estejam no caminho de se tornarem sócios?

A franqueza de sua pergunta acabou me pegando de surpresa. Imediatamente pensei em Tyler. Ele tinha me confidenciado que tinha conseguido fazer algumas entrevistas em outras empresas e que provavelmente daria seu aviso-prévio em questão de semanas. Fingi sorrir e disse com leveza:

— Me sinto um pouco estranha em dar nomes. Quer dizer, essa não é a Comissão McCarthy, certo?

O dr. Rossi não correspondeu ao meu sorriso. Em vez disso, tirou os óculos e começou a massagear o nariz.

— Ingrid — disse ele. — Acredite ou não, estou do seu lado. Estou aqui para que a empresa possa melhorar a qualidade de vida de todos os associados. No entanto, não vou conseguir fazer meu trabalho se as pessoas não estiverem dispostas a se abrirem comigo.

Ele ficou me encarando. Se tivesse sacado um violão e explodido em uma versão empolgante de *Kumbaya*, eu não teria ficado surpresa.

Ele suspirou.

— Ok, deixe-me dizer uma coisa. Vamos fazer de outro jeito. — Ele fez um grande espetáculo para deixar o bloco de notas de lado. — Antes de mais nada, o que a fez decidir se tornar advogada?

Fingi pensar naquilo. Na verdade, eu sabia exatamente quando a ideia foi plantada em minha mente.

Quando eu estava no ensino fundamental, minha mãe começou uma tradição na nossa casa chamada Noite da Biblioteca. Toda quarta-feira, depois que ela chegava do trabalho, não importava o quão cansada estivesse ou a condição do jantar, ela me levava até a biblioteca, onde colocava a sacola de lona cheia de livros no balcão para fazer as devoluções, e depois me ajudava a carregar a sacola de lona cheia dos novos livros que eu pegava emprestado. Tinha permissão de pegar quantos livros quisesse, mesmo aqueles da seção de adultos. Minha mãe e meu pai não conheciam nenhum daqueles livros americanos, então, no quinto ano, eu estava lendo *Os amantes de Lady Chatterley*, *A tribo da caverna do urso* e *Wifey*. Eu me sentava no sofá da nossa sala de estar — à vista de todos — e meus pais não tinham a menor ideia. Até onde eles sabiam, eu estava lendo para a escola.

— Você é nossa melhor frequentadora — dizia a senhora loira-platinada toda semana enquanto sorria para mim atrás do balcão de empréstimos.

Naquele ano, em que completei dez anos de idade, nossa máquina de lavar roupas quebrou. Minha mãe ligou para a Sears e, depois de esperar por quase uma hora, explicou em seu inglês com sotaque e truncado o que tinha acontecido e quando ela tinha comprado a máquina. Eu estava sentada na mesa da cozinha, fazendo meus exercícios de fração, meio que escutando o lado da minha mãe da conversa. O representante respondeu secamente que a Sears não era obrigada a consertar nada e desligou na cara da minha mãe.

Minha mãe guardava tudo. Ela achou o recibo original de venda da máquina que tínhamos comprado na Sears e me pediu para ler a garantia. A garantia era válida por um ano inteiro, e só fazia dez meses que tínhamos o eletrodoméstico.

Naquela semana, quando minha mãe me levou à biblioteca, ela pediu na recepção um livro sobre como escrever uma carta comercial oficial. A bibliotecária pareceu exultante com o fato de alguém lhe perguntar algo. Ela pegou uma brochura de capa amarela brilhante, tirou o pó e entregou para ela: *Cartas comerciais que funcionam.*

Eu estudei e estudei aquele livro. Li cuidadosamente as explicações de cada componente de uma carta formal. Muitos deles eram palavras novas para mim, e pareciam adultas e importantes. Eu amava o som delas. *Saudação. Cumprimento. Corpo. Fechamento. Assinatura.*

Com o livro e o recibo amarelado e amassado da Sears na mesa, me preparei para datilografar na máquina Smith-Corona do meu pai. Usei um vidro de manteiga de amendoim para manter o livro aberto na página que eu queria.

Primeiro digitei a data. Depois o nome e o endereço do remetente. "Centro de Serviços ao Cliente da Sears". Copiei cuidadosamente o endereço que aparecia na garantia. Então veio a saudação. "A quem interessar possa", digitei, seguindo o exemplo do livro da biblioteca. Finalmente reli as instruções para compor o corpo da carta.

"Primeiro passo: declare detalhadamente o propósito de sua carta. Seu tom deve ser cortês, porém firme. Segundo passo: forneça as informações de que o destinatário vai precisar para avaliar seu pedido. Terceiro passo: reafirme seu pedido e agradeça ao destinatário por seu tempo e consideração."

Digitei cuidadosamente:

O propósito desta carta é informá-los de que a máquina de lavar roupa que comprei em sua loja está quebrada e para pedir que, por favor, a consertem de graça.
A máquina foi comprada em sua loja em Rockville, Maryland, em 4 de dezembro. A garantia grampeada no meu recibo diz que "Reparos e serviços são garantidos até um ano após a data de compra", e esse período ainda não terminou. (Ainda tenho o recibo porque guardo tudo.)
Agora vou reafirmar meu pedido. Por favor, enviem alguém para consertar minha máquina de lavar roupa, pois a garantia não terminou. Obrigada por seu tempo e consideração.

Atenciosamente,
Sra. Elinor Yan-Mei Yung

Minha mãe leu, sorriu para mim e declarou que estava perfeita. Ela assinou seu nome com uma letra cuidadosa e colocou no correio. Três semanas e meia depois, um homem em uma van da Sears parou na nossa porta e consertou nossa máquina de lavar roupa de graça.

Meus pais nunca tiveram tanto orgulho de mim. Sorrindo, minha mãe me abraçou e disse que eu era uma garota muito inteligente. E que eu devia me tornar advogada quando crescesse. E, dessa forma, minha mãe e meu pai sempre teriam certeza de que ninguém os passaria para trás só porque pareciam e falavam diferente dos demais.

"Ninguém mexe com minha Ingrid", minha mãe dizia em chinês. Eu pensava muito naquilo, mesmo agora. Especialmente agora.

Olhei para o dr. Rossi por sobre a mesa e dei de ombros.

— Não sei. É melhor do que fritar hambúrgueres.

O dr. Rossi estava me olhando com bastante atenção. Ele se recostou na cadeira, colocou o pé direito sobre o joelho esquerdo e cruzou os braços.

— Ingrid.

Olhei para ele, hesitando.

— Não posso ajudá-la se você não me ajudar.

— Espero que não leve isso a mal, mas não me lembro de ter pedido a ajuda de ninguém.

O dr. Rossi se inclinou para a frente em sua cadeira.

— Olhe — disse ele em um tom de voz mais baixo —, isso pode surpreendê-la, mas eu entendo completamente a posição em que você está. Sei que pode ser escolhida para ser sócia em algumas semanas, e ouvi o boato de que suas chances são excelentes.

Eu me animei um pouco. Boato? Havia algum boato? Pigarreei.

— Onde você escutou isso?

O dr. Rossi me deu olhar de soslaio.

— Você esquece que andei almoçando com vários grupos de sócios a semana toda. As pessoas comentam.

Isso era bom. Era muito bom. Olhei para o meu colo, para que ele não visse o largo sorriso que se espalhava em meu rosto.

— Então, veja bem, entendo por que você pode ter muito pouco incentivo para falar sinceramente comigo sobre diversidade e inclusão nesta empresa. Quer dizer, e daí que o sistema esteja errado, ele está funcionando bem para você, não está?

Não confirmei, tampouco o corrigi.

— Você é obviamente bem-sucedida em sua carreira aqui, e isso é ótimo. Mas eu poderia convidá-la a especular por que você foi a única que chegou tão longe? Quer dizer, por que não há outras mulheres não brancas aptas a se tornarem sócias?

Enquanto eu tentava pensar em uma resposta diplomática, o dr. Rossi pegou uma planilha de Excel.

— Por exemplo, vejo que na turma que entrou com você, havia outra mulher de origem asiática, mas ela desistiu depois de um ano e meio. Estou curioso em ouvir o que você pensa sobre os motivos que a fizeram partir. Você sente que a empresa foi incapaz de mantê-la?

Eu me lembrava bastante desta mulher — Zhang Liu —, embora tentasse me esquecer. Durante os primeiros meses após a orientação para os novos associados, vários dos sócios e das secretárias tinham dificuldade em nos diferenciar, embora não fôssemos nada parecidas. Zhang usava o cabelo curto, com franja. O meu era mais longo e cortado em camadas. Ela também era quase uma cabeça mais alta do que eu. Mas, um ano depois, ainda recebíamos o correio interno uma da outra.

Zhang Liu era de Pequim, e veio para os Estados Unidos com dezoito anos, para estudar no MIT. Ela gabaritou o exame da ordem e todos os outros testes padronizados conhecidos pela civilização. Diziam que ela era brilhante, mas era difícil confirmar, já que falava um inglês que era tecnicamente correto, mas com um sotaque carregado. Seu cabelo sem corte parecia estar sempre precisando ser lavado, e ela usava terninhos mal ajustados que não favoreciam sua figura. Ela era extremamente tímida, e quase nunca se juntava a nós quando íamos almoçar ou beber. Nas raras ocasiões em que saiu conosco, Zhang pairava em silêncio à margem do grupo, acalentando uma 7-Up, enquanto o restante de nós tomava martinis e trocava piadas sujas e fofocas. E, quando ela falava, sua voz era tão suave e baixa que mal passava de um sussurro. Uma vez, em uma reunião do Departamento Corporativo, eu vi Marty Adler perder a paciência e retrucar:

— Fale alto, Zhang, pelo amor de Deus.

Nunca ouvi Adler falar com um associado dessa forma antes ou depois; aquilo me chamou a atenção.

Em outra vez, Harold Rubinstein lhe fez um elogio sincero por um excelente memorando de pesquisa que ela tinha preparado sobre alguns novos regulamentos de divulgação de títulos.

— Estava extremamente bem-feito, Zhang — ele disse, diante de todos nós. — Ótimo trabalho.

Zhang corou e murmurou alguma coisa em protesto, sobre como tinha sido um trabalho em equipe e que, na verdade, dois estagiários tinham feito a maior parte da pesquisa. Balancei a cabeça. Ela não estava entendendo. Todo mundo sabia que, nas raras ocasiões em que um sócio elogiava publicamente seu trabalho, a única resposta certa era *Obrigada*.

Cerca de um ano depois que começamos, Zhang apareceu em meu escritório tarde da noite. Ela bateu à minha porta, hesitante, e eu, surpresa, ergui os olhos da pilha de minutas de documentos que estava revisando e destacando com um marcador amarelo. Do nada, ela perguntou se eu sabia falar chinês.

— Não — menti.

Eu sabia quanta coragem aquilo devia ter exigido dela; eu sabia o quanto aquilo tinha lhe custado. Mesmo assim, para minha vergonha, eu não consegui reunir coragem em mim mesma para fazer a coisa certa.

Era só meu primeiro ano. Minha própria posição na empresa ainda não era tão garantida para eu poder me dar ao luxo de ser mais ligada a Zhang Liu do que eu já era. Morria de medo de que ela me puxasse para baixo.

Eu estava passando; ela, não.

Zhang continuou na Parsons Valentine por mais alguns meses, recebeu o bônus de dezembro e pediu demissão. Não tenho ideia de para onde ela foi.

Eu pensava em Zhang Liu de tempos em tempos, em especial no último inverno, quando reli meu livro favorito da época da faculdade — *The Woman Warrior*, de Maxine Hong Kingston. Fiquei presa em uma cena na qual a heroína rebelde e durona aterroriza uma companheira de classe sino-americana no banheiro feminino, puxando suas marias-chiquinhas e apertando suas bochechas para obrigá-la a falar inglês. "Olhei em seu rosto para poder odiá-la de perto", ela escreveu. Percebi, com uma pontada aguda de culpa, que foi exatamente o que eu fiz — olhei no rosto perdido e solitário de Zhang Liu e a odiei de perto.

— Tudo bem, olhe... — suspirei. — Vamos dizer que, na minha experiência, a maioria dos homens brancos ainda fica muito mais confortável trabalhando com caras que aparentam, falam e agem do mesmo jeito que eles.

— Mas e quanto às várias iniciativas do Comitê de Diversidade e Inclusão? — questionou o dr. Rossi.

Bufei. Até onde eu sabia — até o incidente no passeio da empresa —, o Comitê de Diversidade e Inclusão estava praticamente extinto. Suas "iniciativas" consistiam em levar os associados para assistir ao *Rei Leão* na Broadway, organizar um happy hour regado a margaritas no *Cinco de Mayo* e servir rolinho primavera e dumplings na Tribuna do Júri durante o Mês da Herança de Americanos Descendentes de Asiáticos e das Ilhas do Pacífico.

Bem, não precisávamos de um maldito Dia do Dumpling no refeitório da empresa. Precisávamos de anéis decodificadores para todas as regras de sobrevivência não escritas deste lugar.

O dr. Rossi estava coçando o queixo.

— Você acha possível uma jovem não branca encontrar mentores em um lugar como este?

— Possível, sim. Fácil, não — respondi.

— Você, pessoalmente, fez alguma tentativa de encontrar mentores durante sua carreira aqui?

Dei um sorriso triste.

— Falei algo engraçado?

Dei de ombros.

— Bem, todo mundo sempre aconselha os jovens associados a "encontrarem um mentor cedo". Ah, sim. Como se fosse tão fácil.

— E não é? — dr. Rossi quis saber.

— Não.

Assim que chegamos na Parsons Valentine, recebemos alegremente nossos crachás e fomos conduzidos até uma sessão de orientação do primeiro ano em um salão de baile no centro da cidade, onde fomos recebidos com Perrier e sushi, enquanto um coro de jovens sócios animados trombeteava conselhos. *Procurem mentores e padrinhos! Vão até lá, apresentem-se para os sócios com quem querem aprender! Não tenham vergonha de pedir trabalho!*

Aceitei o conselho deles. Ou, pelo menos, tentei. Planejei cuidadosamente como me aproximar de Ellen Chu Sanderson, a única mulher sino-americana da empresa, que tinha sido nomeada conselheira (um degrau abaixo de sócia, *não exatamente no topo*). Eu já tinha lido o perfil dela no *New York Law Journal*, em que ela apareceu uma vez como uma das dez advogadas não brancas para acompanhar. (A piada era que não tinha sido tão difícil fazer a lista, quando só havia umas cinquenta profissionais atuando.)

Ellen tinha quarenta e poucos anos, era casada, sem filhos — seu marido era diretor administrativo na Goldman — e tinha sido nomeada conselheira aos trinta e nove anos, no grupo de Propriedade Intelectual da empresa.

Eu sabia tudo isso porque tinha feito a lição de casa. Ela também tinha estudado em Yale — tanto na faculdade quanto na escola de Direito — e até jogou na equipe de tênis da universidade. Com tudo aquilo em comum, como ela não me aceitaria sob sua asa? Ela me diria com que sócios trabalhar, quais evitar. Os que gostavam de gritar, os caras legais. Talvez até me levasse para almoçar. Começaria como algo ocasional, mas logo teríamos almoços mensais para conversarmos sobre tudo, desde quem se tornaria sócio até onde ela fazia o cabelo. Com o tempo, ela me convidaria para sua casa, nos Hamptons, onde daríamos risadas tomando limonada e comendo biscoitos, e eu a deixaria me derrotar no tênis. (Eu sabia que ela e o marido tinham uma casa ali; certa vez eles anunciaram na newsletter da Parsons Valentine que estavam alugando a casa para o verão. Quinze mil dólares por mês.)

Então, em uma manhã, logo depois de chegar na empresa, procurei por Ellen Chu Sanderson no diretório on-line do escritório e reuni coragem para ir até seu escritório. Passei por nomes desconhecidos nas placas de latão — eu ainda não estivera no trigésimo andar, nem conhecia muitos advogados do grupo de Propriedade Intelectual — e parei diante do que dizia Ellen Chu Sanderson. A porta estava parcialmente fechada, e eu podia ouvi-la no telefone lá dentro. Hesitei por um instante.

— Posso ajudar com alguma coisa, querida? — perguntou a secretária de Ellen Chu Sanderson, uma mulher jovem, bonita, com sombra carregada, sentada atrás do balcão na minha frente.

— Ah! — Eu me virei para ela. — Sou uma associada nova aqui, e só queria dar um oi para Ellen. — Achei que podia parecer estranho, então completei, à guisa de explicação: — Nós... nós duas jogamos tênis na mesma equipe da faculdade.

Ela sorriu.

— Bem, tenho certeza de que Ellen vai adorar conhecer você. — Ela deu uma piscadinha e abaixou a voz: — Ellen é realmente um doce. Tive sorte, sabe? Você devia ver o cara para quem eu trabalhava quando cheguei aqui.

Sorri e concordei com a cabeça.

— Sim. — E me enchi de orgulho em saber que minha futura mentora era alguém de quem as secretárias falavam bem.

— Ah, parece que ela saiu do telefone. Rápido. É melhor pegá-la antes que ela entre em outra ligação. É só bater e entrar.

— Mesmo que a porta dela esteja fechada?

— Ah, sim, ela faz isso quando está tomando café da manhã ou almoçando lá dentro. — Mais uma vez ela baixou a voz e sussurrou: — Ela não gosta quando as pessoas a veem comendo — informou a secretária.

— Ah — falei, me aproximando da porta e dando uma batida firme.

— Entre — disse uma voz doce, melodiosa e calorosa.

Abri a porta e entrei no escritório de Ellen Chu Sanderson. Ela parecia mais jovem do que em sua foto. Usava o cabelo em um Chanel curto, tinha óculos de gatinho e dentes muito brancos.

Ela pestanejou para mim, e juro que seu sorriso desapareceu em fração de segundos.

— Posso ajudá-la? — Seu tom de voz não era hostil (não exatamente), mas tampouco era receptivo. Destemida (mais ou menos), dei meu melhor sorriso de entrevista e me aproximei de sua mesa.

— Oi — falei, animada. — Meu nome é Ingrid Yung.

Ela permaneceu onde estava.

— Ok... E eu devia conhecê-la como?

Ela bem que podia ter me esbofeteado. Eu queria dar meia-volta e sair correndo, mas me mantive firme.

— Ah, você não me conhece, na verdade — eu me ouvi dizendo. — Sou uma nova associada na área Corporativa, e só queria me apresentar. Soube que você também jogava tênis em Yale quando esteve lá.

— E como você sabe disso? — Ela estreitou os olhos na minha direção.

De repente, me senti incrivelmente estúpida. Essa tinha sido uma péssima ideia. Como eu podia ter sido tão presunçosa? Ellen Chu Sanderson tinha coisas mais importantes para fazer do que adotar uma recém-contratada como a irmãzinha que jamais teve.

— Ah, eu, ah...

— Escute — disse ela com um sorriso meio falso. — Estou bem atrapalhada aqui. Não é exatamente um bom momento.

Olhei para o muffin meio comido e a cópia do *The Wall Street Journal* aberto na mesa.

— Ok. Eu... eu sinto muito. — E saí de seu escritório.

— Foi bom você passar por aqui — disse ela, fechando a porta na minha cara.

Foi a primeira e última vez que falei com Ellen Chu Sanderson. Nos anos seguintes, sempre que nos encontrávamos em festas da empresa, abaixávamos nossas cabeças e evitávamos uma à outra. Ela parecia tão relutante em cruzar comigo quanto eu em dar de cara com ela. Talvez ela imaginasse que havia espaço só para uma mulher sino-americana, ex-aluna de Yale e jogadora de tênis na empresa, e aquilo estava bom para ela. Ela deixou a Parsons Valentine no ano passado, depois de ser indicada para uma posição de alta patente no conselho do Escritório de Patentes e Marcas dos Estados Unidos. Suspeito que nós duas tenhamos ficado aliviadas.

O dr. Rossi me olhava com seriedade.

— E como você se sente, Ingrid, em saber que não é tão fácil para as mulheres encontrar mentores quanto é para os homens?

Eu me encolhi. O dr. Rossi estava fazendo minha cabeça doer. Eu não tinha nem tempo nem desejo de ajudá-lo a realizar sua dramática revisão de gênero e raça na hierarquia das corporações dos Estados Unidos. Se ele pensou ter encontrado sua pequena Norma Rae, estava completamente enganado.

— Sinto muito — falei. Já tinha aguentado o bastante. — Tenho uma teleconferência em cinco minutos. Podemos continuar essa conversa outra hora?

Ele me olhou pensativo.

— Estou ansioso por isso.

Oito

— Vamos, Yung, se apresse. — Hunter enfiou a cabeça pela porta do meu escritório. — Murph e o resto dos caras estão esperando lá embaixo. Se não aparecermos às sete e quinze, perdemos o jogo.

— Não sei como vocês me convenceram a fazer isso — falei do outro lado da porta do escritório. — Um jogo de *softball* da Liga de Advogados não é exatamente como planejei passar a noite.

Hunter usava o boné de beisebol azul e branco da Parsons Valentine. No ombro, carregava uma bolsa imensa com a marca da empresa, nos braços, três bastões e as luvas de apanhador. Ele se arrastou para dentro da sala, derrubando minha pilha de impressões da Lexis, arquivos da Comissão de Valores Imobiliários e pastas sanfonadas no caminho.

— Ei, ei, ei. Cuidado com essa bolsa. — Passei meus tênis, meias limpas e uma calça de ioga do meu guarda-roupa de cedro para minha bolsa de ginástica. — Oh-oh. Não tenho camiseta limpa.

Hunter balançou a cabeça.

— Bela tentativa, mas todo mundo precisa usar o uniforme do time. — Ele fez sinal com o queixo na direção da bolsa. — Temos toneladas delas. Darei uma a você quando chegarmos lá. Só precisamos ir.

— Tudo bem, tudo bem, só me dê um segundo para trocar de roupa. Encontro vocês no lobby.

— Seja rápida. — Hunter olhou para o relógio. — Eu realmente odeio perder para aquele Davis Polk, idiota competitivo.

O sujo falando do mal-lavado.

Hunter era absurdamente competitivo em relação à Liga de Advogados. Para alguém que estava no emprego por causa do casamento, não conhecia lei alguma e mal cumpria seu horário, ele só trabalhava quando se tratava de *softball*. As regras oficiais da Liga de Advogados do Central Park exigiam que cada escritório de advocacia tivesse um time com pelo menos oito jogadores, dos quais pelo menos um integrante devia ser mulher. Caso contrário, o time estava fora. Naquela manhã, Hunter tinha entrado em pânico depois de descobrir que Melissa McCabe, da área de Heranças e Propriedades, a única mulher do time, precisava ir para Boston cuidar de uma emergência de um cliente e não poderia jogar. Aquilo inspirou seu ridículo apelo por e-mail.

> PARA: ESCRITORIO_PARSONS_NY_TODOS_ADVOGADOS
> DE: Russell, Hunter F. hrussell@parsonsadvogados.com
> ASSUNTO: PROCURA-SE MULHER DESESPERADAMENTE...
>
> *... para jogar a partida do campeonato de* softball *hoje à noite vs. Davis Polk, é isso. No Central Park, East Meadow, 19h em ponto!!! Se interessada, entre em contato com Hunter Russell, x3146, o mais rápido possível!!! Uniforme grátis!!!*

Eu ri e disse em alto e bom som "Obviamente, boa sorte com isso", antes de apertar o delete.

Três horas mais tarde, Hunter apareceu no meu escritório.

— Por favor. Estou implorando. — Em seu terno Paul Smith feito sob medida, ele ficou de joelhos na porta do meu escritório, com as mãos postas em oração, e começou a avançar na minha direção. — É sério, Yung, não consegui encontrar nenhuma outra associada para jogar essa noite. É jogo do campeonato! Se não pudermos montar um time seguindo o regulamento, estamos automaticamente desclassificados. Por favor, Yung. Por favor. — Ele alcançou minha cadeira giratória ainda ajoelhado e se agarrou à minha perna.

— Hunter — comecei calmamente, encarando-o.

Ele pestanejou para mim do chão.

— Tenha alguma dignidade, Hunter. Você está constrangendo a nós dois.

— Por favor, Yung! — choramingou.

— Não tenho praticado esportes ultimamente.

Ele soltou minha perna, mas continuou de joelhos.

— Vamos lá. Você jogou futebol feminino na faculdade, certo? E tênis?

Eu me perguntei como Hunter sabia de tudo aquilo.

— Não são a mesma coisa — falei. — Não sei absolutamente nada sobre beisebol.

— É *softball*, Ingrid. *Softball*. E sequer usamos uma bola regulamentada. A Liga de Advogados usa uma bola que é mais macia do que a regulamentada. É bem fácil de bater. — Hunter me deu um sorriso esperançoso.

Fingi pensar, dando batidinhas com o dedo no queixo.

— Ok, hum, vejamos. O que você acha que os sócios vão pensar, uma vez que eu devia estar cuidando deste superacordo de um bilhão de dólares para o cliente de Adler, se eu deixar o escritório às seis e quarenta e cinco para ir jogar *softball* no Central Park?

Hunter deu um sorriso presunçoso.

— Na verdade, geralmente Adler aparece para assistir a todos os nossos jogos. E Tim Hollister vai jogar hoje à noite.

Franzi o cenho.

— Eu não sabia que esses caras iam aos seus jogos.

— Sim, eles vão — Hunter prosseguiu, orgulhoso. — Depois disso, todos vamos tomar cervejas no Paddy Maguire's, e Adler paga a conta no fim da noite. É ótimo. Você devia ir. Murph começou essa tradição um tempo atrás.

— Hum. — Murph nunca mencionou nada para mim sobre sair para beber com os sócios. Pensei em como Marty Adler tinha me encurralado nos elevadores para falar da Iniciativa de Diversidade, e no jeito impaciente e um pouco hostil que falou comigo: *não preciso lhe dizer como valorizamos as contribuições não jurídicas de um associado para a empresa.* Eu me perguntei se Murph organizar saídas particulares para beber com os sócios sêniores contava como "contribuição não jurídica" .

— Vamos lá, Yung. Seja minha heroína.

Olhei para Hunter, ainda rastejando no chão ao lado da minha mesa. Algo no jeito como ele disse "heroína" me conquistou — em especial se Marty Adler estivesse lá para ver. *Você quer contribuições não jurídicas? Vou lhe mostrar contribuições não jurídicas.*

— Tudo bem. Estou dentro. Não aguento ver você implorando.

Hunter saiu correndo do carro assim que chegamos às quadras do Central Park. Ele disaparou pela trilha, com a bolsa cheia de camisetas, três bastões e uma luva. Murph e eu seguimos atrás.

O time do Davis Polk já estava lá. O capitão da equipe estava esperando nas arquibancadas, os braços cruzados sobre o peito, as mãos embaixo das axilas.

— É muita gentileza de vocês aparecerem — ele nos disse.

— Imbecil — disse Murph, baixinho. O restante do nosso time tinha acabado de chegar e estava espalhado pelo campo, fazendo alongamentos e se aquecendo. Tim Hollister estava mesmo entre eles, sorriu e acenou quando me viu. Acenei de volta. Tim ia jogar sem os óculos; essa noite ele parecia um pouco menos com Clark Kent e mais como Superman. O outro jogador que reconheci imediatamente foi Link Forster — o Mister Janeiro do passeio da empresa. O time ainda era formado por outros três caras do primeiro ano da área de Litígios, cujos nomes eu não sabia, todos com aquele ar arrogante, de jovem recém-barbeado dono do mundo típico dos recém-formados deslumbrados pela vida em Manhattan e pelos seis dígitos de salário por ano aos vinte e cinco anos.

Fiquei surpresa com o número de pessoas que apareceu para torcer pelo nosso time. A multidão da Parsons Valentine era formada, em grande parte, por pessoal não jurídico — até Margo disse que tinha assistido a um ou dois jogos —, mas também reconheci alguns associados, e não apenas o pessoal com menos de um ano de empresa. Avistei Tyler entre um grupo variado de associados da área Corporativa. Ele estava acenando com os dois braços sobre a cabeça, para que eu o visse. *Que Deus o abençoe, Tyler*. Eu o convenci a aparecer essa noite para me dar apoio moral. Era provavelmente a primeira e única vez que Tyler Robinson aparecia em um jogo de *softball* da empresa. Fiquei comovida.

Acenei de volta entusiasmada, arregalando os olhos e dando de ombros timidamente, como se dissesse *olha no que eu me meti*. Ele sorriu em resposta. *Não tenho ideia de como você foi convencida a fazer isso, querida*.

Vasculhei o resto da multidão; nada de Marty Adler.

Agora Murph se aproximava de mim com a bolsa cheia de camisetas.

— Tudo bem, parece que você precisa vestir isso — disse ele, pegando uma camiseta e jogando para mim.

Ergui a camiseta de algodão branca pesada com manga três quartos azul-marinho. A marca da empresa estava bordada discretamente no canto superior esquerdo, como um crocodilo ou um cavalo na camiseta polo, e no peito estava escrito OS PROMOTORES em uma letra azul levemente inclinada para cima. Não era o nome mais criativo, mas era melhor que a escolha original: O Júri Bem-Dotado. Felizmente, o Comitê de Administração da empresa interferiu no caso.

Humor jurídico era tão sem graça. Ainda na Escola de Direito, quando eu saía para jantar com um bando de colegas de turma, alguém sempre dizia algo como "Acho que vou querer um *testemunho* de chocolate", e todo mundo caía na risada. Era sofrível.

Coloquei a camiseta contra o peito. Em mim, era quase um vestido. Verifiquei a etiqueta.

— Murph, essa camiseta é tamanho G. Não tem nada menor?

— Ah. — Ele pareceu surpreso. — Menor ainda do que isso? Sim, deixe-me olhar. — Ele remexeu na bolsa e, por fim, pegou outra camiseta. — Não tem nada P, mas achei pelo menos uma M. — E jogou a peça para mim.

Coloquei a camiseta por cima da minha regata, e mesmo assim eu ficava igual a um balão nela.

Eu já tinha participado de vários passeios da empresa e retiros com clientes e, por algum motivo, nenhum escritório de advocacia, banco de investimento ou empresa jamais encomendava camisetas da companhia em tamanhos pequenos em número suficiente.

Hunter e o capitão do Davis Polk estavam ocupados discutindo perto das arquibancadas, as cabeças inclinadas sobre duas pranchetas. Então, Hunter se virou e apontou na minha direção. O capitão do Davis Polk olhou para mim, assentiu brevemente para Hunter e riscou alguma coisa em sua prancheta. Depois de alguns minutos, Hunter voltou correndo até nós.

— Ok, então é assim que vai ser — começou ele.

Tim Hollister, Link Forster e os três primeiranistas da área de Litígios se aproximaram, e todos nos amontoamos ao redor da prancheta de Hunter. Link ergueu o queixo para mim:

— Ei, obrigado por substituir Melissa. — Gente, ele era adorável.

Os três primeiranistas me olharam de alto a baixo, mas não disseram nada.

— Ok, pessoal, esse é o plano — continuou Hunter. — Forster, você é o primeiro. — Todo mundo concordou rapidamente, sem surpresas. Olhei para a forma atlética de Link e percebi que ele devia ser considerado algum tipo de potência, pelo menos na Liga de Advogados.

Hunter continuou a recitar mais seis nomes. Por fim, falou:

— Ah, então isso significa... Yung, você é a última.

Fiquei desconfiada.

— Melissa normalmente é a última? — perguntei.

Ele ergueu os olhos da prancheta.

— Ah, não. Por quê?

— Nenhum motivo, só curiosidade.

Eu sabia que Melissa era uma jogadora muito boa, pelo que ouvia nos relatos dos jogos que Hunter e Murph faziam durante o almoço na Tribuna do Júri. Parece que foi cocapitã do time de *softball* enquanto estudava Direito na Universidade de Virgínia. Nunca trabalhamos juntas diretamente, mas ela parecia legal. Era alta — mais alta que muitos homens com quem trabalhava —, tinha sardas e era expansiva e brincalhona. Hunter, Murph e todos os outros rapazes falavam com carinho dela, mas dava para dizer pelo tom de voz deles que ela era o tipo de garota que eles jamais levariam para a cama. Ou até levariam, mas não sairiam correndo para contar para os amigos no dia seguinte.

Hunter apoiou a prancheta no quadril.

— Você tem algum problema em ir por último? — ele perguntou, mas não foi indelicado.

Todos se viraram para mim.

— Não, não, está tudo bem. Vou por último, tudo bem. — Sorri para mostrar que não estava magoada, mas agora sabia que de fato eu era o elo fraco da programação da noite. Eles estavam me colocando em uma posição na qual eu podia causar menos danos. Provavelmente, teria uma jogada a menos no taco do que todos os outros. Mesmo assim, Link Forster estaria logo atrás de mim para executar qualquer controle de danos que fosse necessário.

— Ok, então — concluiu Hunter, batendo palmas. — Vamos lá.

Davis Polk estava em campo. Íamos bater primeiro. Hunter nos instruiu a fazer uma fila na ordem e esperar nossa vez depois da divisória de corrente que ficava atrás do batedor e do *home plate*. Link Forster esfregou as mãos rapidamente e pegou um taco.

— Ok, Forster, vamos nessa — incentivou Hunter, dando um tapinha no ombro de Link enquanto ele se aproximava da base. Dava para ver que Hunter levava seus deveres como capitão do time muito a sério.

Alguns assobios e gritos dispersos de "Liiiiiiink!" irromperam na multidão atrás de nós. O coro era distintamente feminino.

Link era canhoto. Ele ficou parado do lado direito da base, segurando o taco em um ângulo cuidadoso sobre o ombro, o boné baixo sobre os olhos, os joelhos dobrados, o traseiro erguido. O arremessador do Davis Polk, um careca gorducho, franziu o rosto, examinando Link. Então, girou o braço três vezes e jogou a bola para Link em uma velocidade alarmante. Era um arremesso bem colocado. Vi Link tentar acertar a bola e errar.

— Merda. — Ao meu lado, Hunter soltou um suspiro alto e de desaprovação, colocou as mãos em concha ao redor da boca e gritou. — Vamos lá! Se concentra, Forster.

Link se virou na direção de Hunter, revirou os olhos e fez um gesto casual para mandar o outro se foder. Então, voltou sua atenção para a base. Hunter deu uma gargalhada e respondeu com uma vaia.

Eu estava encantada. Pensei em como era muito mais fácil resolver qualquer conflito quando se era homem. Talvez seja por isso que eu me dou melhor com homens do que com mulheres. Eles não fingem gostar de você quando não gostam, não sentem necessidade de agradar todo mundo o tempo todo. Eu admirava isso. Era tão eficiente, tão leve. Óbvio que eles não vencem nenhum concurso de simpatia, mas imagine quanto tempo e energia emocional economizam.

Da próxima vez que Marty Adler aparecesse para me pedir outra contribuição não jurídica, eu devia simplesmente revirar os olhos e lhe fazer um gesto casual mandando-o se foder.

O arremessador jogou para Link de novo. Desta vez, taco e bola se conectaram com um som alto. Enquanto os defensores do Davis Polk corriam, xingando, passando além dos limites demarcados do campo, Link deu um sorriso torto para Hunter e deu de ombros — tipo *está feliz agora?* —, antes de começar uma corridinha lenta ao redor das bases. A multidão enlouqueceu e, por um momento, me lembrei da razão de as pessoas adorarem os atletas. Até eu estava um pouco apaixonada por Link Forster quando ele terminou a corrida até a primeira base e pisou nela para dar ênfase.

Por fim, quando chegou minha primeira vez no taco, vi todos os defensores do Davis Polk sorrirem uns para os outros, e então correr até a base de arremesso, deixando a defesa aberta. Senti meu rosto arder. *Esperem só, seus babacas.* Mas tentei acertar a bola e errei, então tentei de novo e errei, o vento assoprando em meus ouvidos enquanto meu taco girava em vão no ar, desviando completamente do gracioso arco descendente da bola.

Eu esperava que Hunter gritasse comigo, que me criticasse por minhas péssimas batidas, do mesmo jeito que ele tinha feito com Link. Em vez disso, Hunter só gritava incentivos detrás do banco.

— Está tudo certo, Ingrid, tudo ok, não se preocupe. Lembre-se: é preciso esperar o arremesso. Tente ficar de olho na bola!

Ah, cale a boca, Hunter, pensei, antes de bater e errar novamente. A gentileza dele estava me matando.

Finalmente, nos últimos momentos do quinto *inning*, acertei um *single* na primeira base — eu sei, foi só um *single*, mas parece mais fácil do que realmente é — que trouxe Tim Hollister de volta para seu terceiro *run*.

— Bela jogada, Yung! — ouvi Hunter gritando de algum ponto atrás de mim, e desta vez pareceu sincero.

Logo depois de Tim alcançar a primeira base, ele passou do meu lado a caminho do banco e despretensiosamente estendeu a mão para roçar meus dedos naquele jeito típico masculino de congratulação mútua.

Vi quando ele fez a mesma coisa com Hunter e Link Foster. Murph me deu um soco — bem forte, na verdade — no braço.

— Bom trabalho, Yung. — Ele parecia realmente impressionado.

— Obrigada — respondi, sorrindo e resistindo à vontade de esfregar o braço no lugar do soco. E fiquei mais orgulhosa desse momento em particular do que por ter conseguido acertar a maldita base.

Vencemos o jogo, sete *runs* a quatro. Não graças a algum feito espetacularmente dramático da minha parte, mas — para minha felicidade — não apesar de mim. Quando o jogo terminou, o time do Davis Polk veio gentilmente nos parabenizar, e então os fãs invadiram o campo. Tyler se aproximou e colocou o braço ao meu redor.

— Agora vejo por que chamam você de Campeã. Você foi ótima.

Sorri.

— Obrigada.

— Estou surpreso que não esteja acorrentada no escritório. Não está enterrada na coisa da SunCorp?

— Acabei de mandar uma nova versão para o outro lado. Isso me garantiu uma noite livre — falei. Tyler assentiu.

À menção da SunCorp, olhei ao redor novamente em busca de Marty Adler, mas percebi que ele não tinha aparecido. Não pude ignorar meu sentimento de decepção. Eu tinha me exposto aquela noite por nada.

Mesmo sem Adler, no entanto, as cervejas comemorativas ainda estavam de pé. Cerca de quinze ou dezesseis de nós seguimos para o pub irlandês mais próximo, incluindo os oito integrantes do time, junto com Tyler e três jovens mulheres animadas que reconheci como novas assistentes jurídicas da área de Litígio.

O Paddy Maguire's era um ótimo bar, com serragem no chão, uma boa jukebox e uma mistura de engravatados e pessoas do bairro. Abrimos caminho pela multidão que se reunia após o expediente e conseguimos nos aproximar do bar.

Tim Hollister estava pagando e passou seu AmEx corporativo para o bartender. Só havia um banco livre, e Tim o ofereceu para mim. O cavalheirismo estava vivo. Eu me sentei ali com minha Amstel Light, desejando ter pedido algo um pouco menos feminino.

Fizemos um brinde aos Promotores.

Conforme a multidão aumentava, alguns membros do time se afastaram para o fundo do bar, onde havia mais espaço. Logo, apenas

Hunter, Murph, Tyler e eu permanecemos perto do bar. Hunter e Murph já estavam em sua segunda Guinness e até Tyler estava tomando cerveja. Aquilo me surpreendeu. Tyler e eu às vezes íamos depois do trabalho ao Royalton ou ao Península, nunca o vi beber outra coisa que não um martini.

— O quê? Nada de martini hoje? — brinquei, cutucando seu cotovelo.

— Nada de martini — Tyler respondeu, baixinho. Pareceu irritado.

Depois de um minuto, Hunter e Murph se aproximaram de nós.

— Estou feliz que tenha vindo, Robinson — Murph disse para Tyler. (Nesse momento, pensei ter ouvido Hunter dar uma risadinha.) — Não vi você em nenhum jogo da temporada. O que o fez mudar de ideia essa noite?

— Você está brincando, não? — disse Tyler, colocando um sorriso no rosto. — Ingrid Yung, no meio da terra, jogando *softball*? Eu tinha que ver isso.

Todos eles riram.

Agora eu estava irritada. Tomei um gole da minha Amstel e olhei de soslaio para os três. *Et tu, Tyler?*

Hunter olhou ao redor do bar até localizar Tim Hollister conversando com Link e dois dos primeiranistas, perto da jukebox. O terceiro primeiranista já estava entretido em uma conversa de aparência bem particular no canto com uma loira mignon de maquiagem pesada e uma rosa tatuada logo acima do umbigo.

— Essa música é péssima — anunciou Hunter. — Vou escolher algo mais decente.

E, com isso, ele começou a abrir caminho entre a multidão na direção de Tim Hollister e dos associados que o cercavam.

— Vou com você — falou Murph.

Fiquei onde estava e observei Hunter e Murph atravessarem o bar lotado e se aproximarem do semicírculo ao redor de Tim Hollister. Não fiquei surpresa quando nenhum dos outros associados se afastou para abrir espaço para eles. Era uma prática comum entre associados que tentavam conversar com um sócio. Era especialmente previsível nos happy hours semanais na sala de reuniões da empresa, sextas às cinco, onde todos supostamente deviam aparecer, pegar um aperitivo de salsicha e uma *seltzer* e ficar uns quinze minutos antes de anunciar em voz alta que estavam cheios de trabalho e que tinham que voltar ao escritório ou passar a noite toda trabalhando. Nas sextas às cinco, havia uma proporção de um sócio para cada seis associados, e cada sócio que se dispunha a aparecer era rapidamente cercado por um semicírculo de jovens associados ansiosos presos a cada uma de suas palavras, de modo que a sala não tinha a fluidez festiva de uma multidão, mas semicírculos de conversas bem fechados, cada um liderado por um sócio. Esferas de influência, literalmente.

Hunter e Murph se enfiaram no semicírculo de Tim Hollister até que as pessoas foram obrigadas a abrir espaço. Link Forster parecia irritado. Óbvio que, durante toda essa disputa de associados por uma posição na conversa, Tim Hollister permaneceu alheio, simplesmente falando. Eu tinha certeza de que nenhum dos associados cercando Tim tinha o menor interesse no que ele estava dizendo; o importante era que ele estava falando com eles.

Quando me virei, Tyler e eu trocamos um olhar carregado.

— Ok — disse ele, baixinho. — Regra de ouro básica. Nunca pergunte a um gay por que ele não está tomando martini na frente de dois atletas, em especial não em um bar com serragem no chão.

— Sinto muito — respondi, e estava sendo sincera. Ele tinha razão, não tinha me dado conta. E me incomodava o fato de não ter me dado conta. Parecia o tipo de coisa que eu devia saber.

Então, estreitei os olhos na direção dele:

— Bem, e quanto a você?

Tyler hesitou.

— O que foi?

Revirei os olhos.

— O que foi aquele lixo de "uma garota jogando bola? Eu tinha que ver aquilo"? Eu meio que esperava que você e Hunter começassem a falar sobre os peitos das garotas da fraternidade e depois fossem jogar pingue-pongue de cerveja.

Tyler caiu na gargalhada, e eu percebi que estava perdoada.

— *Touché.* — Ele ergueu sua caneca até minha garrafa de cerveja, fazendo um brinde conciliatório.

Ficamos sentados em um silêncio confortável por um tempo, tomando nossas bebidas e observando a multidão, e eu relembrando meu single no jogo, feliz pelo fato de não ter jogado tão como uma garota assim, quando Tyler disse:

— Então, recebi a intimação do dr. Rossi hoje.

— O quê?

— Recebi um bilhete escrito à mão do dr. Rossi pelo correio interno, me dizendo que ele gostaria de ter uma "conversa amigável" comigo assim que possível.

Fiquei em silêncio. Eu já tinha tido várias reuniões com o dr. Rossi — mas tinha imposto o limite sobre tentar convocar qualquer outra pessoa. Como era de se esperar, a maioria dos associados tratava o dr. Rossi e a Iniciativa de Diversidade como uma grande piada da empresa. Ninguém jamais ia visitar o dr. Rossi em seu escritório, exceto alguns sócios do Comitê de Diversidade, eu e um ocasional e desafortunado primeiro ou segundanista que ele conseguia encurralar para um monólogo inútil de dez minutos. Ele ainda estava escondido naquele canto escuro e sem tráfego do vigésimo nono andar que, devido aos suéteres de lã do dr. Rossi e suas maneiras suaves, tinha sido apelidado de "Casa do senhor Roger", cortesia de algum espertinho com quatro anos de empresa, da área Tributária, por conta de um antigo programa infantil de televisão.

— E? — perguntei de forma encorajadora. — Você vai falar com ele?

Tyler suspirou.

— Não quero ser entrevistado para o pequeno relatório de diversidade da empresa, Ingrid. Você sabe disso. — Ele fez uma pausa antes de acrescentar: — Em especial agora, quando já estou com um pé para fora da porta.

— Eu sei, mas o dr. Rossi não é tão ruim assim.

Ele pareceu cético.

— Como quando conto para ele sobre como as coisas são por aqui. Tipo a reserva semanal da quadra de *squash* dos caras do Corporativo no Chelsea Piers. E como nenhuma mulher é convidada para jogar. Quer dizer, não acho nem que eu devia saber disso. E Rossi não ficou nem um pouco surpreso em ouvir isso. Ele entende.

Agora Tyler parecia alarmado.

— Você contou para Rossi sobre a reserva de quadra dos caras do Corporativo? Não acha que é informação demais?

— Talvez — admiti. — Mas já conversei com o cara algumas vezes e, de fato, acho que ele acredita no que está fazendo. Ele é tão sério. Ele pensa genuinamente que pode nivelar as coisas um pouco. Imagino que o mínimo que posso fazer é lhe dar o benefício da dúvida.

Tyler deu uma risadinha amarga.

— Parece que você caiu no canto da sereia. Acha que vão nivelar as coisas só entrevistando alguns de nós, advogados com melanina, e nos fazendo desabafar? Vamos lá, Ingrid. Você é inteligente demais para isso.

— Bem, não andei exatamente desabafando, Tyler — ponderei.

— Ok, talvez eu não tenha sido justo. — Tyler parecia sério. Preocupado. — Olhe, só não quero ver você sendo usada, é só isso. Não deixe de se proteger.

— Obrigada, pai — falei, dando um soquinho no braço dele.

Ele balançou a cabeça.

— Estou falando sério, Ingrid. Não fique presa demais nessa baboseira toda de "diversidade", sabe? Você está se saindo bem por conta própria. A SunCorp adora você. Adler adora você. Você vale ouro.

Fiz uma pausa.

— Uma coisa não tem nada a ver com a outra.

Ele deu risada.

— Ah, querida. Você ainda tem muito o que aprender.

Foda-se, Tyler.

Tyler Robinson não tinha o monopólio de ser o Queridinho da Diversidade. Eu também vivia isso há trinta anos. E estava cansada de todo esse cinismo. O que havia de errado em tentar uma abordagem diferente?

— Então, é assim que as coisas são, hein? Não vale a pena colocar o pescoço para fora para mudar nada, já que ninguém se importa?

Tyler me olhou com expressão zangada.

— Ah, você está se perguntando se a empresa realmente se importa? Só dê uma boa olhada em Hunter, Murph e naqueles outros idiotas. Eles sobem no palco e cantam a maldita palavra que começa com *C* e a empresa não faz absolutamente nada em relação a isso.

Eu não estava acreditando.

— Por que você acha que contrataram Rossi?

Ele deu de ombros.

— Controle de danos. Só estão protegendo os próprios traseiros.

— Ok, então se Rossi é uma piada tão grande, você tem uma ideia melhor?

— Sim — bufou. — Que tal se esperarmos até que os brancos velhos que estão no comando morram?

— Ah, isso é muito útil, obrigada. Acho que vou sugerir isso na próxima reunião do comitê.

Ele afastou o copo vazio e cruzou os braços sobre o peito.

— Odeio dizer isso para você, mas trazer um consultor caro não vai mudar nada por aqui.

— Bem, em especial se pessoas como nós se recusarem a falar qualquer coisa para ele — retruquei.

Olhamos feio um para o outro.

Eu estava hesitando. Era o primeiro desentendimento que Tyler e eu tínhamos. Sem contar o momento em que ele abandonou o passeio da empresa, não estávamos acostumados a nenhum tipo de tensão entre nós.

Tyler Robinson era a única pessoa com que eu contava para entender meu lado, meu único amigo na empresa que ria comigo dos flagrantes casos de falta de noção dos homens brancos héteros atrás das portas fechadas de seu escritório. E sabia que eu era a única em quem ele confiava também. Estar em lados opostos em uma questão — sobretudo nesta — me deixava triste e inquieta. Eu já tinha perdido Murph. Não podia me dar ao luxo de perder Tyler também.

Tyler pareceu ler minha mente. Sua voz ficou mais suave.

— Olhe. Seria diferente se eu acreditasse que alguma coisa fosse mudar algum dia.

Eu sorri.

— Uau. É a primeira vez que sou acusada de ser otimista.

Ele não sorriu.

— Só escolha suas batalhas com cuidado, é só isso. Não quero vê-la machucada.

Murph reapareceu ao meu lado, o que Tyler considerou como deixa para olhar para seu BlackBerry e descer do banco do bar.

— Está ficando tarde. Eu preciso ir.

Murph não protestou.

— Ok. Até mais, cara.

— Até mais.

Tyler me deu um olhar significativo e nos deixou sozinhos.

Tomei um gole lento da minha Amstel, ainda pensando no olhar de despedida de Tyler. Quando coloquei a cerveja de volta no balcão, Murph me olhava pensativo. Falei primeiro:

— Então. — Usei uma voz animada. — Vai a algum lugar com as novas assistentes jurídicas de Litígios? A morena é bem bonita. — Eu tentava ao máximo parecer natural, voltar àquela brincadeira fácil e despreocupada que antes fluía tão bem, mas que tinha sumido desde o passeio.

— Que nada. — Murph sorriu na direção da jukebox. — Mas Forster está se saindo bem. Imaginei que seria melhor sair de perto, parar de empatar as coisas para ele. — Ele se sentou no banco ao lado do meu e roçou de leve meu braço. — Se quer saber a verdade, eu não estava mesmo interessado.

— Sério? Por que não? — perguntei em um tom de voz leve e despreocupado.

— É só que... Você vai ficar realmente orgulhosa de mim, Yung... Acho que finalmente me emendei. — Murph falava como se pudesse estar brincando; talvez só um pouco.

— Bem, isso é novidade. Você diz que se emendou, como assim?

— Do jeito como enxergo as coisas — e seu tom de voz era jocoso novamente —, já estou com trinta e cinco anos. É meio caminho para os setenta.

— Você é idoso — concordei.

Murph sorriu.

— Exatamente. E, então, em algum momento, tenho que passar a ser um homem sério. Quer dizer, não dá para perseguir meninas de vinte e poucos anos o resto da vida, né?

— Bem, se alguém pode fazer isso, com certeza é você.

— Você sabe o que quero dizer. Não quero ser aquele cara de quarenta anos que nunca se casou indo na festa de casamento da sobrinha para tentar ficar com uma das damas de honra, sabe?

Assenti.

— Ninguém quer ser este cara.

— Então, você entende meu dilema. — Murph virou seu banco de modo que seu joelho estava tocando o meu sem nenhuma sombra de dúvida.

Sorri. E otimista recém-formada que eu era, decidi aproveitar o momento.

Abaixando a voz de modo conspiratório, para que Murph tivesse que chegar bem perto, eu lhe dei meu sorriso mais convidativo.

— Acho que sim, mas a questão é... O que você vai fazer a este respeito?

Eu esperava que Murph sorrisse e dissesse algo irreverente, mas sua expressão mudou. Ele me olhou por um longo e solene momento, então colocou a boca bem perto do meu ouvido e sussurrou.

— O que eu devia ter tido coragem de fazer no passeio.

Sua respiração era quente e estava perto do meu pescoço, e eu corei de prazer. Tentei conter o formigamento que nasceu na base do meu estômago e se irradiava pelo resto do meu corpo. Procurei algo espirituoso para dizer, mas tudo o que consegui falar foi:

— Então, por que você não me disse nada naquela noite?

Ele fez uma pausa e colocou uma das mãos sobre a minha, me olhando direto nos olhos.

— Você não é meu tipo usual, Yung. Em geral, eu não saio com mulheres mais inteligentes do que eu. Não queria mesmo estragar isso.

Era a melhor coisa que alguém me dizia em muito, muito tempo.

— Então não estrague.

Ele sorriu e, de repente, algo do velho Murph estava de volta.

— Bem, tenho sido um completo cavalheiro até agora, você não acha? Sequer fui para sua casa quando tive a chance.

Eu corei.

— Do que você está falando?

— Daquela noite do passeio. Quando coloquei você no táxi. Você me disse para entrar.

Eu estava mortificada.

— Você ouviu aquilo?

Ele confirmou com a cabeça.

— Mas achei que não devia me aproveitar de você naquele estado.

Tentei, sem sucesso, parar de corar.

Murph inclinou a cabeça na direção da minha garrafa de Amstel vazia.

— Quer outra?

Olhei ao redor. Murph e eu éramos os últimos no bar.

— Não. — Sorri para ele e desci do banco. — Vamos sair daqui.

Nove

Murph ainda morava no mesmo loft em Tribeca daquela longínqua festa de Halloween, só que agora ele tinha todo aquele lugar maravilhoso só para si. Como um solteiro de trinta e cinco anos sem filhos (até onde se sabia) e sem outras obrigações, exceto o escritório internacional de advocacia Parsons Valentine & Hunt LLP, isso era possível com seu salário de trezentos e vinte mil dólares por ano. Fora os bônus.

Murph abriu a porta da frente e ficou de lado para me deixar entrar. Dei alguns passos hesitantes em seu apartamento. Quando me virei para dizer "Belo apartamento", ele estava se inclinando e vindo na direção do meu rosto, o que me fez pensar que ele ia me dar um beijo na bochecha. Mas, quando inclinei a cabeça de lado, percebi que tinha entendido errado, e seus lábios pousaram na metade da minha boca, e então escorregaram molhados para a esquerda.

— Ops — ele riu.

Também ri. Nos separamos um pouco sem jeito. Respirei fundo:

— Já faz algum tempo.

Murph me olhou de um jeito estranho, e então esclareci rapidamente:

— Desde que estive aqui, quer dizer.

— Não desde aquela festa de Halloween que organizei quando éramos primeiranistas — comentou Murph. Então, ele se lembrava. — Não quero me gabar, mas tenho que dizer que aquela festa foi lendária.

Sorri.

— Foi mesmo.

— Então — ele gesticulava ao redor da sala de estar —, quer o *grand tour*?

— Com certeza.

Ele permaneceu no lugar e apontou para o espaço enorme.

— Escritório, cozinha, sala de estar. O banheiro está ali, e lá fica o quarto.

Assenti.

— Muito bonito.

E era bonito. Eu podia facilmente imaginar Murph vivendo aqui. Notei suas estantes de livros primeiro. Era difícil não notar. Iam do chão ao teto — lotadas até quase transbordar, com livros enfiados de cabeça para cima, de cabeça para baixo, deitados, de qualquer jeito que coubessem. Será que Murph realmente tinha lido tudo aquilo? Eu não gostava de exibir nenhum livro na minha sala de estar que eu não tivesse lido de verdade. De certo modo, parecia desonesto.

No meio da sala de estar havia um sofá bege surrado e puído que teria ficado melhor em uma fraternidade. Na parede oposta, havia uma TV de plasma gigante de última geração, novinha em folha. Sorri. Era o tipo de contraste comum nos apartamentos dos solteiros de trinta e poucos anos em Manhattan.

— Sente-se, sinta-se em casa. — Murph caminhou de costas até a cozinha de aço inoxidável. Parecia muito com a que eu tinha no meu apartamento. Impecável. — Quer beber alguma coisa?

O que eu queria era uma gim tônica, com pouca tônica. Mas eu tinha que ir devagar. Meu rosto às vezes ficava muito vermelho depois de dois drinques, em especial quando estava nervosa, e não queria passar a noite me preocupando com o temido rubor asiático.

— Um pouco de água seria bom agora.

Ele encheu um copo alto de água e gelo e trouxe para mim.

— Obrigada.

— De nada. — Enquanto ele voltava para a cozinha, olhei para minhas mãos. Elas tremiam um pouco. *Se controle! Não estrague tudo!* Segurei o copo com firmeza entre os joelhos para silenciar os cubos de gelo.

Agora que eu estava mesmo — enfim — no apartamento de Murph, começava a pensar melhor na situação. Éramos amigos e colegas de trabalho há tanto tempo que tudo aquilo parecia incrivelmente surreal, um pouco perigoso.

Sentei-me bem na ponta do sofá de Murph e olhei para o tecido antigo do jeito mais discreto que pude, procurando manchas de cerveja — ou coisa pior. Sem encontrar nada muito alarmante, me recostei nas almofadas. O sofá era surpreendentemente confortável.

Algo macio e quente se esfregou na minha perna. Surpresa, olhei para baixo e vi um gatinho cinza com quatro patas brancas me encarando sem parar. Fiquei paralisada. Murph tinha um gato? Eu mesma preferia cachorros.

Murph estava remexendo no freezer, em busca de mais gelo.

O gato ainda estava me olhando.

— Ah, você tem um gato? — perguntei, mantendo a voz o mais neutra possível.

— O quê? — Murph se virou na minha direção. — Ah, sim, ele. É o gato da minha irmã. Estou bancando de babá de pet enquanto ela e o namorado estão na Costa Rica.

— Ah. Babá de pet. — Falei. Estendi a mão e fiz um carinho hesitante no bichano. — Qual o nome dele?

— Steve Buscemi.

— Steve Buscemi? — Repeti. — Esse é o nome dele?

Murph deu risada.

— Bem, minha irmã o chama de Luvinhas. No entanto, bom, eu não ia morar com um gato chamado Luvinhas por um mês. Então eu o renomeei temporariamente.

— Por que Steve Buscemi?

Murph deu de ombros.

— Ele é pequeno, mas é bem durão. E minha irmã o encontrou no beco ao lado do posto do corpo de bombeiros perto da casa dela. Você sabia que Steve Buscemi era bombeiro antes de começar a atuar?

— Sim. — Esse fato também me impressionara.

Fiz carinho em Steve Buscemi, e ele ronronou sob minha mão.

Murph estava preparando uma bebida para si. Desligou a luz da cozinha e veio na minha direção. A maior parte da luz do apartamento vinha da cozinha, então o aposento estava bem mais escuro agora. Mesmo assim, não estava escuro o bastante para merecer um comentário. Sorri.

Murph sabia exatamente o que estava fazendo.

Agora ele se sentou ao meu lado no sofá. Meu estômago ficou tenso e, de repente, comecei a sentir muito calor. Olhei para a bebida dele e senti inveja. Ele estava tomando uma gim tônica.

— Então — começou a falar, se virando para mim.

— Então — repeti.

— Estou feliz que esteja aqui — disse ele, baixinho.

— Eu também. — Tomei um golinho de água, não porque estivesse com sede, mas para me ocupar por alguns segundos. Agora que tínhamos trocado o barulho do bar pela completa privacidade do apartamento dele, eu estava perdida. Estava tão fora de forma nessas coisas que era patético.

Pela primeira vez em muito tempo, eu estava de fato sem palavras. Estava apenas muito, muito consciente de Jeffrey Devon Murphy sentado a poucos centímetros de mim no sofá.

Steve Buscemi pulou no sofá, subiu na minha coxa e se acomodou no meu colo. Suas patinhas minúsculas escorregaram um pouco no tecido liso da minha legging. Cocei atrás das orelhas dele, grata pela distração.

Murph riu e disse.

— Ele gosta de você.

Ele gosta de você. Por algum motivo, isso me fez pensar no jogo infantil bem-me-quer, mal-me-quer, que meus amigos e eu costumávamos jogar no recreio. Arrancávamos incontáveis pétalas de margaridas, uma a uma. Também fazíamos uma brincadeira similar com uma maçã, na qual se torcia o cabinho da fruta enquanto se recitava o alfabeto, e a letra que você falasse quando o cabinho saísse era a inicial de seu futuro marido. Inicial do nome ou do sobrenome? Eu tinha perguntado para a garota mais velha que me ensinara a brincadeira, mas ela tampouco sabia. Até agora, aos trinta e três anos, não podia comer uma maçã sem recitar o alfabeto e torcer o cabinho.

Murph colocou a gim tônica na mesa. Isso chamou minha atenção. *Aqui vamos nós.* Sorri para mim mesma, colocando uma mexa de cabelo atrás da orelha, umedecendo os lábios, tentando sutilmente empurrar Steve Buscemi para fora do meu colo, até o chão.

Mas Murph se levantou e se afastou.

— Quer ouvir alguma coisa especial? — perguntou ele com o rosto banhado pela luz da tela do notebook.

Dei de ombros.

— Me surpreenda.

Depois de alguns cliques rápidos no mouse, ele voltou a se sentar ao meu lado, quase imperceptivelmente mais perto dessa vez.

Sorri ao reconhecer as primeiras notas inconfundíveis do baixo de *Son of a preacher man* enchendo a sala.

— Você se lembra — suspirei, e no mesmo instante desejei não ter feito isso. Era uma admissão nua e crua de quão bem eu me lembrava daquela noite há muito tempo no apartamento de Murph, quando senti seu hálito quente em meu pescoço e ombros, seus lábios e a barba por fazer em minha pele desnuda. Eu me perguntei, estremecendo, se Murph tinha ideia de quantas vezes revi essa lembrança em minha mente recentemente.

Esperei um segundo. Mas Murph me surpreendeu por não se vangloriar nem apontar isso, como se fosse a coisa mais natural do mundo eu falar aquilo.

Comecei a relaxar um pouco, apoiando a cabeça nas almofadas. Estava ciente do meu cabelo comprido e brilhante espalhado gentilmente no encosto do sofá, do jeito que eu queria. Murmurei.

— Essa música é ótima.

— A melhor.

Ficamos sentados juntos na semiescuridão e ouvimos sem conversar a perfeição que era Dusty Springfield — as notas baixas pairando grossas e roucas no ar, as notas altas curvando-se para cima, rumo à estratosfera.

Ainda estava petrificada com o que aconteceria a seguir. Fazia tanto tempo desde que eu estivera nessa situação com qualquer um, muito menos com o próprio Murph, o mais estonteante dos *golden boys* que eu conhecia, que foi a fonte de toda minha consternação, que me mantinha acordada à noite.

Fechei os olhos. *Por favor, por favor, não estrague isso.*

Finalmente reuni coragem para virar a cabeça na direção de Murph. Quando fiz isso, ele já estava me olhando. Ele estendeu a mão e acariciou meu rosto de um jeito gentil com a ponta dos dedos, e era tão bom que meus olhos quase se encheram de lágrimas.

Ah, querida, você está encrencada, pensei comigo mesma.

E então ele me deu um sorriso, e era um sorriso tão específico, tão desarmante, tão bem calculado, que não pude evitar, *dei uma risadinha* — porque eu estava nervosa, porque precisava quebrar a tensão do momento e também porque aquilo me pareceu um pouco engraçado, esse sorriso em particular, meio de lado, que eu sabia que devia ter sido o golpe final dele em várias situações anteriores.

A expressão de Murph ficou solene de novo. Ele me encarou por um longo momento, e pensei, feliz, que não havia nenhum momento como esse — o momento em que você tinha certeza de que ia ser beijada.

Inclinei meu rosto na direção dele no mesmo segundo que se abaixou na minha direção, e seu beijo era tão suave e tão gentil que eu teria tido dificuldade para apontar o instante preciso em que nossos lábios se tocaram de fato. Então estávamos nos beijando ansiosamente. Murph pressionou uma mão na parte de baixo das minhas costas e, com a outra, traçou gentilmente a curva do meu ombro. Senti um estremecimento delicioso. Arrepios percorriam meus braços. Fazia muito tempo desde que eu tinha me sentido assim.

Pareceu ridículo que depois de oito anos de brincadeiras e flertes em salas de reuniões elegantes no alto de Manhattan, e em festas e jantares formais em roupas elegantes, Murph e eu enfim estávamos juntos usando camisetas nojentas e manchadas de terra dos Promotores da Parsons Valentine. Era absurdo. Era absurdo, e era perfeito.

Soltei uma risada suave. Ele ergueu os olhos.

— O que foi?

Balancei a cabeça, sorrindo.

— Nada.

Eu me levantei. Segurando as duas mãos dele, recuei lentamente para trás, na direção do corredor que levava até o quarto.

— Venha aqui — falei.

Ele veio.

Eu me deitei de lado com a cabeça apoiada no peito de Murph, ouvindo sua respiração desacelerar e estabilizar, e então virei de costas, exausta, feliz e quase dormindo.

Murph se ergueu em um cotovelo e perguntou baixinho:

— Quer um pouco de água?

— Quero — respondi, e minha voz saiu áspera. Limpei a garganta e tentei outra vez. — Água. Sim.

— Ok. Já volto. — Ele me deu um beijo no rosto, se desenroscou de mim e rolou com habilidade para o lado.

Eu me sentei na cama-plataforma de Murph, com as costas apoiadas na cabeceira baixa e angulada, as cobertas puxadas pudicamente até meu peito e observei enquanto, sem pudor algum, ele vestia uma cueca boxer cinza antes de passar na frente das janelas que iam do chão ao teto no caminho até a sala. Em outro instante, eu o ouvi abrir e fechar os armários da cozinha, enquanto cantava uma velha música do Aerosmith a plenos pulmões.

Ele estava cantando desafinado, no estilo da Broadway, e eu sabia que estava tentando fazer graça por minha causa. Abracei os joelhos de encontro ao peito e sorri para mim mesma. Tinha conseguido meu velho Murph de volta, só que melhor. E realmente, *realmente* gostava dele.

Procurei minhas roupas embaixo das cobertas. Não estavam ali. Senti um instante de pânico antes de perceber que minha camiseta de *softball,* calcinha, sutiã e legging estavam dobrados cuidadosamente e pendurados no encosto de uma cadeira — e achei tocante o fato de ele ter encontrado tempo para fazer isso.

Peguei minha lingerie e me deitei para vesti-la novamente, feliz por ontem ter tido a sorte de escolher uma bela calcinha turquesa.

Sentindo-me menos vulnerável agora, eu me sentei e espiei o quarto de Murph com mais atenção. *Então é aqui que Murph se deita todas as noites para dormir*, pensei, feliz. *E provavelmente onde transou um monte também.* Rapidamente bani esse pensamento.

A mesinha de cabeceira de Murph tinha um receptor de áudio bluetooth, seu iPhone e duas fotografias em molduras pretas simples. Esperei um momento e, então, quando tive certeza de que Murph ainda estava ocupado mexendo na cozinha, peguei as duas fotografias e as examinei.

Uma delas mostrava Murph bronzeado, não barbeado, com os braços preguiçosamente ao redor dos ombros de dois outros rapazes de faculdade. Eram todos rapazes de boa aparência, usando casacos estilo corta-vento e bonés de beisebol, segurando cervejas e parados no deque de uma casa de praia, com colinas de dunas arenosas e uma grama amarelada visível atrás deles. A fabulosa casa em Cape Cod do colega de quarto, presumi. Era uma casa charmosa, com telhado e espigões cinza e branco, no velho e bom estilo da Nova Inglaterra.

Era linda e de bom gosto, e parecia bastante segura de seu lugar no mundo, não diferente de Murph e de se seus amigos. Tão diferente das casinhas suburbanas padronizadas nas quais meus pais e seus amigos todos viviam, com falsas colunas de mármore e vestíbulos de dois andares, casas com algo a provar.

Coloquei a foto de volta na mesinha de cabeceira e olhei com atenção para a segunda, um retrato antiquado de uma família jovem. Pai e mãe de aparência ansiosa, posando ao lado de um caminhão de bombeiros com seus dois filhos — uma garota sorridente com rabo de cavalo e Murph com uns quatro anos. Murph estava sentado nos ombros do pai, bem alto no ar, e usava um capacete vermelho de bombeiro que era grande demais para ele. O pai de Murph, não fiquei muito surpresa em ver, também era um homem bonito, atraente e bem empostado, e estava bastante elegante em um uniforme preto de algum tipo, com dragonas extravagantes e grandes botões de latão. Murph tinha uma família surpreendentemente bonita e de aparência feliz — do tipo que se espera ver representada na capa de um catálogo, vestindo roupas de linho, suéteres e macacões, correndo por uma praia, ou dando nó alegremente na gravata de um labrador.

Ouvi os passos de Murph se aproximando da porta e rapidamente arrumei os dois quadros com as fotos do mesmo jeito que os encontrei.

Murph voltou para o quarto e me entregou um copo de água. Parou perto da cama, levou seu copo aos lábios e tomou três ou quatro longos goles.

— Essa é sua família? — perguntei, acenando com a cabeça na direção da mesinha de cabeceira.

— O quê? — Ele olhou para a fotografia. — Ah. Sim. Esses são meus pais.

— É uma bela foto. Seus pais formam um casal muito bonito.

— Obrigado. Eles tentam.

— É o uniforme dos chefes dos bombeiros que seu pai está usando? — Capitão.

— Ah.

— Ele nunca chegou a chefe.

— Deve ter sido divertido, quando criança, ter um pai que era bombeiro — comentei.

Murph não respondeu, tomando o resto de sua água. Então perguntou:

— O que o seu velho faz?

— Ele é professor de faculdade. De Economia.

Ele sorriu como se eu tivesse dito algo engraçado.

Então, falou de repente:

— Ei, está com fome?

Olhei para seu telefone. Passava de uma da manhã. Nenhum de nós tinha comido nada desde o almoço do dia anterior. Eu não tinha sentido fome até então, mas assim que ele fez a pergunta percebi que estava faminta.

Murph pegou uma pilha de cardápios de deliveries da cozinha e os espalhou como se fossem um leque na cama. Acabamos pedindo no restaurante japonês vinte e quatro horas do fim do quarteirão. Tomamos missô e nos esbaldamos com tempurá de camarão e rolinhos de atum apimentados, sentados um diante do outro no colchão, Murph com uma calça de pijama azul-marinho, e eu usando uma camiseta velha dele do time de beisebol do Williams College que cheirava a suor e desodorante e que chegava quase aos meus joelhos.

Na frente da camiseta, em letras desbotadas, estava escrito: OS HOMENS DA WILLIAMS NÃO PARAM NA TERCEIRA BASE, o que fez nós dois rirmos.

Dez

— Me conte tudo! — ordenou Rachel, dissolvendo um cubo de açúcar mascavo em seu chá de camomila.

Rachel e sua filhinha, Isabel, estavam na cidade no final de semana para resolver algumas coisas. Estávamos tomando um brunch no nosso café favorito no Upper West Side — um lugar colorido e lotado, com crepes e quiches deliciosos servidos em grandes mesas comunitárias. Rach e eu costumávamos vir muito aqui quando morávamos juntas em Morningside Heights. O público formal no brunch daqui era composto em partes iguais de jovens casais sérios na "manhã seguinte" e seus correspondentes cinco anos mais tarde, agora pais com filhos a tiracolo.

— Quer dizer, por que agora? Depois de oito anos? — pressionou Rachel. — O que aconteceu finalmente?

— Não tenho certeza de por que agora — tentei explicar para Rachel e para mim mesma. — Acho que finalmente pareceu o tempo certo.

Rachel levantou uma sobrancelha.

— E, mais importante ainda — ela sorriu com alegria mal contida, olhando de relance para Isabel, de quatro anos, que pintava tranquila na mesa —, como foi?

Ah. *A pergunta.* Eu estava me perguntando quanto tempo levaria para Rachel querer saber aquilo. Minhas amigas casadas eram muito mais interessadas em saber das façanhas sexuais de suas amigas solteiras agora que elas mesmas, diante de Deus e de todo mundo, tinham se comprometido com um único pênis para sempre. Essas mulheres felizes no casamento achavam que era muito rude não perguntar sobre minha vida amorosa, quando obviamente o oposto é que era verdade. Nós, mulheres solteiras dedicadas à carreira, não gostávamos de sentir que estávamos tendo nossos corações pisoteados para entretenimento das nossas amigas casadas. Revelar nossas humilhações românticas e nossos lados mais vulneráveis que se transformariam uma ou duas piadas na próxima reunião do clube do livro de alguém.

Em geral, Rachel repetia que vivia indiretamente através de mim — ainda solteira na cidade, ainda com horários malucos, ainda correndo atrás do sucesso do qual ela abrira mão por um anel de casamento. E, em geral, eu me desculpava por ela não ter mais diversão indireta.

Mas desta vez era diferente. Desta vez estávamos falando de Murph.

— Bem, foi... meio que ótimo — murmurei, sendo vaga.

— Pode continuar.

— Foi muito bom, na verdade. — E notei um aperto agradável no estômago enquanto pensava outra vez em Murph, no modo gentil como ele me deu um beijo de boa-noite na porta, a mensagem de texto que ele mandou durante minha curta viagem de táxi até em casa: *Valeu a pena a espera*. Pensei mais uma vez na nossa conversa doce, relembrada aos pedaços, na sede do Oak Hollow. E percebi, com uma leve pontada de culpa e surpresa, que alguns momentos eram perfeitos demais, particulares demais, para compartilhar até mesmo com Rachel.

— Não é ele que você disse que era um grande jogador? — exclamou. Um casal mais velho em uma mesa ao lado olhou para nós.

Senti uma pontada de irritação. Tomei um grande gole de café e decidi mudar de assunto.

— Só não sei como devemos agir um com o outro no escritório. Quer dizer, ele vai agir como meu namorado agora? Ele acha que é meu namorado? Contamos para as pessoas no trabalho que estamos juntos? O que foi?

— Bem, não vamos antecipar as coisas. Acho que vocês deviam se manter na encolha por um tempo — segeriu Rachel.

— Mamãe? — perguntou Isabel, ao meu lado. — O que quer dizer "manter encolha"?

Rachel se inclinou, abaixando-se para falar baixinho no cabelo da filha.

— Quer dizer manter algo para si mesmo. No entanto, Isabel, lembre-se de que você prometeu que deixaria a mamãe e tia Ingrid conversarem coisas de adulto esta manhã. Ok?

Isabel concordou com a cabeça, voltando a pintar seu livro. Olhei para a página. Ela estava dando cuidadosamente a uma fada princesa uma bela franja de cabelos castanhos cacheados como os seus. Como os de Rachel. Meu coração derreteu.

Ninguém jamais me descreveria como alguém que transbordava instinto maternal, mas Isabel me desarmava completamente. Lembrei-me de cuidar dela quando ela era bem pequena e de ficar sentada ao seu lado na semiescuridão por muito tempo depois que ela adormecia, apenas olhando, maravilhada com seus dez dedinhos perfeitos nas mãos e dez dedinhos perfeitos nos pés, além dos belos e longos cílios que ela tinha. Há alguns meses, quando Rachel e Josh tiveram que comparecer a um evento beneficente, fui até Westchester ficar com Isabel e seu irmãozinho ainda bebê, Jacob. Enquanto Jacob, com onze meses, dormia no andar de cima, Isabel e eu nos divertimos desenhando cartazes de filmes e fazendo bijuterias uma para a outra. Mostrei para Isabel como fazer uma pulseira de cartolina com as letras de seu nome nas cores do arco-íris em cada aro da corrente, e ela insistiu em fazer uma igual para mim. Isabel ficou encantada em descobrir que nossos nomes não só começavam com a letra *I* mas também tinham seis letras. Ela usou sua pulseira escrita I-S-A-B-E-L e eu usara a minha com I-N-G-R-I-D a noite toda. Quando Josh e Rachel voltaram para casa, Isabel acordou brevemente e murmurou:

— Tia Ingrid, não tire a pulseira até chegar em casa, ok?

— Ah, pode deixar, querida.

E não tirei. Fiquei com ela o final de semana todo e tirei com relutância quando chegou a hora de ir para o escritório. Eu ainda a tinha guardada em uma bandeja de joias *cloisonné,* em cima da cômoda do meu quarto.

— Não se preocupe. Eu não estava planejando divulgar nosso encontro no boletim informativo do escritório, Rach.

— Não, eu sei. Só quero dizer, ok, vocês ficaram uma vez. É excitante e tudo, mas pode ser só isso. Você não sabe se isso vai dar em alguma coisa, não é? Tem todo tipo de problema namorar com alguém do trabalho, é óbvio. Em especial para você, este ano.

— Rach, eu sei. Namorar um colega de trabalho do mesmo departamento. Está no manual das péssimas ideias, certo?

— Não só no livro, querida — disse Rachel com gentileza. — Está na capa.

Suspirei.

Sabia que ela tinha boas intenções. Mas, às vezes, eu achava que Rachel — a linda, bem casada e dona de casa Rachel, que nunca ficou sem um homem por mais de um mês (e isso foi durante as provas finais) — tinha se casado com o seguro Josh e deixado o mundo corporativo há tanto tempo que simplesmente se esqueceu de como era para nós, profissionais solteiras, ainda ter que lutar e tentar sobreviver por conta própria.

Quando, pelos amor de Deus, eu teria tempo para conhecer alguém fora da Parsons Valentine? Mesmo que tivesse, já estive em encontros às cegas e arranjados vezes demais para saber que sempre que um homem começava uma conversa com *Sim, eu já estou praticamente liderando meu grupo em Weil, e devo me tornar sócio no ano que vem*, confie em mim, ele não queria ouvi-la dizer *Eu também.*

Com Murph, eu não precisava me preocupar com nada daquilo. Ele era alguém que entendia e simpatizava com meus horários malucos e agenda errática de trabalho, que nunca levaria para o lado pessoal quando eu cancelasse nossos planos no último segundo porque um acordo estava esquentando, que não se sentia nem um pouco ameaçado pelo meu trabalho ou por quanto dinheiro eu ganhava, porque ele também ganhava, e que entendia exatamente do que eu estava falando quando descrevia a onda de adrenalina ao fechar uma aquisição de um bilhão de dólares e ver a manchete do dia seguinte no jornal. Murph e eu tínhamos meio que crescido juntos, lado a lado, no escritório. Confiávamos um no outro.

Mesmo assim, sabia que Rachel se preocupava comigo. Ela só estava tentando ajudar.

— Vou tomar cuidado, Rach. Manterei as coisas na encolha.

— Tem coisas que devemos manter conosco — disse Isabel com sabedoria.

— Você está absolutamente certa, querida. — Eu me inclinei e baguncei o cabelo dela, e então dei um beijo no alto de sua cabeça.

Rachel parecia um pouco tímida.

— Olhe, eu não queria ser estraga-prazeres. É só que... Deus, você está tão perto, Ingrid. Por que fazer alguma coisa para que possa estragar suas chances agora? Tudo o que você precisa fazer é aguentar mais alguns meses. Pense em todas as mulheres que matariam para conseguir ter chegado tão longe. Você está muito perto de ser a primeira de todas, Ingrid! Você tem uma responsabilidade.

Responsabilidade com quem? Comigo ou com Rachel?

Pensei no dr. Rossi e na briga que tive com Tyler por falar as coisas. *Você tem uma responsabilidade.*

Mais uma vez, me perguntei por que tantas pessoas se sentiam no direito de projetar suas próprias escolhas particulares nos demais. Isso acabava tornando as coisas muito mais confusas para todos nós.

Ainda na Escola de Direito, eu tinha um professor chamado George Tanaka. Era um professor extremamente bom, extremamente popular, e suas aulas eram sempre lotadas. Fiz seu curso de pesquisa em Direitos Civis e um seminário sobre Teoria da Crítica Racial e tirei

A em ambos. No meu terceiro ano, depois que a escola publicou uma lista em ordem alfabeta nomeando os empregadores de cada aluno da minha turma depois da formatura, recebi um bilhete escrito à mão do professor Tanaka, dizendo que gostaria de falar comigo assim que possível. Presumi que ele quisesse me desejar sorte nas minhas futuras realizações. Mas, quando cheguei em seu escritório, o professor Tanaka me deu um sorriso tenso antes de dizer:

— Serei franco. Fiquei surpreso em saber que você vai para a Parsons Valentine esse ano.

Fiquei atordoada. Ele percebeu porque sorriu apressadamente e balançou a cabeça.

— Não me entenda mal. A Parsons Valentine é um dos melhores escritórios do país. É só que eu estava curioso para saber se você considerou outros caminhos. Como a defensoria pública. Um estágio federal ou o Departamento de Justiça. Talvez, eventualmente, a academia.

Ele me olhou esperançoso.

— Bem, eu... eu... — Fiquei sem palavras. Ele estava sendo presunçoso. Estava me colocando na defensiva, e não tinha esse direito. — Aprecio que pense em mim, professor Tanaka, e certamente eu estava ciente do estágio federal e do Departamento de Justiça, mas eu... eu gostei mesmo do meu verão na Parsons Valentine, e por enquanto acredito que vou tentar a carreira em um escritório de advocacia.

— Entendo. — Ele deu um suspiro exausto, cansado do mundo, que pareceu sinalizar o fim da nossa conversa. Quando me virei para ir embora, o professor Tanaka murmurou: — Às vezes, Ingrid, no grande esquema das coisas, nos cabe fazer certas coisas não porque queremos, mas porque estamos entre os poucos que podem.

O desejo fervoroso de Rachel — de que eu me tornasse sócia por todas as advogadas que acabaram trilhando o caminho da maternidade ao longo dos anos — era a grande decepção do professor Tanaka por eu estar me vendendo. De fato, não dava para agradar a todos. Talvez não desse para agradar a ninguém.

Olhei para Rachel agora, sentada diante de mim, tentando fazer Isabel se interessar no mingau de aveia e nos morangos. Rachel, que anunciava viver indiretamente através de mim, que afirmava ter inveja de tudo o que eu estava prestes a conquistar na Parsons Valentine, as mesmas coisas que ela um dia sonhou em conquistar, quando ambas éramos jovens estudantes de direito, idealistas e de olhos brilhantes. Éramos tão impetuosas, tão cheias de ambição. Não tínhamos ido para a Escola de Direito para conseguir nossos diplomas. Não, estávamos lá para arrasar.

Rachel e eu crescemos naquela turma afortunada de mulheres americanas que aprenderam que, por fim, podiam ter tudo de verdade. Durante anos, um coro alegre de professores da Ivy League pintou insistentemente imagens reluzentes de nossos futuros como uma grande, gorda, brilhante e suculenta ostra. No entanto, quando, uma a uma, todas as mulheres que eu conhecia deixaram de lado suas carreiras no alto escalão, ou deixaram seus últimos anos reprodutivos escaparem com resignação, ou se casaram com homens que não amavam apenas *porque estavam ficando sem tempo*, percebi que não tinham nos dito exatamente a verdade. Não que tivessem mentido para nós. Rachel e eu éramos mulheres extremamente privilegiadas de muitas formas. Com certeza, podíamos ter muita coisa. Muitas de nós até conseguiram se dar muito bem, mas estávamos todas descobrindo que não, na verdade, de modo infeliz e doloroso, não tínhamos ainda descoberto como ter tudo. Pelo menos não ao mesmo tempo.

Pelo menos por enquanto ainda era necessário escolher.

Pensei nos vários sábados preciosos que peguei o metrô até Westchester para cuidar das crianças na casa de Rachel e Josh. Eu gostava daquelas noites, não só pelo puro prazer de ver aquelas duas lindas crianças descabeladas, mas pela chance de me afastar da agitação e da pulsação incansavelmente expectante de Manhattan, da rigidez moderna do meu apartamento imaculado e novinho em folha, para me sentar na sala de estar efetivamente usada de alguém, com um sofá aconchegante e macio, uma lareira acesa, coisas espalhadas por todo lado, fotos de família amontoadas na cornija e arandelas verdadeiras nas paredes. Parecia o tipo de lugar em que as vidas aconteciam de fato.

Depois de colocar Isabel e Jacob em suas camas, eu seguia em silêncio até a sala de estar quente e confortável, sentindo-me um pouco como uma intrusa, examinava com cuidado cada uma das fotos emolduradas — uma de Rachel rindo e Josh dando pedaços do bolo de casamento na boca de ambos; Josh relaxando no banco da varanda com Jacob dormindo em seu peito; Isabel e Rachel se abraçando e sorrindo diante de um castelo da Cinderela — e me perguntava qual de nós tinha mais sorte.

Onze

Peguei as páginas recém-saídas da impressora e voltei para o meu escritório, fechando a porta. Eu estava trabalhando pesado, por assim dizer, na aquisição da SunCorp, e tudo estava dando certo. Durante semanas, estava praticamente morando no escritório, certificando-me de seguir o cronograma acelerado de Lassiter. Agora estávamos prontos para enviar uma última versão do termo de compromisso e documentos pré-fechamento para os advogados de Binney na Stratton e Thornwell — e bem no prazo. Eu só precisava do ok final de Adler e depois mandaria para o outro lado. Na próxima semana, Ted Lassiter viria ao escritório, e Adler e eu trataríamos dos documentos pré-fechamento pessoalmente.

Olhei para o visor do telefone: 17h09.

Eu já estava acordada há trinta e quatro horas. Minha regata de seda estava amarrotada e grudada nas minhas costas. Eu tinha certeza de que devia estar fedendo, mas me sentia incrível. Não havia nada como mandar um documento para a outra parte em uma sexta-feira à tarde. Isso me garantia um final de semana livre e uma semana abençoada e tranquila adiante, embora fosse estragar o mesmo fim de semana e a semana seguinte dos advogados do escritório que representava a outra parte.

Senti um pouco de pena do idiota desavisado da Stratton e Thornwell que, sem dúvida, estava se preparando para encerrar a semana. Imaginei-o gastando o tempo na internet, naquelas maravilhosas horas da tarde de sexta, no celular com a esposa ou namorada, negociando onde jantar ou a que filme assistir. Eu sabia exatamente o que aconteceria essa noite e como tudo iria por água abaixo — o telefone em sua mesa tocando bem no momento em que ele saía pela porta, o cara olhando para o identificador de chamadas, vendo o nome do sócio da empresa piscar na tela, o coração afundando, os sonhos do final de semana esmagados, a esposa ou namorada dando um chilique. *Meeeerda.*

"Acabo de receber o rascunho revisado da Parsons Valentine. Pode dar um pulo no meu escritório, por favor? Eu agradeceria muito se pudesse revisá-lo no final de semana e me enviar seus comentários preliminares até segunda."

Era um pouco ridículo esse aspecto do *eu agradeceria muito* da relação entre sócio e associado. Eu sempre preferia quando as pessoas deixavam o subtexto explícito. E o subtexto do escritório para *eu agradeceria muito* era *você vai perder o emprego, a menos que...*

A beleza cruel desse sistema era que a perda do outro cara era meu ganho. Agora eu realmente tinha o final de semana inteiro para fazer o que tivesse vontade. Melhor ainda, Murph e eu estávamos planejando passar o final de semana todo juntos. Ainda não pensava em Murph como meu namorado, mas com certeza pensava nele. O tempo todo.

Peguei o telefone e liguei no ramal de Justin Keating. Eu precisava que ele não saísse do escritório até que Marty Adler tivesse a chance de aprovar os documentos pré-fechamento e me ajudasse na distribuição para o cliente e os advogados do outro lado.

Justin atendeu o telefone no quinto toque. *Não, por favor, não se incomode, Justin, não tem pressa.*

— Sim?

— Justin, você pode vir até meu escritório, por favor?

Suspirei.

— Sim. — E desligou.

No minuto seguinte, ele estava parado na minha porta.

Limpei a garganta.

— Ok, escute — falei apressada. — Vou até o escritório de Adler para garantir que ele assine isso. Então vou precisar que você me ajude a revisar os documentos revistos uma última vez e a enviá-los para a outra parte.

— Hum, é sexta à noite. Não é para isso, tipo, que serve a secretária?

— Hum — respondi. — Na verdade, é seu trabalho me assistir em todos os aspectos deste acordo que possam exigir sua ajuda.

Justin abriu a boca de modo surpreso. Ele me olhou por um longo instante. Então, revirou os olhos.

— Tudo bem. Você sabe onde me encontrar. — Ele saiu para o corredor.

Meu telefone tocou. Era Adler.

Peguei o receptor antes que o primeiro toque terminasse.

— Oi, Marty.

— Ingrid! — disse Adler. Ele deu uma risada. — Eu devia saber que a encontraria no primeiro toque. Como sempre, trabalhando pesado.

Que bom que você percebe.

— Você ainda vai me mostrar os documentos da SunCorp essa noite? Pensei em ligar para confirmar, já que logo devo ir embora. Minha esposa e eu temos ingressos para a ópera.

Óbvio que têm.

— Sim, na verdade eu estava indo até aí quando você me ligou. Chego em um segundo. Se puder dar uma olhada para garantir que tudo esteja certo, Justin e eu vamos mandar isso para Stratton essa noite.

Marty Adler fez uma pausa.

— Justin? Está falando do garoto *Keating*? — perguntou ele. — Não me diga que você pediu para ele ficar até tarde em uma sexta-feira só para enviar algumas encomendas para você.

Franzi o cenho para o receptor.

— Bem, sim, Marty, na verdade, eu pedi a ele que me ajudasse a revisar os documentos antes de mandá-los embora — falei lentamente. — Você não me disse para mostrar para ele como funciona?

— Diabos, eu quis dizer para você ser gentil com o garoto, não para fazê-lo trabalhar até altas horas da noite. Não dava para chamar uma secretária ou um assistente jurídico qualquer para fazer isso? Dar uma folga para Justin?

Inspirei profundamente para me acalmar. Marty Adler estava me dando nos nervos. Era adorável que ele estivesse tão preocupado em estragar o final de semana de Justin Keating quando era eu quem estava acordada há trinta e quatro horas direto, que tinha trabalhado até tarde todas as noites da semana e o domingo inteiro, que tinha pedido comida gordurosa às três da manhã para comer sentada aqui no meu escritório, exausta, abatida e com os olhos turvos para revisar rascunho após rascunho marcados com incontáveis comentários e perguntas do advogado de Stratton que representava o vendedor, de Mark Traynor na SunCorp e até do próprio Ted Lassiter. Eu era a única responsável por manter este acordo no cronograma de fechamento. Não Marty Adler e, com certeza, não Justin.

Não pude deixar de pensar nas incontáveis vezes, como associada júnior, em que tinha sido obrigada a esperar até meia-noite ou uma da madrugada em uma noite aleatória da semana só para que o sócio ou o associados sênior ligasse — como se lembrasse tardiamente — de casa para dizer: "Desculpe, achei que alguém fosse falar com você. Pode ir para casa. Não vamos mandar nada essa noite, no final das contas". Tantas manhãs nos finais de semana que eu tinha sido chamada antes das oito só para buscar alguma coisa ou corrigir erros de digitação para os clientes ou para os sócios sêniores — *um sábado qualquer*, era a piada no escritório — e nunca ouvi ninguém reclamar em meu benefício.

— Marty — falei sem me alterar —, só para que saiba, nunca peço para ninguém trabalhar além do horário se eu não for realmente precisar da ajuda da pessoa. Já que esse rascunho passou por muitas revisões, pensei que poderia usar um par de olhos a mais. Não tenho certeza se você percebe, mas estou aqui desde oito da manhã...

— Bem...

— Da manhã de ontem — completei.

Isso fez Adler se calar por um momento.

— Entendo. — E então ele disse: — Olhe, Ingrid, sei que está trabalhando direto neste acordo da SunCorp. E seus esforços certamente não passaram despercebidos. Meu ponto é: não transforme essas noites até tarde em um hábito para Justin Keating. Seria melhor para todos os envolvidos se ele não começasse a odiar o trabalho logo de cara.

— É claro.

— Obrigado. Eu sabia que entenderia. Vejo você em um minuto.

Desliguei o telefone com mais força do que pretendia. Abri a porta do espelho do meu guarda-roupa para dar uma espiada na minha aparência.

Eu parecia uma mulher desequilibrada. Estendi a mão e soltei o cabelo do rabo de cavalo despenteado que estava usando desde as dez da noite anterior. O elástico deixou uma marca engraçada de modo que, agora solto sobre meus ombros, meu cabelo tinha uma forma estranha e involuntariamente angular, espetado para um lado. Não era uma aparência lisonjeira. Pensei em prender o cabelo novamente, mas aquilo fazia com que eu parecesse ter doze anos, então deixei-o solto e tentei alisar as pontas com as mãos.

Suspirei. Eu parecia exausta. Eu estava exausta.

Minha pele estava pálida e desbotada, meu rímel — aplicado pela última vez em casa, na manhã do dia anterior — tinha criado um adorável efeito de guaxinim que não saía. Eu não tinha tido tempo de tomar banho na suíte do quadragésimo andar e, além disso, eu não tinha nenhuma roupa limpa. Bem, não teria adiantado. Tinha prometido a Marty Adler que fecharia este acordo dentro do prazo, e era exatamente o que eu faria.

Fiz o que pude, reaplicando o batom, colocando a regata amassada dentro da saia-lápis o melhor possível, tentando alisar o amarrotado no colo, e vestindo o blazer preto que abandonei na noite anterior quando comecei a trabalhar.

Peguei a cópia do termo de compromisso revisado e entrei no elevador rumo ao trigésimo sétimo andar.

Adler estava em pé atrás de sua mesa imensa, e me encarou um segundo a mais do que o normal. Eu sabia que ele estava analisando minha aparência desleixada. Me senti constrangida —, mas também irritada. *Estou em pé há trinta e quatro horas direto. O que você quer de mim?*

Ele gesticulou com os óculos na direção da mesa de reuniões de teca.

Nós nos sentamos, e eu entreguei para ele o termo de compromisso com as marcas de revisão. Ele pegou uma caneta-tinteiro de prata do bolso da camisa, tirou a tampa e começou a rever o documento. Seus lábios se moviam conforme ele lia. Nunca tinha notado isso, e me senti um pouco envergonhada por ele. Era difícil saber para onde olhar quando as pessoas estavam avaliando seu trabalho bem na sua frente. De algum modo, parecia rude observá-lo ler. Olhei discretamente pela janela. Lá fora, o céu se tornava rosa e púrpura sobre os espigões de Manhattan.

Quando voltei a olhar para Adler, ele estava sublinhando e fazendo pequenas anotações na margem do documento. O fato de ele ainda ter anotações para fazer me deixava nervosa. Eu esperava não ter deixado passar nada. Tinha sido muito cuidadosa.

Ele tirou os óculos de leitura e me devolveu o rascunho.

— Parece bom, Ingrid. Só marquei algumas coisinhas de nada.

Sempre odiei a expressão "coisinhas de nada". No meu ensino fundamental, em escola pública, eu achava extremamente indigno ter que me sujeitar à nossa triagem anual em busca de piolhos, que acontecia no refeitório da escola, com papel Kraft colocado cuidadosamente sobre o chão de linóleo. "Coisinhas" era o nome que a enfermeira da escola dava aos piolhos, enquanto passava o pente-fino em nossas cabeças abaixadas, buscando sinais de caos ou incompetência doméstica. Desde então, eu não gostava dessa palavra.

Marty Adler se levantou, indicando que tínhamos terminado. Pigarreei.

— Na verdade, Marty, eu queria ver mais algumas coisas com você.

Ele me olhou.

— Diga.

— Como mencionei no outro dia, a última revisão da Stratton se concentrou pesadamente nos representantes do vendedor e na cláusula MAC, e tenho a impressão de que esses ainda serão grandes pontos de discordância quando eles olharem esse rascunho.

— Você acha que estão tentando tirar isso?

— Não é o que estão tentando tirar; é o que estão tentando colocar. Eles querem todos os tipos de novas contingências que passem o fardo do risco para a SunCorp, se alguma coisa acontecer entre esse momento e o fechamento.

— Que tipo de contingências? — Adler cruzou um braço sobre o peito e apoiou a haste dos óculos de leitura nos lábios.

— Bem, eles estão insistindo muito em não serem responsáveis por quaisquer mudanças nas condições gerais do mercado que ocorram antes do fechamento. Mais insistentes do que costumamos ver.

Adler assentiu.

— Mas isso não me surpreende. Desde a crise dos créditos, o jurídico do vendedor seria idiota se não tentasse se livrar das condições gerais de mercado.

— É verdade, mas eles também querem evitar mudanças na lei, e passar esse risco para o comprador também. Quem sabe o que o Congresso pode fazer até o fechamento do negócio?

Adler me olhou. Ele sorria como se eu tivesse acabado de lhe trazer o jornal.

— Muito interessante, Ingrid. Vamos tentar ficar atentos, mas não que eu esteja preocupado. Concordamos em manter jurisdição exclusiva em Delaware, não foi?

— Concordamos — respondi.

— Bem, nenhum comprador jamais...

— Nenhum comprador jamais teve sucesso em invocar uma cláusula MAC nos tribunais em Delaware, eu sei. Mas há aquela decisão recente de Gilder na Corte de Chancelaria de Delaware que parece indicar que nada dura para sempre. Podemos ter uma chance de lutar contra uma cláusula MAC desde que ela seja arrazoada de forma adequada desde o início.

Adler ainda estava sorrindo. E estava me avaliando.

— Admiro seu espírito, Ingrid. Eu sabia que tinha colocado a associada certa neste acordo. No entanto, posso lhe dar um pequeno conselho?

— Por favor.

Ele se inclinou para a frente. Fiz o mesmo.

— Não leve tudo tão a sério assim.

O quê?

Nem se ele tivesse me esbofeteado eu teria ficado tão surpresa. Eu me sentia ao mesmo tempo confusa e humilhada. Ali estava eu, me matando para levar o acordo dele até o estágio de anúncio nesse cronograma insano, e Adler, o sr. 110%, estava me dizendo para não levar tudo tão a sério?

Ele sorriu.

— Escute. Se você realmente acha que há alguma coisa com o que se preocupar, sugiro que peça para Jack Hanover avaliar. Ele é especialista nisso. Mostre o termo de compromisso para ele, para que entenda o contexto. Entretanto, só entre você e eu, não perderia muito mais o sono com quantas vírgulas existem nessa cláusula MAC. Vamos fechar essa coisa. — Ele olhou para o relógio de pulso. — Agora, se me dá licença. Os ingressos para a ópera.

Eu me perguntei se Ted Lassiter gostaria de ver como Marty Adler estava sendo descuidado com os bilhões de dólares da SunCorp.

— Só parece que Binney está sendo cauteloso com alguma coisa aqui — tentei mais uma vez. — Eles também pediram para aumentar a multa pela quebra de contrato em mais um por cento. Só me parece um pouco estranho. — A multa pela quebra de contrato era a quantidade que uma das partes tinha que pagar para a outra para cancelar o acordo antes do fechamento.

Aquilo fez Adler parar.

— Parece meio tarde demais para eles ficarem mexendo com valores de multas.

Confirmei com a cabeça.

— Foi o que pensei também.

Adler bateu com os óculos no queixo e se levantou de novo.

— Esses são todos excelentes pontos, Ingrid. Verifique com Jack, off-line, sobre as implicações da decisão de Gilder, mas pode mandar o documento essa noite. Vamos preparar nossas armas, e ver o que Stratton nos devolve. E assegure-se de mostrar tudo isso, ponto a ponto, para Lassiter, na nossa reunião pré-fechamento na próxima quinta-feira.

— Pode deixar. — Eu me levantei da poltrona.

— A propósito — disse Adler, voltando para sua mesa. — Ninguém sabe melhor do que eu o quão pesado você vem trabalhando neste acordo. E nós valorizamos seu excelente trabalho e dedicação.

— Obrigada, Marty.

Eis mais uma coisa sobre sócios dos escritórios de advocacia. Eles sabiam exatamente quando elogiar o suficiente e no momento certo para fazer com que um associado se sentisse apreciado o bastante para continuar no trabalho. Não éramos colegas; éramos mais como bichinhos de estimação.

Assim que voltei ao meu escritório, folheei o rascunho para ver que recomendações Marty Adler tinha para mim, mas ele mal fizera qualquer comentário. Tinha mudado duas das minhas vírgulas para ponto e vírgula e colocado um determinado termo em caixa-alta. Onde eu defini a fórmula para "lucros de rede", Marty riscou "lucros" e escreveu com sua letra ousada e expansiva, "ganhos".

Suspirei e joguei o rascunho sobre minha mesa. De repente, me lembrei de uma noite, anos atrás, quando eu ainda era estagiária, e Tyler e eu fomos mandados para a gráfica. Enquanto esperávamos na sala luxuosa que a próxima rodada de prospectos de ofertas saísse das impressoras, Tyler e eu assistíamos ao programa de Letterman na imensa TV de tela plana e nos banqueteávamos com coquetel de camarão, patas de caranguejo e asinhas de frango apimentadas. Eram as vantagens oferecidas pela gráfica que atendia ao escritório para tornar nossas intermináveis noites de espera mais fáceis de suportar. Tyler e eu nos sentamos perto de dois *CDFs* segundanistas da Cravath, que estavam com a cabeça inclinada sobre o rascunho de uma circular de oferta. De repente, um deles se sobressaltou e deu um tapa no braço do colega:

— Ei! Essa vírgula aqui. Não devia ser um ponto e vírgula?

— Você está certo! Grande achado.

Os dois se cumprimentaram efusivamente antes de se inclinar sobre o documento mais uma vez. Tyler olhou para mim com olhos arregalados, e tivemos que nos controlar para não cair na gargalhada. Depois disso, durante semanas tudo o que eu precisava fazer era falar *grande achado* para Tyler em uma sala de reuniões ou em um coquetel para nós dois cairmos na risada.

Agora não parecia tão engraçado. Naquela noite, na gráfica, mal sabíamos que logo seríamos aqueles caras da Cravath que zombamos sem piedade. Aqueles ajustes minúsculos de vírgulas e pontos e vírgulas logo seriam as pequenas coisas em que passamos a acreditar.

— Varando a noite de novo, hein?

Ergui os olhos e vi Ricardo, que fazia as rondas noturnas, enfiando a cabeça no meu escritório.

Dei-lhe um sorriso cansado.

— Sabe como é, RC.

Ele parou um instante, examinando minha aparência cansada.

— Eu sei. Vejo você aqui o tempo todo. — Ele balançou a cabeça e sorriu. — Espero mesmo que valha a pena.

Houve um clamor ruidoso em seu walkie-talkie.

— Preciso ir — disse Ricardo, virando-se para ir embora. Fez um gesto com a mão, me expulsando. — Vá para casa, mocinha. É sexta à noite.

Fiquei encarando por um instante o espaço na porta onde ele tinha estado.

Então, peguei o telefone e liguei no ramal de Justin. Sem resposta. Lógico, pensei, irritada. Não era de surpreender que o garoto tivesse ido curtir o final de semana sem me avisar. Não havia chance de Justin ser repreendido, pelo menos enquanto Adler tivesse alguma ingerência sobre ele.

Esperei pelo bipe.

— Justin, é Ingrid. Acabei de receber a aprovação de Marty, agora vou fazer umas mudanças finais e estaremos prontos para soltar o material. Você pode vir ao meu escritório quando ouvir esse recado? Obrigada.

Passei meu cursor pelo diretório on-line do escritório e cliquei no nome de Jack Hanover. Seus olhos azuis de aço e seu nariz aquilino me encararam, junto com sua biografia na empresa, ramal e número do escritório. Essa foto devia ter sido tirada há umas três décadas. Ele parecia ainda não ter cinquenta anos.

Jack Hanover era o único vovô sobrevivente da empresa, um pioneiro na área de litígios corporativos e tinha sido um dos homens mais influentes na cidade. Agora, com quase oitenta anos, ainda tinha muita entrada nos círculos dos tribunais. Mantinha um lugar honorário no Comitê de Administração e um escritório na empresa, onde passava três dias na semana para ler o *New York Law Journal*, responder à correspondência profissional e escrever artigos de opinião para o *Times*. Era totalmente da velha guarda. Os rumores diziam que Jack Hanover ainda guardava charutos e uma bela garrafa de uísque na última prateleira de seu aparador, e não tinha vergonha de fumar ou beber no escritório.

Olhei mais uma vez para o relógio: 17h45. Eu duvidava que Jack Hanover ainda estivesse aqui, mas liguei mesmo assim para seu ramal. Sua secretária atendeu no primeiro toque.

— Boa noite. Escritório do sr. Hanover.

— Alô, aqui é Ingrid Yung — falei. — Por acaso, ah, hum...

Hesitei. Jack Hanover era uma figura tão lendária que parecia completamente errado — tanto desrespeitoso quanto falso — chamá-lo de Jack. Mesmo assim, essa era a farsa que a empresa esperava que todos nós perpetuássemos: que todos estávamos em pé de igualdade, que todos nos conhecíamos pelo primeiro nome, que éramos todos parte de uma única e grande família feliz e funcional. Mesmo assim, ainda me chocava secretamente sempre que Hunter ou Murph se referiam de modo casual a Jack Hanover, na cara dele, como Jack. De algum modo, mesmo agora, quando eu estava prestes a me tornar sócia dessa empresa, ainda parecia estranho chamá-lo de qualquer coisa que não fosse sr. Hanover, ressaltando exatamente quão diferente dele eu me sentia.

— Jack está disponível? — me obriguei a dizer. — Marty Adler sugeriu que eu fizesse uma rápida consulta com ele, se tivesse a chance.

— Espere um momento, por favor. Vou consultar.

No instante seguinte, ela disse:

— Sim, o sr. Hanover diz que pode vê-la agora. O escritório dele é o trinta e nove, zero-um, o primeiro escritório de canto após a recepção.

Quando saí do elevador, entrei pela porta de vidro e achei o escritório de Jack Hanover. A secretária dele já tinha encerrado o expediente, mas havia uma faixa de luz saindo por debaixo da porta dele, que estava levemente entreaberta. Ele estava me esperando.

Alisei o cabelo e a saia com as mãos, em uma última tentativa de parecer apresentável. Então dei uma batidinha insegura.

— Entre — retumbou uma voz.

Abri a porta.

O escritório era sombrio e escuro, e a única luz vinha de uma luminária de mesa de metal verde sobre o aparador. Dei alguns passos hesitantes para dentro da sala. Jack Hanover estava sentado atrás de uma mesa de nogueira antiga com pernas esculpidas e pés no formato de garras. Sentados bem na frente de Jack Hanover, cada um em uma larga poltrona de couro, estavam ninguém mais ninguém menos que Hunter e Justin Keating. Ambos pareceram tão surpresos em me ver quanto eu em vê-los.

Todos os três seguravam copos altos, com alguns centímetros de um líquido âmbar no fundo.

O famoso uísque de Jack Hanover. Então essa parte era verdade.

— Olá, olá — Hanover exclamou para mim, acenando para que eu me aproximasse. Sua voz não era indelicada. — Você queria me fazer uma consulta rápida, não é? — Eu sabia que ele não sabia meu nome, mas pelo menos ele parecia ciente de que eu era uma associada.

Eu estava completamente perdida. Com os olhos turvos, parecendo tão desgrenhada quanto me sentia, abri a boca, mas as palavras não saíram. Fiquei parada ali, estupefata. Olhei para Jack Hanover, depois para Justin Keating e finalmente para Hunter, um por um.

Justin tinha endireitado as costas abruptamente quando entrei na sala. Até ele parecia ciente de que havia algo levemente indecoroso — até mesmo impróprio — em toda aquela situação.

Hunter, por seu lado, não parecia em nada surpreso. Eu queria estender a mão e arrancar aquela complacência de seu rosto.

— Não se incomode com meus amigos aqui — disse Hanover com jovialidade, acenando com a mão na direção de seus amigos. — Estamos só jogando conversa fora. O sogro de Hunter e eu nos conhecemos há muito tempo. O pai de Justin também, certamente.

Assenti, insegura do que dizer. Sequer tinha certeza se esperavam uma resposta. Jack Hanover não estava sendo indelicado. Para ele, devia ser perfeitamente normal que todos nós nos encontrássemos nesta sala, nesta exata configuração.

Ao ver a indiferença do homem mais velho, Justin se recostou outra vez em sua poltrona. Talvez até tivesse bebido seu uísque de modo um pouco mais deliberado, mas talvez não. Olhando para o outro lado, ele fingia analisar os vários prêmios e fotografias emoldurados nas paredes e nas estantes de Jack Hanover, e vi um rubor revelador se espalhar por sua nuca.

Ótimo. Eu esperava estar deixando-o desconfortável.

Eu me inclinei de um jeito meio desajeitado ao lado da cadeira de Hanover, mostrando-lhe o documento de aquisição da SunCorp e apontando a cláusula em questão.

Jack Hanover se recostou, cruzou os braços atrás da cabeça e começou a me dar uma aula sobre as profundidades da decisão de Gilder e seu potencial impacto na Corte de Chancelaria de Delaware. Fiquei mortificada. Humilhada. Não conseguia absorver uma palavra do que ele dizia.

Eu me sentia como uma criança invadindo um jantar de adultos.

Então fiquei parada ali, como uma relutante dama de companhia diante de Jack Hanover e sua corte real. Fui ficando cada vez mais zangada. Até ficar roxa de raiva.

Agora Justin me encarava. Sua expressão não era zombeteira nem de pena, ele apenas observava. Parecia esperar minha reação. Justin Keating — o assistente jurídico que supostamente devia estar me ajudando neste acordo tão importante — estava aqui perdendo tempo e se desfrutando de uma bela dose de uísque com o patriarca da empresa, enquanto eu corria de um lado para o outro do escritório igual a uma barata tonta.

Eu me sentia humilhada e suada, despenteada e suja. Eu estava acabada. E que triunvirato perfeito diante do qual aparecer acabada.

Enquanto permanecia inclinada daquele jeito desajeitado ao lado da cadeira de Jack, esperando que minhas axilas não estivessem fedendo e que meu cabelo não estivesse arrepiado demais, que meu rímel não estivesse escorrendo por todo o meu rosto, eu podia sentir os olhos curiosos de Justin Keating colados em mim, e odiava aquilo.

Quando, por fim, Jack Hanover terminou de falar sobre o valor do precedente de Gilder, reuni as folhas do termo de compromisso sem olhar para ele, sem olhar para nenhum deles. Meu rosto estava ardendo, e eu conseguia sentir pontadinhas atrás dos olhos.

— Obrigada por seu tempo, Jack — murmurei, me odiando, odiando minha vozinha fraca, antes de sair correndo da sala.

De volta à segurança do meu escritório, com a porta fechada, afundei na minha cadeira, fechei os olhos e comecei a chorar baixinho. Dava para ouvir mais advogados e secretárias deixando o escritório. "Tenha um bom final de semana. Nos vemos segunda-feira". E, então, silêncio. Depois de um tempo, ouvi as moças da limpeza seguindo pelo corredor e os aspiradores de pó rugindo.

Por que não começamos nossa conversa de outro modo, Ingrid. O que a fez querer se tornar advogada?

Virei a cadeira para olhar pela janela e ver a extensão imensa do céu noturno. Luzes começavam a aparecer por toda a Avenida Madison. Fiquei olhando o horizonte da minha amada Manhattan por muito tempo, as silhuetas irregulares que me eram tão familiares agora, que eu podia desenhá-las de memória. Lembrei-me daquele jantar há muitos anos, quando meus pais me levaram ao apartamento do dr. Giles, na Quinta Avenida, com a vista do mundo que eu queria.

Era exatamente o motivo pelo qual quis ficar na Parsons Valentine todos esses anos, a razão pela qual agora era crucial — completamente inegociável — que eu me tornasse sócia. Era o que faria todas aquelas pequenas humilhações e exclusões valerem alguma coisa. Tinham que valer. Mais do que qualquer coisa, eu queria, de uma vez por todas, acabar com aquela suspeita que sempre pairava no ar de que, ainda que meu histórico impressionasse e que meu trabalho fosse aprovado, eu não era valorizada.

Ah, sim, em um lugar como a Parsons Valentine, as pessoas gostavam de mim, mas eu não era querida.

E, sim, tornar-me a primeira mulher de minoria étnica escolhida para a sociedade no prestigioso escritório de advocacia Parsons Valentine & Hunt LLP tornaria tudo melhor para todo mundo no longo prazo. Não tornaria? *Às vezes, no grande esquema das coisas, nos cabe fazer certas coisas não porque queremos, mas porque estamos entre os poucos que podem.*

Como eu era uma das poucas que podia, há muito tempo decidi que devia.

Doze

Com o novo rascunho do termo de compromisso da aquisição enviado em segurança para a outra parte, Murph e eu passamos a noite de sábado juntos no centro — um *revival* de Hitchcock no Film Forum, um jantar de três horas, com duas garrafas de vinho, no meu bistrô favorito na rua Cornélia, e então, finalmente, no meu apartamento.

Era um encontro de verdade.

Murph parecia um namorado de verdade.

Quando abri os olhos na manhã seguinte, a primeira coisa que fiz foi olhar a forma adormecida de Murph. Eu meio que esperava que ele não estivesse ali, mas ele estava lá com certeza, ressonando levemente ao meu lado, um dos meus lençóis de oitocentos fios um pouco enfiado embaixo de seu corpo. Virei de lado tentando não fazer barulho, me apoiei em um cotovelo e observei seu rosto. Eu nunca tinha notado antes as pequenas rugas como papel crepom na pele fina ao redor de seus olhos.

Poucas coisas eram mais irresistíveis do que um homem dormindo. Não importava quem ele era ou o que fazia enquanto estava acordado, um homem adormecido parecia tão cativantemente vulnerável... Tão inocente e sem culpa. Todos eles eram assim. Esse era meu jeito favorito de passar o tempo em longos voos de trabalho. Depois que a refeição da noite era retirada, depois que todos desligavam suas luzes de cabeça e tentavam encontrar uma posição confortável com o travesseiro e o cobertor da companhia aérea, eu me entretinha estudando os homens ao meu redor na cabine da classe executiva enquanto dormiam. E não se engane: a maioria desses passageiros ainda são do sexo masculino.

Eu tinha um tipo de prazer estranho e reconfortante em ver esse homens — esses capitães de indústrias potentes, orgulhosos, esses Mestres do Universo — derrubados por algo tão natural quanto o sono.

Fiquei deitada ali feliz por mais um momento, observando o peito liso de Murph subir e descer no seu ritmo constante, quando, de repente, me ocorreu que eu não tinha nada para oferecer de café da manhã — nenhum ovo, nenhum pão, nenhum cereal. Não conseguia lembrar nem se eu tinha café. Saí de mansinho da cama e estremeci, com arrepios percorrendo minha pele nua.

O piso de madeira era frio sob meus pés. Sempre quis colocar um tapete no quarto, mas nunca consegui. Em silêncio, abri a gaveta da cômoda, vesti uma calcinha e uma regata canelada de algodão e saí para o corredor.

Analisei meu apartamento. A sala de estar estava uma completa bagunça. Copos do Starbucks e uma caixa com uma pizza pela metade estavam espalhados no chão perto do sofá, perto do meu notebook e de três blocos com minhas anotações sobre a SunCorp. Fechei o notebook, recolhi todos os papéis e os empilhei de maneira ordenada na mesa de centro.

Na cozinha, rapidamente confirmei o que já sabia: não havia nada para comer. Perguntei-me o que isso dizia sobre mim e minhas prioridades. Quem comprava um apartamento com um fogão Viking e uma geladeira Sub-Zero e nunca os usava? Pensei em Anna Jergensen e em todas as outras garotas de vinte e poucos anos cujas casas compartilhadas em Williamsburg, pequenas e acolhedoras, que Murph visitava com regularidade. O que uma garota que nem ela servia para um cara como Murph de café da manhã? Ela provavelmente entraria na cozinha e prepararia um monte de panquecas durante o banho dele. Enquanto isso, eu era alguém que precisava pesquisar no Google para saber quantos minutos eram necessários para cozinhar um ovo. Lembro-me de Rachel dizendo que tinha feito panquecas de mirtilo para Josh na primeira vez que ele dormiu na casa dela, e que mais tarde ele disse que aquela tinha sido uma das primeiras coisas que o fez se apaixonar por ela. Nunca fiz panquecas na vida. Como era mesmo o nome daquela coisa que se usava para fazer a massa? Mistura pronta? Eu não fazia ideia.

Voltei para o quarto, para ver como estava Murph. Ainda adormecido. Vesti calça de ioga e tênis. Enquanto prendia os cabelos com um elástico, tropecei em um dos pés da sandália de salto que eu tinha deixado largada no chão na noite anterior.

Murph se mexeu, e ameaçou se sentar.

— Desculpe — falei, baixinho. — Volte a dormir. Vou sair para comprar uns bagels ou algo do tipo. Volto logo.

— Hum, ok. — Ele se deitou de bruços. No segundo seguinte, voltou a ressonar.

Fiquei parada por um momento. Era bom, pensei, sair da cama com alguém ainda nela.

Quando voltei da padaria com café e meia dúzia de bagels simples e com cobertura, Murph estava acordado, lendo meu *Times* de domingo. Ele tinha aberto as cortinas para que o sol entrasse pelas janelas panorâmicas. O edredom estava amontoado perto de seus tornozelos cruzados, no pé da minha cama.

Ele me olhou por sobre a seção de negócios e me deu aquele sorriso imenso e vitorioso típico de Jeff Murph que eu adorava.

— Oi.

— Oi, você. — Deixei os bagels e o café na cômoda, tirei a roupa para ficar de novo de regata e calcinha, e me joguei dramaticamente no colchão ao lado dele, enroscando minhas pernas nas dele.

— Estenda o braço — disse ele.

— Como é?

— Feche os olhos e estenda o braço.

Fiz o que ele pediu.

Murph colocou algo gentilmente em meu pulso. Abri os olhos. Era a pulseira de papel que Isabel tinha feito para mim.

— Ah, isso. — Sorri. — Essa é a peça favorita da minha coleção de joias. A filha de quatro anos de idade da minha amiga fez para mim na última vez que cuidei dela.

Ele ergueu as sobrancelhas.

— Você? Cuidou dela?

— Obrigada por parecer tão surpreso. Vou lhe dizer que sou muito boa com crianças.

Ele sorriu.

— Não estou tão surpreso — disse ele com suavidade, em meu ouvido. Os pelos do meu braço se arrepiaram, e estremeci, feliz.

Mas, quando olhei novamente para Murph, ele tinha voltado a ler o *Times*.

— É sério? — brinquei. — É isso o que você faz quando acorda na cama de uma bela mulher em uma manhã preguiçosa de domingo? Lê a seção de negócios?

— Estou no último parágrafo desse artigo. Você viu isso? O projeto do oleoduto na Nigéria que faliu no último segundo? Uma bela advertência para os clientes de Rubinstein em São Paulo, hein?

Desenrosquei minhas pernas das deles, largando-as no meu lado da cama com um baque de protesto.

Murph olhou para mim.

— Sabe, não seria má ideia se você lesse isso também. Eu não devia ter que lhe dizer isso, Yung... você deveria estar sempre pensando no desenvolvimento de negócios.

— Uau. Será que você podia soar um pouco menos como um advogado? — Ele me ignorou.

Eu não estava conseguindo o que queria.

Estendi a mão e puxei o edredom até nossas cinturas. Escorreguei na direção de Murph até alinhar nossos corpos. Olhei para ele. Ele estava franzindo o cenho enquanto lia a página de negócios do *Times*. Lentamente, levantei uma perna até a virilha dele, e então comecei a mover a coxa bem de leve para trás e para frente contra a braguilha parcialmente aberta de sua cueca — uma carícia, duas carícias, três —, até que senti que ele começava a se interessar.

A seção de negócios foi parar no chão.

Sorri para Murph com os olhos semicerrados, uma expressão que aprendi com uma babá quando tinha doze anos e aperfeiçoei mais tarde, na faculdade.

Murph se inclinou sobre mim. Quando eu estava prestes a fechar os olhos, vi que ele olhou para o relógio na minha cômoda.

Dei risada.

— O que foi? — perguntou ele.

— Hum, você por acaso acabou de olhar para o relógio?

— Não. — Ele mentiu.

— Eu vi.

Ele sorriu.

— E daí? Gosto de saber as horas.

— Jesus, Murph. Você faz amor como se fosse algo faturável.

— Ai. — Ele levou a mão ao coração. — Isso realmente dói, Yung.

Ele se inclinou para me beijar. Calei a boca depois disso.

Mais tarde, eu estava deitada de lado, feliz, com a cabeça apoiada no braço estendido de Murph.

— Murph?

— Humm. — Ele estava quase dormindo.

— Você acha que alguém no trabalho sabe de nós?

— Não. — Ele abriu os olhos e virou de lado para poder me olhar. — Pelo menos, eu não disse nada para ninguém. Por quê?

— Só curiosidade.

— Você se importaria se alguém soubesse?

Hesitei.

— Não.

Mas eu me importava. Me importava muito. Sabia que eu tinha muito, muito mais a perder do que Murph nessa questão em particular. Era uma coisa para ele — o barulhento, tempestuoso, mulherengo, garoto de fraternidade Murph — dormir com uma de suas colegas associadas no grupo. Era outra coisa bem diferente para mim — a única advogada sênior que restava — dormir com ele. Eu não queria que isso se espalhasse, sobretudo agora, quando estávamos a menos de um mês da sociedade. Ah, Deus. Se Murph e eu tivéssemos feito isso ainda quando éramos primeiranistas, as coisas seriam muito mais simples.

O tempo certo era tudo.

Eu conhecia muito bem, por estar naquele ambiente há oito anos, o jeito como meus colegas do sexo masculino se vangloriavam de suas conquistas — profissionais e sexuais. Eles tinham parado de se censurarem perto de mim havia muito tempo. Eu era um dos caras agora. E, enquanto imaginava que isso se devia ao respeito profissional que tinham por mim, a única colega mulher, imaginava também que poderiam não falar sobre mim como faziam com suas outras conquistas femininas... Bem, na verdade, mais do que alguns colegas homens dariam um tapinha nas costas de Murph se soubessem. Como dizem, meninos serão sempre meninos.

Apertei a palma das mãos com força nos olhos, pensando.

O que todos diziam na empresa era que tanto Murph quanto eu estávamos praticamente garantidos como sócios na área de fusões e aquisições este ano. Murph sabia disso, e eu também. Havia uma certa simetria romântica nessa ideia que me atraía. *Sr. e Sra. Sócio & Sócia.*

Mas saber que a votação para a escolha dos novos sócios estava a poucas semanas de distância também me causava uma preocupação nova e desagradável.

Será que Murph e eu teríamos que permanecer em segredo depois que nos tornássemos oficialmente sócios? Não havia uma política oficial contra relacionamentos amorosos entre colegas de trabalho na empresa, e todos sabiam que havia vários casos aleatórios na festa de fim de ano no Plaza, mas aquilo era diferente. Aquilo era um *nós*. Eu nunca tinha ouvido falar de dois sócios namorando antes. Talvez, depois que nós dois nos tornássemos membros da empresa, a Parsons Valentine tivesse que realmente instituir uma nova regra para orientar nosso relacionamento. Votar na reunião dos sócios seria uma política constrangedora para Murph e para mim, é claro. *Todos a favor de que os novos membros da empresa, Ingrid e Murph, continuem dormindo juntos?... Digam sim. Todos contra?* Eu até podia imaginar. Marty, Harold Rubinstein, Jack Hanover e o restante deles reunidos para discutir os prós e contras. Ah, Deus.

Pensar em Jack Hanover me fez revirar os olhos. Deitei de bruços, afundando a cabeça no travesseiro, estremecendo com a lembrança de sexta-feira à tarde.

Murph me olhou preocupado.

— Qual é o problema?

Contei tudo para ele. Saiu em um jorro confuso e amargo. Contei para Murph tudo sobre a noite horrível que tive, sobre a aparente indiferença de Adler com o acordo da SunCorp e como ele estava deixando tudo nas minhas costas, sem orientação dele ou a ajuda que eu devia ter de Justin Keating, sobre entrar no escritório de Jack Hanover e encontrar Hunter e Justin ali, tomando um belo drinque depois do trabalho com o bom amigo Jack.

Murph acariciou meu cabelo e me abraçou em silêncio.

— Sinto muito sobre tudo isso — disse ele depois de alguns minutos.

— Obrigada. — Sorri, genuinamente tocada. — Quer dizer, sei que sou sensível. Você provavelmente acha que sou sensível demais.

Ele negou com a cabeça.

— Não. Não acho. Eu entendo completamente. Também já fui vítima de algumas merdas dessas.

Eu me virei na cama para poder olhar diretamente para ele.

— Como assim? Você?

Ele olhou para mim.

— Sim, eu.

— Mas o que nesse mundo eles poderiam dizer sobre você?

Murph riu baixinho. Estendeu a mão e tocou meu rosto.

— Deixa pra lá.

— Não, não quero deixar pra lá. — Eu me sentei na cama, de pernas cruzadas, e me inclinei na direção dele, como uma criança pedindo mais uma história antes de dormir. — Eu realmente quero saber, Murph.

Ele fez uma pausa, e não falou nada em um primeiro momento.

Esperei.

— Você não é a única que se sente um peixe fora d'água, Yung.

— Continue.

Murph suspirou. Deitou-se de costas e cruzou as mãos atrás da cabeça, olhando para o teto.

— Ok, bom, uma vez, depois do *softball*, no Paddy Maguire's, eu estava me sentindo muito bem mesmo, sabe? Porque tinha marcado dois *runs*. Então, um babaca primeiranista que estava muito bêbado começou a perguntar sobre a minha família. Contei que tinha uma irmã. Ele perguntou se ela é mais nova; então respondi que ela era treze meses mais velha do que eu. E sabe o que o imbecil disse?

Nego com a cabeça.

— "Ah, então na sua casa não tem televisão?"

Murph me olhou, esperando uma reação.

— Uau.

— Não é? — Murph voltou a olhar o teto. — E não vou nem começar a contar todas as piadas de bêbados sobre isso.

Sério? Aquilo era o melhor que ele tinha para contar? Claro, era estúpido e ofensivo, e não era uma linha de conversa que eu algum dia seguiria, mas não me impressionava que Murph pensasse que aquilo se comparava com alguma das merdas com as quais Tyler e eu tínhamos que lidar.

Murph se virou na minha direção. Cobriu minha mão com a dele.

— Então, tudo o que estou dizendo é que entendo como Hunter e os outros caras são irritantes às vezes.

Ah, agora eu entendia. Murph estava apenas tentando fazer com que eu me sentisse melhor. Do nada, me senti embriagada com um sentimento que reconheci como felicidade. Olhei para a mão dele, ergui os olhos para ele novamente e sorri. O que eu fiz na vida para merecer um cara como Murph? O que quer que fosse, eu estava grata.

Eu me inclinei em direção a ele, fechei os olhos e o beijei. Nós nos abraçamos e ficamos deitados ali, sem falar, sem precisar dizer nada. Então, Murph se ergueu em um cotovelo, se virou para mim e disse:

— Ok. Você quer ouvir algo que realmente vai fazê-la se sentir melhor? Algo realmente hilário?

Fiquei intrigada.

— Obviamente, sim.

Murph deu uma risadinha para si mesmo, incapaz de conter sua própria alegria com o que estava prestes a me contar.

— Ok. Você sabe quem é o sogro de Hunter, certo?

— Vagamente.

— Ele é apenas o CFO do Great American Bank e Trust, só isso. Aparentemente, o Great American conseguiu um novo acordo de financiamento imenso, e vão sair procurando advogados por aí.

Franzi o cenho.

— Mas nós já somos os advogados deles.

Ele negou com a cabeça, sorrindo.

— Não. Para ser mais exato, *Marty Adler* já é advogado deles. O sogro de Hunter está forçando para que Hunter seja o novo advogado de relacionamento do Great American no escritório. Ele quer que Hunter consiga a originação de crédito para o novo acordo.

— Mas isso, em geral, é uma relação feita com um sócio, não com um associado.

— Certo. É exatamente aonde o sogro de Hunter quer chegar com isso, você não vê? Ele espera que, se puder jogar esse novo negócio no colo do genro, Hunter finalmente vá conseguir a sociedade, e sua princesinha estará feita.

— Isso é loucura. Hunter não consegue ganhar uma concorrência com outros escritórios. Ele não conhece nenhuma lei. Ele passa metade do tempo arrumando as tabelas de *softball* da Liga de Advogados e a outra metade bajulando alguém.

Murph concordou com a cabeça.

— Exatamente. Eu sei disso. Você sabe disso. Adler sabe disso. Diabos, aposto que até Hunter sabe disso. Mas, aparentemente, o velho e querido sogrão não sabe. Então ele quer que a Parsons Valentine entre em uma concorrência, e adivinhe o quê? Hunter vai comandar o espetáculo! — Murph assobiou com indisfarçável alegria. — Desta vez, Adler não pode ajudar. Você consegue imaginar Hunter tentando impressionar um grupo de executivos seniores que não tenham alguma relação com a sua esposa? Vai ser um completo desastre! — Agora ele estava rindo abertamente. Se fosse qualquer outra pessoa que não Murph, eu teria descrito como um tipo de risadinha demente. Eu estava meio surpresa de ver Murph se divertir tanto com aquilo. Quer dizer, afinal de contas, Hunter era amigo dele.

Mesmo assim, eu entendia o que Murph queria dizer. Colocar Hunter Russell com a responsabilidade de conquistar os executivos-chefes do Great American Bank e Trust era uma estratégia condenada ao fracasso. Eles o comeriam vivo. Apesar de tudo, quase sentia um pouco de pena de Hunter. Ele estava sendo mandado para o cadafalso.

— No entanto, se Hunter perder essa concorrência... e obviamente isso vai acontecer... a empresa vai perder o Great American como cliente. Nada mais de Adler nem de outro sócio competente nos negócios deles. Aparentemente, a nova regra é: ou Hunter como sócio de relacionamento ou ninguém.

— Uau — comentei. — Adler deve estar fora de si.

— Bem — comentou Murph, com os olhos brilhando —, acho que ele devia ter pensado nisso quando contratou Hunter. Agora, o feitiço está se voltando contra o feiticeiro.

Treze

Os coquetéis começariam a ser servidos às seis; o jantar, às sete. O Jantar da Diversidade não podia acontecer em um momento mais inconveniente. SunCorp e Binney deviam assinar o contrato em alguns dias, e ainda estávamos resolvendo algumas questões. Mas Marty Adler já tinha deixado claro que minha participação no evento desta noite não era opcional. Nem o traje social.

Decidi usar um dos meus vestidos para festas corporativas testados e aprovados — cintilante e preto, com alças finas, para que ninguém na empresa pudesse me acusar de não parecer festiva, mas com uma estola recatada combinando, para que também parecesse apropriado para o trabalho. Fechei a porta do escritório e me troquei lá dentro, sem querer encontrar ninguém no banheiro feminino do fim do corredor. Harold Rubinstein enviou um e-mail para os representantes da empresa no evento — Marty Adler, Tim Hollister, os outros sócios do Comitê de Diversidade, dr. Rossi e eu — dizendo que deveríamos nos encontrar na recepção do décimo terceiro andar às cinco e quarenta e cinco da tarde.

Exatamente às cinco e quarenta, coloquei a cabeça para fora do meu escritório e espiei ao redor. Margo e as demais secretárias do andar já tinham encerrado o expediente. O corredor estava em silêncio.

Embora não fosse incomum encontrar um advogado correndo pelos corredores da empresa usando smoking, atrasado para alguma recepção de um cliente ou um jantar de premiação na Ordem dos Advogados, eu me sentia exposta e alerta ao pegar minha bolsa de pedraria e sair pelo corredor.

Caminhei o mais rápido e o mais silenciosamente possível, dirigindo-me para as escadas internas em vez de para os elevadores, que deveriam estar lotados agora no final do dia. Quando dobrei em um caminho perto do banheiro masculino, trombei com Murph.

— Ei, ei — ele riu, se afastando de mim. Como sempre, parecia adorável sem precisar se esforçar para isso. Tinha soltado um pouco o nó da gravata, e suas mangas estavam dobradas, revelando os antebraços musculosos e bronzeados.

— Ei, moço — falei, em voz baixa, sem querer que alguém nos ouvisse.

Murph me olhou de cima abaixo, com expressão de admiração.

— Para que é tudo isso?

Ele segurou minha mão, colocou o outro braço em volta da minha cintura e me fez girar em um tipo de mambo falsificado. Girei algumas vezes com ele pelo corredor, rindo, mas também de olho caso alguém aparecesse.

Quando paramos, ele deu um assobio baixo.

— Você está muito bem. Algum encontro? Devo ficar com ciúme?

— Infelizmente, não. Tenho aquele Jantar de Diversidade hoje à noite, lembra? Mal posso esperar para acabar com isso.

— Que Jantar de Diversidade?

— Você sabe — comentei —, aquela coisa de networking no Rainbow Room. Marty Adler praticamente colocou uma arma na minha cabeça.

Uma expressão estranha cruzou o rosto de Murph.

— Não, eu não sei, Yung. Que coisa de networking na Rainbow Room.

— Ah, pare com isso Murph — falei, dando um tapinha no braço dele. Mas eu estava ficando inquieta. — Sei que comentei com você. — Por que ele estava transformando aquilo em alguma coisa?

Os convites tinham sido enviados por e-mail semanas atrás para os clientes da empresa, ex-alunos selecionados, políticos e acadêmicos iluminados de todos os cantos da cidade. Agora eu tentava me lembrar da retórica corporativa elegante impressa neles.

— A empresa está chamando de "Uma celebração da diversidade na profissão: rompendo barreiras, preenchendo lacunas" — falei, tentando parecer despreocupada. — É como vai ser. Todos vamos tomar vinho branco e comer coquetel de camarão, os sócios vão vagar pelo Rainbow Room, apertar algumas mãos, dar tapinhas em algumas costas. Vão exibir o novo e sofisticado consultor contratado, fazer alguns discursos sobre "alavancar a diversidade" e "celebrar a diferença" e perguntar por que não podemos simplesmente sermos todos amigos. Então, todo mundo vai para casa com sua sacola de brindes corporativos e se esquece disso por mais um ano. Você sabe como são essas coisas.

— Aaaah, entendo. É tudo resultado de toda aquela coisa do "paraíso dos sócios". — Murph não estava mais sorrindo. — Ainda estamos falando disso. — Ele cruzou os braços sobre o peito. — Então, quem vai estar lá essa noite? — Ele me observava com atenção.

O ressentimento subiu pela minha garganta. Aquilo tudo não tinha sido ideia minha. Mesmo assim, eu estava me sentindo na defensiva, e não havia motivo algum para isso. Não odeie o jogador, odeie o jogo. Eu não tinha criado esse mundo; só estava tentando jogar segundo as regras.

— Bem — comecei —, acho que estarão Adler, Rubinstein e Hollister da área Corporativa, talvez alguns dos outros, e Pam Karnow, Sid Cantrell e acho que Mitch Lawrence de Litígios, e de Impostos...

— Adler? Rubinstein? Cantrell? Só pesos-pesados — observou Murph. Ele ergueu uma sobrancelha e inclinou a cabeça para o lado. — Não é uma oportunidade ruim para bater um papinho com esse pessoal. — O tom de voz dele era afiado.

Eu me afastei como se ele tivesse me batido. Aquilo era absurdo. Em especial vindo de Murph. Há quanto tempo ele não estava organizando aqueles happy hours com os sócios sêniores?

— Sabe, Murph, não acho que esse jantar seja melhor para bater um papinho do que quando você sai para tomar cerveja com Marty Adler depois dos jogos de *softball*. Ou talvez seja mais parecido com quando Jack Hanover convida você para ir ao Century Club todo ano para assistir à transmissão ao vivo do jogo Amherst-Williams, hein? Talvez seja mais nesse estilo.

Murph ficou me encarando.

— Sim, eu sei de tudo isso. Bom, estou atrasada. Preciso ir. — Tentei passar por ele.

— Ei, opa, opa, opa — chamou ele, colocando as mãos nos meus ombros nus, onde a estola tinha escorregado. Ele me segurou com força surpreendente. — Não fique chateada, Yung — disse ele, parecendo arrependido, sorrindo para mim, e pude ver que o velho Murph, aquele que era brincalhão, meio infantil e afetuoso, estava de volta. — Eu não quis transformar isso em um cavalo de batalha. Só queria saber aonde você ia tão linda assim. É só isso. Desculpe. De verdade. A maioria de nós não foi convidada para essa coisa, você sabe.

— É claro que não foi — respondi, me afastando dele. — Isso estragaria toda a ilusão, não é? Agora, se me dá licença. Preciso ir. — Passei por ele e saí apressada. Balancei a cabeça tentando me livrar da sensação daquele encontro. Como tudo tinha ficado tão complicado?

No saguão acarpetado entre o vigésimo novo e o trigésimo andar, parei e me obriguei a colocar um sorriso ensaiado no rosto antes de me adiantar até a Recepção.

Marty Adler, Harold Rubinstein e eu dividimos um carro até o Rainbow Room. Havia espaço para mais um advogado, mas ele teria que se sentar na frente, com o motorista. Nem pensar. A empresa reservou cinco carros para transportar catorze pessoas pelos sete quarteirões até o Rockefeller Center.

Rubinstein disse para o nosso motorista nos deixar na Quinta Avenida, e caminhamos rapidamente até a entrada do 30 Rock. Como sempre, eu tinha que dar dois ou três passos para cada um dos de Adler e Rubinstein, e tinha que fazer isso em um salto de nove centímetros enquanto desfilava em um padrão desajeitado e instável para evitar os vãos dos bueiros das calçadas. E tudo isso mantendo uma conversa animada sobre quais jardins de infância tinham acabado de aceitar seus netos, sobre a última contratação dos Yankees, que maravilha era aquele novo bar que servia ostras na Union Square e — ah, sim — como estava indo o acordo da SunCorp.

— Falei com Ted Lassiter dois dias atrás — comentou Adler — e ele me diz que está muito impressionado com seu trabalho e com o jeito como você está mantendo o acordo dentro do cronograma. Muito impressionado — repetiu ele, sorrindo.

Dei uma olhada de relance em Harold Rubinstein. Ele também estava sorrindo.

— Continue com o excelente trabalho, Ingrid — disse ele. — Não pense que está passando despercebido.

Morra de inveja, Murph.

Paramos diante da entrada na rua Quarenta e Nove.

— Depois de você. — Adler acenou para que eu entrasse pela porta giratória, e atravessamos o reluzente saguão de mármore. Uma fila já tinha se formado diante dos elevadores. Homens grisalhos em distintos smokings escoltavam mulheres bem conservadas em elegantes vestidos de festa. Alguns carregavam os convites prateados e azuis com a marca da nossa empresa.

— Arthur! Que bom que conseguiu vir — disse Adler para um homem atraente com têmporas grisalhas e um queixo pronunciado. — Onde está Elizabeth? Não me diga que ela não estará aqui essa noite.

As portas do elevador se abriram, e Adler e o homem que ele chamou de Arthur entraram. Eu ia seguir o restante da multidão, mas Harold Rubinstein e me segurou gentilmente para que esperássemos o próximo elevador. Quando ele chegou, nós entramos.

As portas se abriram no sexagésimo quinto andar, a e multidão se espalhou pela sala da recepção.

Harold Rubinstein se apressou e deu um tapinha no ombro de um cavalheiro mais velho, de aparência jovial.

— George. Achei que era você. — Ele sorriu e estendeu a mão para cumprimentar o homem mais velho. — Harold Rubinstein. Rick Fallon nos apresentou.

— Ah, é claro — disse George.

— É engraçado, eu estava mesmo pensando em ligar para Rick — disse Rubinstein. — Como vão as coisas na Time Warner ultimamente? Não li semana passada sobre seus planos para...

Os dois homens se afastaram, e dei um suspiro de alívio. Eu odiava o lado bajulador nesse tipo de evento.

Rubinstein parecia ter esquecido que eu estava ali, e, por mim, tudo bem. Sem pressa, e certificando-me de aumentar a distância entre mim e Rubinstein, fui para o salão Rainbow and Stars, onde uma recepção com elaborados coquetéis e *hors d'oeuvre* tinha sido organizada. A equipe do escritório estava sentada a uma mesa comprida, cumprimentando os convidados, checando os nomes em uma lista impressa com amigos e clientes importantes da empresa. Como estávamos usando smokings e vestidos de noite, tínhamos sido poupados das usuais plaquinhas de plástico com nossos nomes penduradas no pescoço. Nesta noite, supostamente seríamos adultos glamourosos no baile, presentes por vontade própria, nos divertindo.

— Oi, tudo bem? — cumprimentei Ann Trask, que estava sentada à ponta da mesa de recepção.

— Oi, Ingrid — Ela fez sinal para que eu me aproximasse. — Venha aqui um segundo.

Eu cheguei perto dela.

— O que foi?

Ela fez um sinal com a cabeça na direção de um arranjo de sacolas de presente brilhantes, azul-escuras, impressas com a marca da empresa e cheias de papel de seda prateado saindo pelo alto, que estava na outra ponta da mesa de reuniões.

— Assegure-se de pegar uma sacola de presente quando sair. Estas estão de matar.

— Deixe-me adivinhar. Uma blusa de moletom da Parsons Valentine e uma caneca de cerâmica escrito "Amamos Diversidade!"?

Ela deu risada.

— Que tal um par de ingressos para os Knicks, um cartão de presente da Apple Store, uma semana grátis no Equinox, uma massagem na Bliss e um batom Bobbi Brown.

— Uau. Bom trabalho.

— Obrigada.

Olhei ao redor da sala, que se enchia rapidamente.

— Bem, acho melhor eu circular, certo?

— Vá. Converse, converse. É para isso que você está aqui.

Um garçom parou diante de mim com uma bandeja lotada.

— *Hors d'oeuvre*, senhorita?

Ele já estava transpirando pela camiseta, e o coquetel tinha acabado de começar. Eu me senti mal por ele.

— Obrigada. — Sorri. Escolhi um espetinho de abobrinha e camarão grelhados e aceitei o guardanapo que ele me ofereceu. Então, saí vagando até a extremidade do salão, para olhar a vista do centro e do Central Park. Eu queria postergar o momento de encontrar e cumprimentar pessoas o máximo possível. Se eu conseguisse ganhar tempo até o momento do jantar, estaria livre para ir para casa.

Esses coquetéis de networking eram pura tortura por dois motivos: eu era uma mulher solteira e baixinha. Era horrível tentar entrar em uma conversa que já estava acontecendo entre algum CEO trinta anos mais velho do que eu, sua esposa que tinha praticamente a minha idade e algum imbecil de médio escalão tentando bater papo com o CEO. Adicione isso ao fato de que, mesmo com o salto de nove centímetros, meu nível de visão ainda ficava na altura da axila da maioria dos homens, então todos tinham que se abaixar desajeitadamente para ouvir o que eu estava dizendo. Ou eles não se incomodavam de fazer isso, ou, quando faziam, era para olhar pelo meu decote ou para verificar se eu usava uma aliança de casamento.

Era um desafio constante para jovens profissionais do sexo feminino solteiras indicar suas intenções nestas recepções. Eu me lembrava de uma conferência para advogados da área de fusões e aquisições da qual participei em Tampa, onde passei quarenta minutos em um salão abafado do hotel, acalentando uma única *seltzer* de limão e falando sobre a defesa da prática de crimes de colarinho branco do escritório para um conselheiro-geral de algumas empresas de corretagem de títulos.

Ele já estava na terceira gim tônica, mas estava fazendo todas as perguntas certas e prestando atenção em cada uma das minhas palavras. Eu já começava a imaginar o golpe glorioso que seria voltar para o escritório, quando eu contasse para os sócios sobre este novo cliente que tinha acabado de conquistar. Tudo seguiu muito bem até o fim da nossa conversa, quando ele me deu um cartão de visitas com o número de seu quarto de hotel escrito atrás.

Enquanto estava parada diante da janela, de costas para a recepção, olhando para a vista — os pequenos táxis amarelos minúsculos como peças de Lego, a teia de copas de árvores no Central Park —, ouvi uma voz masculina atrás de mim.

— Ingrid? Ingrid Yung?

Suspirei suavemente, só uma vez, antes de me virar, já preparada para colocar um sorriso falso no rosto e ter uma conversa artificial com algum cliente do qual mal me lembrava. Eu quase ri de alívio quando reconheci quem era.

— Marcus! Ei, como você está? — Marcus Reese, um colega de turma da Escola de Direito, se inclinou na minha direção. Eu me estiquei na direção dele, com meu espetinho de camarão meio comido, e nos abraçamos desajeitadamente, rindo.

— Bem, bem. E você, o que tem feito ultimamente? — perguntei. — Você foi para a White e Case, certo?

— Sim, mas deixei o escritório de advocacia há dois anos. Trabalho no jurídico da MTV agora.

— Ah, sério? Deve ser bem empolgante.

Ele deu um sorriso triste.

— Não é melhor nem pior do que um escritório, só diferente. Política, como sempre. Sabe o que quero dizer.

Assenti.

Popular e engraçado, Marcus Reese era tipo uma estrela na nossa turma na Escola de Direito de Columbia. Ele jogou futebol em Michigan antes de decidir cursar Direito, e então se tornou editor de notas do *Law Review* e atuou como presidente da Associação Afro-Americana de Estudantes de Direito por dois anos. Por ser universalmente apreciado e amável, um perfeito diplomata com um sorriso vencedor e uma risada sempre pronta, Marcus era outro Queridinho das Minorias — o preferido da administração da Escola de Direito. Ele era completa e totalmente apresentável. Marcus Reese e eu tínhamos muito em comum.

Sempre notei uma certa humildade em Marcus Reese. Apesar de sua popularidade, ele não era um imbecil exibicionista. Muitos de nossos colegas de turma teriam impresso folhetos anunciando sua contratação na área jurídica da MTV. Com frequência, quando eu me encontrava por acaso com ex-colegas de turma na rua ou no metrô, eles se acabavam de falar como tudo estava indo muito bem e como suas vidas estavam sendo maravilhosas desde nossa pós-graduação. Eles falavam e falavam por tanto tempo que era como se estivessem tentando convencer a si mesmos, em vez de tentar me impressionar. Então, apreciava a honestidade de Marcus sobre a "política, como sempre". Era revigorante.

— Mas e quanto a você? Está se saindo bem na Parsons, não é? — disse ele, acenando com a cabeça na direção do imenso monitor de tela plana colocado na parede, onde era possível ler A PARSONS VALENTINE & HUNT lhes dá as boas-vindas. — Quer dizer, tenho certeza de que não convidaram todos os associados da empresa para virem carregar a bandeira aqui hoje à noite, hein?

Fixei nele um olhar sóbrio e penetrante.

— Ah, sim. Você não ouviu dizer? Eles estão convencidos de que eu possuo a mente jurídica mais aguçada da nossa geração, Marcus. É o único motivo pelo qual me pediram para vir aqui essa noite e representá-los.

Com isso, nós dois caímos na risada. Marcus gesticulou para seu smoking.

— Olhe, estou feliz que nosso CEO não me fez vestir uma bata africana.

Nesse momento ouvimos três notas enjoativas.

— Atenção, senhoras e senhores — disse um apresentador, entre os toques. — Façam a gentileza de se dirigirem para suas mesas, o jantar está prestes a começar. Obrigado.

Observei enquanto, lentamente, metade da multidão seguia até o salão, enquanto a outra metade perseguia os últimos *hors d'oeuvres*, continuava conversas quase terminadas ou entrava na fila do bar em busca de mais um coquetel antes do jantar.

— Bem — disse Marcus, enquanto colocava a taça de champanhe vazia na bandeja de um garçom que passava por perto —, é melhor eu procurar a mesa da Viacom. Foi ótimo vê-la novamente, Ingrid. Você tem um cartão?

— Não somos expulsos por vir a uma dessas coisas sem eles? — Abri minha bolsa e lhe entreguei o cartão. Eu tinha uma pilha deles em cada uma das minhas bolsas de mão.

Marcus olhou para ele.

— Ótimo. Que tal eu mandar um e-mail ou ligar no seu escritório um dia desses, para marcarmos um almoço?

— Perfeito.

Dei um aceno final para Marcus antes que ele desaparecesse na multidão. Enquanto olhava sua bela figura se afastando, me perguntei exatamente quando Marcus Reese e eu tínhamos nos tornado pessoas que não se encontravam mais para simplesmente almoçar. Em vez disso, marcávamos um almoço.

Nesta cidade, em especial no meu ramo de atuação, convites casuais de almoços de trabalho eram feitos com tanta frequência, para tantas pessoas, que um desses almoços propostos quase nunca acontecia de fato. Eu sabia com tanta certeza quanto sabia meu nome que Marcus não ligaria no meu escritório para agendar um almoço tão cedo. Não porque não gostássemos realmente um do outro, e não porque ele não tivesse sido sincero no convite. Ele só não teria tempo; nem eu.

Suspirando, me afastei da janela e segui a multidão até o salão principal. *Aqui vamos nós*, pensei, olhando ao redor. Chequei meu relógio de pulso mais uma vez. Onde diabos estava Tyler?

Parei na entrada do salão.

O Rainbow Room sempre me tirava o fôlego. Ao que tudo indicava, os nova-iorquinos tinham aperfeiçoado a arte de parecer eternamente não impressionados com lugares e coisas, mas, aqui, o assombro cuidadosamente disfarçado das pessoas não me enganava. Eu notava mais do que alguns olhares furtivos para as velas requintadas e para as deslumbrantes peças centrais florais, para a porcelana elaborada e as taças de cristal, para o candelabro de vidro espetacular pendendo do teto e, é óbvio, para a vista de um bilhão de dólares.

As mesas de jantar redondas tinham sido organizadas no que geralmente era a pista de dança rebaixada no centro do salão. Um pódio e uma longa mesa VIP tinham sido colocados em um estrado na parte da frente, sob uma imensa tela que, por enquanto, mostrava um simples fundo azul com o nome e a marca da empresa projetados nela.

Placas numeradas em preto e branco, impressas com nomes de clientes corporativos e amigos da empresa, tinham sido colocadas ao centro de cada mesa. *Citigroup. MetLife. Time Warner. American Express. General Electric. JPMorgan Chase. Google.* E assim por diante.

Eu estava muito ciente de Marcus Reese parado do outro lado do salão com um bando de homens brancos mais velhos, rindo e conversando em voz alta e, por fim, puxando as cadeiras ao redor da mesa da Viacom. Marcus era praticamente uma cabeça mais alto do que a maioria de seus colegas. *Bem, aquilo tinha que ajudar*, pensei, com inveja absoluta.

A Parsons Valentine tinha designado uma mesa separada para os participantes da empresa. Mas Marty Adler e Harold Rubinstein, como sócios no Comitê de Diversidade e copresidentes do comitê de planejamento deste evento, deveriam se sentar em lugares especiais de honra na longa mesa na ponta do salão. Mais uma vez, tudo bem para mim.

Finalmente localizei a mesa da empresa, em um lugar bastante visível e, mesmo assim, modestamente descentralizado, a três fileiras da frente. Eu fui a primeira a chegar.

Sentei-me e, imediatamente, desejei não ter feito isso; a maioria das pessoas ainda estava em pé, conversando. Bem, era tarde demais para eu me levantar agora e ficar em pé — isso pareceria tolo e indeciso para qualquer um que pudesse estar observando. Não, era melhor permanecer sentada. Peguei meu BlackBerry e fingi estar ocupada em uma importante troca de e-mails.

Quando demorei o máximo de tempo que uma pessoa razoável levaria lendo suas mensagens, ninguém tinha aparecido ainda na minha mesa. Vi um elegante prato de aperitivos já colocado diante de mim — alguma coisa redonda e delicada, com aparência de quiche. Fingi examinar o cardápio de marfim colocado artisticamente ao lado do meu prato:

A Parsons Valentine & Hunt LLP orgulhosamente apresenta

"Uma celebração da diversidade na profissão: quebrando barreiras, preenchendo lacunas"

No Rainbow Room

Torta de tomates vermelho e amarelo e queijo de cabra regada com vinagrete de parmesão

Salmão do Atlântico recheado com espinafre, feijão-branco e pinhões assados com batata fingerling

Bolo de chocolate amargo trufado

Bem, a refeição era certamente diversificada. Olhei novamente para o relógio e depois examinei o Rainbow Room. Ainda nada de Tyler, observei, irritada. E continuava a me irritar com o fato de Murph ter inveja disso — dessa honra dúbia de ser exibida por aí como a garota do pôster da diversidade.

— Ei, Ingrid — disse uma voz, por fim. Ergui os olhos. Tim Hollister estava se sentando na cadeira ao lado da minha. Fiquei aliviada por não estar mais sentada sozinha. E estava mais do que aliviada por estar sentada ao lado de Tim.

— Então, como vai a arma secreta do nosso time de *softball*?

Dei risada.

— Vou bem, Tim. Obrigada.

— Ouvi dizer que está indo tudo bem com a SunCorp.

— Até agora, tudo bem — confirmei.

— Fico feliz em ouvir isso. — Ele sorriu para mim. E decidi que as mulheres inteligentes não teriam que discutir mais o assunto. Tim Hollister era bonito.

— Boa noite para todos — disse outra voz familiar e calorosa atrás de nós. Tim e eu nos viramos para olhar para o dr. Rossi. Ele parecia diferente essa noite, bonito em seu terno bem cortado e a barba recém-aparada.

O dr. Rossi apertou a mão de Tim. Então se virou para mim, me cumprimentou com a cabeça e me deu uma rápida piscadela.

Aquilo me pegou de surpresa. Era um gesto estranhamente íntimo, estranhamente conspiratório, que me deixou espantada. *Não nos deixemos levar*, pensei. *Eu disse que ajudaria, e ajudei, mas não vamos fingir nem por um momento que esse é o meu show. Vou ficar feliz quando a noite acabar.*

— Temos lugares suficientes — disse Tim. — Sente-se conosco.

O dr. Rossi negou com a cabeça.

— Obrigado, mas Marty e Harold pediram que eu me sentasse com eles ali em cima. — Ele inclinou a cabeça na direção da longa mesa VIP, na plataforma elevada, na cabeceira da sala. Fiquei aliviada.

— Ok, então — falei animada. — Nos vemos mais tarde.

— Sim. Desfrutem a noite — disse o dr. Rossi antes de dar meia-volta e seguir até a plataforma elevada.

Adler e Harold Rubinstein estavam ocupando seus lugares no palco. Vi Adler vasculhar um pequeno maço de anotações, arrumar a gravata, olhar o relógio de pulso. Então, ele olhou para o lado do palco e acenou com a cabeça na direção de alguém que estava ali.

Uma loira-platinada, usando um elegante terno preto e batom vermelho-vivo, pegou o microfone e deu duas batidinhas com o dedo, produzindo um guinchado alto em resposta.

— Boa noite a todos. — A voz dela ressoou acima do barulho da multidão. — Eu gostaria de pedir a vocês para ocuparem seus assentos para que possamos começar as festividades.

Surgiu no salão uma última onda de conversas e beijos no ar, convites para almoços e coquetéis, uma enxurrada de cartões de visita, o tilintar dos copos sendo colocados nas mesas e cadeiras sendo puxadas das mesas, enquanto essa assembleia escolhida de iluminados de Nova York — políticos e professores universitários, promotores e juízes, CEOs, CFOs, COOs — ocupavam seus lugares e olhavam distraidamente ao redor, em busca da primeira rodada de vinho.

Coloquei minha pequena bolsa de mão na cadeira ao meu lado, para guardá-la para Tyler, para quando ele resolvesse aparecer.

Mais duas pessoas se aproximaram de nossa mesa e se sentaram uma de cada lado de Tim Hollister. Pamela Karnow e Sid Cantrell. Eu não tinha visto Pam Karnow desde o passeio, e nunca tinha falado com Sid Cantrell. Sid era um sócio poderoso da área de Litígios, brilhante nos discursos de encerramento nos tribunais, e famoso workaholic e criador de casos.

Uma vez, ele criara um alvoroço ao obrigar um pobre associado a passar uma noite até tarde, escrevendo um memorando comparando os méritos e as falhas das oito pizzarias delivery perto do escritório, completo e com notas de rodapé. O infame "Memorando da Pizza", como era de se esperar, foi enviado para associados, sócios e assistentes jurídicos em todos os principais escritórios de advocacia.

Pamela Karnow olhou para mim e sorriu.

— Oi, tudo bem? Ingrid, certo? Nós nos conhecemos no passeio de verão. — Enquanto ela apertava minha mão, senti uma onda de orgulho. Era definitivamente uma massagem no meu ego o fato de Pam Karnow saber quem eu era. A empresa era tão grande que a maioria dos sócios não se incomodava em saber o nome dos associados fora de seu próprio departamento. Não fazia sentido. A maioria de nós ia embora de lá por volta do terceiro ano.

Ah, sim, definitivamente estavam ocorrendo conversas sobre mim, isso era certo. Sorri e tomei outro gole de água.

Sid Cantrell se inclinou e apertou minha mão também.

— É bom conhecê-la. Mildred, certo?

— Ingrid — corrigi.

E essa era a coisa com o ego — inflava fácil, murchava idem.

— E você atua no nosso... ah... grupo de Propriedade Intelectual?

— Na verdade, não. Estou em fusões e aquisições — falei. *Ellen Chu Sanderson é que tinha trabalhado com Propriedade Intelectual*, eu queria falar para ele.

— Ah — disse Sid Cantrell. — Muito bom. E você é... — ele acenou de forma questionadora — o quê? Terceiranista? Quartanista?

Desta vez minha voz saiu mais alta do que eu esperava:

— Na verdade, esse é meu oitavo ano na empresa.

Ele assentiu, nem um pouco envergonhado com seu engano.

Um garçom de smoking se aproximou da nossa mesa com uma garrafa de Cabernet Sauvignon aberta, com um guardanapo branco impecável envolto no gargalo, e encheu com habilidade nossas taças de vinho tinto.

Depois de outro guincho autoritário no microfone, todos voltamos nossa atenção para o palco. Adler estava lá, com as mãos no microfone.

Virei um pouco minha cadeira para ter uma vista melhor do púlpito e, sem querer, bati na cadeira vazia ao meu lado.

Minha bolsa de mão escorregou no chão — cetim com pedras faz isso — e, quando me inclinei para pegá-la, alguém me deu um tapinha gentil no ombro.

— Tem alguém neste lugar, querida? — Jack Hanover disse em um sussurro alto, apontando para a cadeira que eu estava guardando para Tyler.

— Ah, não — respondi. — Não tem ninguém. — Tive que engolir a palavra "senhor".

Eu me perguntei, se é que ainda se lembrava de mim daquela noite em seu escritório, se Jack Hanover poderia imaginar quanta humilhação e lamento aquele breve encontro tinha me causado, quanto ele tinha custado.

— Obrigado, querida — disse ele, e se sentou na cadeira bem quando Adler começou a falar.

— Boa noite, senhoras e senhores. — O barulho persistente diminuiu, e todos os olhos se voltaram para a frente do salão. Ao mesmo tempo, quase imperceptivelmente, em graus lentos e experientes, a luz ambiente diminuiu, e Marty Adler foi banhado por um sutil holofote apontado para o púlpito. Aquilo lhe dava uma aparência envelhecida e enrugada, e pensei de novo no Mágico de Oz — desta vez, no homem atrás da cortina.

— Em nome de todos na Parsons Valentine e Hunt, eu gostaria de dar as boas-vindas a todos vocês, no que promete ser uma noite maravilhosa — disse Adler com orgulho. Ele analisou a multidão reunida, dando um sorriso confiante, e eu me maravilhei com a forma como ele conseguiu parecer ao mesmo tempo arrogante e gentil. — Estamos muito honrados em ter todos vocês conosco esta noite no nosso primeiro Jantar da Diversidade — prosseguiu —, que esperamos que se torne uma tradição anual. Quero que todos saibam que meus colegas do Comitê de Diversidade e Inclusão da empresa e eu pensamos muito sobre o título do evento desta noite. — Aqui ele franziu o cenho e franziu um pouco a boca, como se quisesse dramatizar o quão difícil tinha sido pensar naquilo. — Por fim, decidimos que era mais apropriado chamar de "Uma celebração da diversidade na profissão". — Ele fez uma pausa para que todos assimilassem.

Observei o salão. Era uma multidão bem branca para uma celebração da diversidade.

— No entanto, alguns de vocês podem perguntar: por que chamar de celebração? Ainda não temos um longo caminho a conquistar na direção da verdadeira igualdade no ambiente de trabalho? Ainda não temos muito trabalho pesado pela frente?

Do outro lado da mesa, Par Karnow inclinou a cabeça em um ângulo pensativo, como se considerasse respostas para as questões retóricas de Adler.

Sid Cantrell estava rasgando um guardanapo de papel em mil pedacinhos. Jack Hanover tinha cruzado os braços sobre o peito. Seus olhos estavam fechados.

— A resposta para cada uma dessas importantes perguntas é um retumbante *sim* — Adler nos informou. — No entanto — ele deu um tapa no púlpito, para enfatizar —, nós, na Parsons Valentine, temos a certeza de que é importante celebrar todas as conquistas que tivemos até aqui, e todas as barreiras legais e culturais que já rompemos em relação a isso, na nossa luta compartilhada em direção à conquista da igualdade profissional para homens e mulheres, independentemente de raça, gênero ou orientação sexual.

A multidão irrompeu em aplausos. Ouvi até alguns gritinhos e assobios no meio. Para esta multidão, esta noite Marty Adler era uma estrela do rock.

Lutei contra a vontade de rir. Adler não estava sendo só um *pouco* prepotente e envaidecido demais? Quer dizer, não estávamos marchando até Washington ou nos recusando a sair dos nossos assentos no ônibus. Estávamos no maldito Rainbow Room, comendo tortas de tomate e queijo de cabra regadas com vinagrete de parmesão, pelo amor de Deus. Estávamos, literalmente, sentados no topo do mundo.

Olhei para meu BlackBerry e percebi uma nova mensagem na minha caixa de entrada de "Reese, Marcus A." Olhei por sobre o ombro, para o outro lado do salão, na mesa da Viacom. Marcus estava sorrindo para mim. Olhei para o celular e li sua mensagem.

Eu tenho um sonho!!!

Ri alto — não muito alto, e só uma vez, porém alto. Sid Cantrell me deu um rápido olhar desaprovador.

Extingui o sorriso e coloquei o BlackBerry no colo.

Estamos finalmente livres?, escrevi de volta.

Do outro lado da sala, vi Marcus rir. Com a mesma rapidez, eu o vi apagar a mensagem, guardar o BlackBerry e olhar novamente para o púlpito, calmo e com o rosto impassível. Ah, Marcus era bom. Ele era muito bom. Seguindo o exemplo de Marcus, me virei primorosamente em direção ao palco, colocando um sorriso contemplativo no rosto.

Não havia nada como uma dessas luxuosas autocelebrações corporativas para fazer eu me sentir como se estivesse perdendo tempo. Um peão perdido. Tyler foi esperto em não vir. Agora eu sabia.

— Então, essa noite — anunciou Adler —, honraremos aqueles que estão liderando a mudança. Esta noite, estamos emocionados em ter conosco nosso palestrante principal, o professor Charlton James

Randall, da Escola de Direito de Harvard, que será apresentado pela dra. Marilyn DuBois, do Fundo de Defesa Legal e Educacional da NAACP. Estou ansioso para ouvir ambos mais tarde. E agora, por favor, comam, bebam e desfrutem.

Como se fosse uma deixa, um esquadrão de garçons apareceu do nada, servindo filés de salmão e vinho.

A conversa em nossa mesa foi contida pela presença de Jack Hanover. Isso era muito óbvio.

Minutos inteiros se passaram apenas com o som de nossos garfos e facas raspando de leve em nossos pratos, nossos copos de água tilintando contra as taças de vinho quando os erguíamos gentilmente até nossos lábios. Tim Hollister e Pam Karnow, ambos jovens e sócios recentes, pareciam especialmente ansiosos para não dizer nada errado diante de Hanover. Então a política de puxar o saco não terminava com a sociedade. Tanto Tim quanto Pam o chamavam de Jack, mas pareciam engolir as sílabas um pouco, como se estivessem inseguros sobre o direito de usá-las.

De sua parte, Jack Hanover parecia perfeitamente confortável em mastigar em silêncio, tendo apenas seu salmão como companhia. A única vez que ele iniciou uma conversa foi quando acenou com a taça de vinho vazia para nosso garçom, e murmurou:

— Onde está um desses carinhas quando você precisa deles?

Na frente do salão, o professor Randall se levantou e seguiu até o púlpito. Eu nunca tinha visto o reverenciado Charlton James Randall pessoalmente, mas é claro que sabia quem ele era. Todos sabíamos. Na escola de Direito tive que ler seu livro de casos de Direito Constitucional e fiz uma verificação antecipada de um artigo dele que seria publicado na *Columbia Law Review*. Um afro-americano alto, de óculos, na casa dos sessenta anos, com um semblante muito digno, ele tirou uma folha de papel dobrada do bolso da frente e a alisou diante de si.

— Obrigado, Marty, por me convidar para falar esta noite nesta reunião maravilhosa. Em primeiro lugar, devo elogiar a Parsons

Valentine e Hunt por assumir um papel de forte liderança na causa da diversidade e da inclusão no ambiente corporativo. Vamos dar uma salva de palmas para nossos graciosos anfitriões.

A multidão obedeceu, com gritos e aplausos. O professor Randall tomou um gole de água e começou.

— Em uma ocasião como esta, em tão estimada companhia, pode ser difícil de acreditar que há apenas cinquenta e tantos anos o juiz Earl Warren proferiu a famosa decisão unânime proclamando que separar é inerentemente desigual, e que há apenas quarenta anos Thurgood Marshall se tornou o primeiro juiz afro-americano a servir na Suprema Corte dos Estados Unidos...

Jack Hanover estava enfiando bolo de chocolate trufado na boca. Certamente, um cookie branco e preto teria sido mais apropriado, pensei, e sorri para minha própria piada.

Vinte minutos mais tarde, o professor Randall encerrou o discurso principal sob estrondosos aplausos. Minhas mãos doíam de tanto bater palmas. Meu rosto doía de manter um sorriso falso. Contive um bocejo e olhei para meu BlackBerry. Já passava das dez. Os garçons já tinham interrompido o suprimento de vinho havia décadas. Agora tinham começado a fazer rondas com café e chá.

Adler, sorrindo e aplaudindo, caminhou para o púlpito, batendo vigorosamente nas costas do professor Randall.

— Muito obrigado por suas palavras inspiradoras. E agora, senhoras e senhores, eu gostaria de dizer algumas coisas para encerrar.

Dava para ouvir o suspiro coletivo da audiência, enquanto as pessoas se remexiam impacientes em seus assentos, prontas para ir embora, com as bolsas já no colo, os programas dobrados e descartados nos pratos de sobremesa.

O tempo de atenção para celebrar a diversidade era de três horas, no máximo. Adler pigarreou.

— Em nome de todos os meus sócios na Parsons Valentine e Hunt, eu só gostaria de dizer como estamos felizes com o fato de todos vocês terem se juntado a nós na celebração desta noite. Ao escolher vir aqui hoje, estamos mandando uma mensagem, alta e explícita, de que não podemos... de fato, não toleraremos exclusão de nenhum tipo nos tribunais, nas câmaras, nas salas de negociações legais e nos salões sagrados da América corporativa. Esta noite reconhecemos esta verdade: que todas as nossas instituições só se enriquecem com a inclusão de mulheres e pessoas de cor. Diversidade racial e de gênero não é apenas uma tendência, não é um albatroz imposto a nós pelo politicamente correto. Não, a diversidade não é meramente um objetivo aspiracional. É um de nossos ativos mais fortes. E deixem-me contar um pequeno segredo: é o único meio pelo qual qualquer um de nós pode esperar permanecer competitivo no mercado dinâmico e global do século vinte e um.

Minha boca estava seca e minha cabeça estava realmente latejando. Notei uma pedra brilhante negra se soltando da minha bolsa e a puxei.

— Nós, na Parsons Valentine e Hunt reconhecemos esta verdade há anos, e isso é confirmado em tudo o que fazemos. Desde alcançar comunidades carentes necessitadas por meio de práticas *pro bono* até nossos esforços em recrutar e contratar, e depois desenvolver, promover e orientar nossos advogados não tradicionais em cada estágio de suas carreiras.

Peguei distraidamente a pedra solta. Olhei para meu BlackBerry e verifiquei três novas mensagens. Adler continuou:

— E estou extremamente orgulhoso por termos conosco esta noite um de nossos melhores exemplos desses esforços. Um produto realmente bem-sucedido de nossos programas de recrutamento, mentoria e retenção. Ingrid Yung é uma das mais promissoras jovens advogadas da área de fusões e aquisições. Ingrid, você pode, por favor, se levantar?

Virei a cabeça na direção do palco. Meu BlackBerry caiu no chão. *Ele não acabou de dizer isso. Acabou?*

— Está tudo bem, Ingrid. Não seja tímida — disse Adler no microfone.

Todo mundo estava me encarando. Marty Adler liderou a multidão em um aplauso e sorriu alegremente na minha direção. Sid Cantrell e Jack Hanover olhavam para mim em expectativa, aplaudindo.

Pam Karnow e Tim Hollister olhavam horrorizados.

— É você, criança. Levante. — Jack Hanover me orientou em um sussurro alto.

Vi a expressão de súplica de Tim, balançando levemente a cabeça, desejando que eu não me levantasse. Ele abriu a boca e formou a palavra "não".

O mais louco naquilo tudo foi que me levantei. Eu não acreditava que estava fazendo aquilo, mas, com as pernas trêmulas, me levantei e dei um sorriso fraco para a multidão. Acho que, no meu torpor, até dei um aceno tímido. Não pode ter demorado mais do que alguns segundos o tempo que fiquei parada ali no centro das atenções, parada para a avaliação da multidão, mas pareceu ser uma eternidade. Foi o momento mais longo da minha vida, tanto antes quanto depois. *O que diabos havia de errado comigo?* Eu era incapaz de dizer *não* para as pessoas. Eu estava ocupada agradando a todos, menos a mim mesma.

Quando finalmente voltei a me sentar, senti que ia desmaiar. Mal conseguia enxergar um palmo à frente do nariz.

Meu rosto estava em chamas. Eu sentia uma vergonha profunda e ardente, e arrependimento. Arrependimento de ter sido tão, tão estúpida. De ter sido usada e, pior, de ter deixado isso acontecer. Eu tinha sentindo o cheiro no ar e simplesmente fiquei parada e o fedor me envolveu. Eles só estavam fazendo o que era natural para eles — o trabalho de me proteger e cuidar de mim mesma era só meu, mas eu tinha fracassado espetacularmente. Tinha sido tola.

Olhei para o palco e vi Adler. Senti uma raiva profunda e concentrada, um ódio tão grande que me assustou.

Adler sorriu para a multidão.

— Juntos podemos fazer a diferença e nivelar esse campo de jogo. Junto podemos realmente superar!

Houve mais aplausos quando Adler terminou. Olhei para o mar de mesas, e cerca de metade da audiência aplaudia com entusiasmo. Olhei para o outro lado do salão, para Marcus Reese, ainda sentado com seus colegas da Viacom. Marcus não estava aplaudindo. Ele parecia sombrio. Triste. Sentia pena de mim. Eu estava humilhada.

Permaneci na mesa por um ou dois minutos, mais ou menos, em choque. As pessoas nas outras mesas começaram a ir embora assim que Adler terminou seu discurso. Tim Hollister continuou sentado. Parecia preocupado. Ele ergueu a sobrancelha para mim. *Está tudo bem?* Eu só balancei a cabeça. Não conseguia falar com ninguém agora.

Ao meu lado, até Jack Hanover tinha virado um pouco a cadeira e também estava, finalmente, olhando para mim com intensidade. Ele me olhava como se estivesse me vendo de verdade pela primeira vez. Era provável que sim.

Enquanto a multidão ia embora, e o barulho do salão começou a diminuir lentamente, eu permaneci sentada na mesa, ainda atordoada de vergonha e raiva. Minha visão parecia turva. Queria cavar um buraco embaixo da mesa e entrar nele. Olhei para o palco, e Marty Adler me encarou, me deu um sorriso, um aceno de cabeça e um joinha.

Aquilo foi a gota-d'água.

Eu me levantei abruptamente, peguei minha bolsa e segui na direção do sinal vermelho iluminado indicando saída. Enquanto abria caminho entre a multidão, vários convidados mais velhos me viram e me cumprimentavam com a cabeça, sorrindo de maneira paterna. *Ora, se não é a advogadazinha das minorias da qual falavam essa noite*, seus sorrisos diziam. *Ela não é fofa?*

Não correspondi aos sorrisos. Não podia. Agarrando minha bolsa, segui até o lobby dos elevadores, que estava lotado. Parada ali, esperando, eu podia sentir realmente o constrangimento sendo drenado de mim, e a fúria — a fúria pura e não adulterada — se formando em seu lugar. Tinha começado como um pequeno nó em algum lugar do meu estômago e agora inchava e transbordava.

Assim que a multidão avançou, e eu estava prestes a me enfiar no elevador que estava esperando, senti uma mão em meu cotovelo. Ergui os olhos. Adler estava me segurando pelo braço. E estava sorrindo.

— Então, o que acha? Ótima participação, hein?

O que eu achava? Meu Deus, ele era assim tão sem noção? Soltei meu braço.

Adler pareceu intrigado.

— Aconteceu alguma coisa?

— Está tudo bem, mas eu realmente preciso ir. Agora.

— Não, não, fique mais um pouco. Tem algumas pessoas que quero apresentar a você...

— Acho que não, Marty — retruquei. — Acho que já me exibi o suficiente por uma noite.

Houve um momento de silêncio surpreso, e então Marty Adler estreitou os olhos.

— Como é?

— Tenho que ir. Agora — repeti. — E quero dizer neste exato segundo.

Adler abaixou a voz:

— Ingrid, do que você está falando? Tem algo que eu preciso saber?

Em outra circunstância, a total falta de noção dele teria sido totalmente hilária, mas não agora, não nesta noite.

Minhas mãos estavam tremendo. Eu estava vagamente ciente de um flash disparando quando o fotógrafo oficial do evento tirou uma foto minha e de Adler.

Adler colocou a mão em meu cotovelo novamente, como se quisesse me firmar, mas quando falou baixinho em meu ouvido, seu tom de voz não era inteiramente gentil.

— Olhe, Ingrid. Não sei exatamente do que se trata esse pequeno rompante, mas espero mesmo que esteja mais próxima do seu estado normal na reunião de quinta-feira com a SunCorp. É um acordo muito importante para nós, e não posso... Deixe-me refazer a frase...

Não permitirei que meu principal jogador lide com qualquer tipo de loucura emocional. Então, o que quer que você esteja enfrentando em nível pessoal, e de certo há alguma coisa acontecendo, cuide disso o quanto antes, mas espero que esteja de volta, em plena forma, na quinta. Preciso que esteja cento e dez por cento nessa reunião. Estou me fazendo entender?

— Ah, você foi perfeitamente claro. — Eu me virei para ir embora, e então dei meia-volta. — E, Marty, quando foi que dei algo que não fosse cento e dez por cento?

Ele olhou para mim zangado, e então abriu a boca para falar alguma coisa. Sem esperar para ouvir, eu me virei novamente e me permiti ser engolida pela onda elegante e endinheirada de pessoas que entravam no elevador, me levando para longe.

Quando virei a chave na fechadura e entrei em casa, a primeira coisa que vi foi a luz piscante na mesa do hall. Minha mãe. Eu sabia que era ela.

— Ingrid-ah. — Sua voz familiar inundou meu apartamento escuro e vazio, e meus olhos se encheram de lágrimas.

— Já passam das dez e meia. — Ela deu um suspiro suave e baixo. — Você ainda está no escritório. Mas papai e eu queremos saber se você vai ao casamento de Jenny Chang. Tia Chang realmente precisa saber. Ela diz que o Country Clube está contando nossas cabeças. Então ligue e nos avise. Tchau, tchau. Amor, mamãe.

Por algum motivo, as despedidas das mensagens da minha mãe na secretária eletrônica sempre pareciam com as de uma carta. Ela dizia "Amor, mamãe" para marcar o fim de suas ligações.

Eu queria desesperadamente ouvir a voz dela. Queria que ela me garantisse que tudo ficaria bem. Que tudo valeria a pena. Olhei para o relógio. Já passava das onze. Era muito tarde.

Ninguém mexe com minha Ingrid, minha mãe me disse certa vez.

Ah, mas eles mexem, mamãe, eu queria dizer para ela, mas não podia.

Eles mexem.

Catorze

Eu não dormi nada depois do desastre no Rainbow Room. Meus olhos estavam inchados e vermelhos. Minha cabeça estava pesada demais. Mesmo assim, pela primeira vez em muito tempo, eu me sentia absoluta e resolutamente calma. Estava calma porque tinha passado a noite toda imaginando exatamente o que faria depois da grande reunião de amanhã com a SunCorp.

Eu ia entrar no escritório de Adler e fazer o que devia ter feito desde o início: eu o informaria de que estava fora da Iniciativa de Diversidade, com efeitos imediatos. Eu lhe diria que o fechamento do acordo da SunCorp a tempo requereria toda a minha energia e que pretendia executá-lo como minha prioridade número um. Eu o recordaria de que era para isso que eu estava na empresa em primeiro lugar, não para posar para fotos e ser a foca treinada deles. Tyler Robinson estava certo. Nunca devia ter participado de nada disso. Eu estava enjoada e cansada de ser a associada boazinha, que fazia tudo — *tudo!* — o que a empresa pedia e depois era punida por isso. Bem, não mais.

Murph estava tentando entrar em contato comigo por mensagem de texto a manhã toda.

Sinto muito, dizia a primeira mensagem.

Fui um idiota, dizia a segunda.

Bem, podemos concordar em alguma coisa, dizia minha mensagem.

A resposta de Murph veio imediatamente.

Fico feliz em ouvir isso. Tribuna do Júri, às 13h?

Encontro você lá.

Eu não estava brava com Murph. Não de verdade. Ele só estava tentando descobrir do que estava sendo deixado de fora, era só isso. Eu, entre todas as pessoas, devia ser capaz de entender isso.

Uma da tarde era o principal horário de almoço dos advogados, e a Tribuna do Júri estava lotada. Vi Murph imediatamente, conversando com Gavin Dunlop. Eles estavam na fila da estação das entradas quentes. *Pratos de hoje: Bacalhau negro com missô, bolinhos de camarão com wasabi, couve crocante.*

Eu não estava com vontade de conversar com Gavin Dunlop. Sobretudo, não quando as coisas estavam tão estranhas com Murph. Ele e eu precisávamos de uma chance para analisar as coisas, para ver onde estávamos em relação um ao outro — sem Gavin Dunlop ou qualquer outra pessoa por perto. Me escondi atrás de um bando de estagiários que esperavam suas pizzas sob demanda feitas no forno de pedra.

— Deus, estou tão cansado das opções de almoço daqui — disse um deles. — Devíamos sair.

— Sim, a Tribuna do Júri é uma droga — disse outro.

— Não acho que a comida seja ruim. Sério, o que é uma droga é que só os advogados podem comer aqui — disse uma terceira. Ergui os olhos. Era Cameron Alexander. Sua declaração pareceu calar seus companheiros, que humildemente pegaram suas pizzas e seguiram para o caixa. Sorri, mesmo sem querer.

— Ei, Ingrid, aí está você! — Ouvi Murph me chamar.

Fui pega.

— Oi. — Coloquei o que esperava ser uma expressão normal em meu rosto.

Murph acenou para que eu me juntasse a ele e Gavin. Neguei com a cabeça e gesticulei na direção da estação de saladas.

— Encontro você na mesa.

Sem pressa nenhuma, montei minha salada e peguei uma Coca Diet, esperando que, quando fosse até Murph, Gavin já tivesse ido embora. Não tive essa sorte. Quando entrei no refeitório, Gavin e Murph estavam sentados a uma mesa perto da janela. Eles me viram e acenaram.

Suspirei, fui até lá e me sentei.

— Oi, Ingrid — disse Gavin.

— Oi, Gavin.

— Então, como foi no Rainbow Room noite passada? — perguntou ele. — Na reunião de sócios essa manhã, as pessoas estavam dizendo que foi tudo muito bem.

Hesitei, analisando o rosto de Gavin. Eu me perguntei se aquilo era algum tipo de código secreto, se Gavin já tinha ouvido falar da noite passada e estava se fazendo de desentendido. Decidi que Marty Adler não teria considerado meu comportamento digno de menção na reunião de sócios.

— Foi, sim — falei, animada, percebendo a tensão em minha voz. — Acho que correu tudo bem.

— Bom, bom — disse Gavin. — E, a propósito, ouvi dizer que você está fazendo um trabalho incrível com a SunCorp. Aposto que vai ficar feliz quando o acordo finalmente for anunciado na próxima semana.

Dei de ombros.

— Tem sido uma grande experiência. Obviamente a SunCorp é um cliente incrível para se trabalhar.

Murph ficou sentado em silêncio, olhando de um para outro. Então limpou a garganta.

— Que tédio. Não vamos falar de trabalho. Ei, Gavin, você vai ao último jogo de *softball*, hoje à noite?

— Não posso. Tenho muito trabalho.

— O quê? É o jogo principal!

Gavin negou com a cabeça.

— Realmente não posso. Mas, ei, quando encontrar Hunter, parabenize-o em meu nome, beleza?

Murph riu.

— Pelo quê? Por ser um treinador tão brilhante?

— Não. Não estou falando de *softball*, pelo amor de Deus. Você não soube da novidade?

— Que novidade? — perguntou Murph.

— Hunter ficou com a conta do Great American Trust. Na verdade, ele venceu a concorrência. Derrotou os cinco outros escritórios.

Murph hesitou antes de bufar.

— Você está me zoando.

Gavin negou com a cabeça.

— Não. Escute, ninguém está mais surpreso ou feliz do que Marty Adler. Todos pensamos que Hunter ia foder com tudo, mas ele é mais esperto do que parece. — Ele deu uma piscadinha para mim, para que eu soubesse que normalmente ele não falava de outros associados pelas costas, mas, afinal, era Hunter. Gavin olhou para seu BlackBerry. — Preciso ir. — Ele deixou a bandeja com o almoço pela metade na mesa.

Murph me pegou olhando para ele e sorriu.

— Isso é realmente inacreditável, não é? Quem diria?

Dei uma risada.

— O quê? Está falando de Hunter? Não é tão surpreendente. Talvez Hunter não seja tão idiota quanto parece. Afinal, ele fez um bom casamento.

— É. Isso é verdade.

— De todo modo, pelo menos conseguimos manter o cliente. Tenho certeza de que foi um alívio. Até para Adler. Talvez principalmente para Adler.

— Sim — concordou Murph.

Assegurei-me de que ninguém olhava para nós. Abaixei a voz e olhei duro para Murph, obrigando-o a manter contato visual comigo.

— Então escute — comecei. — Não estou brava por causa da noite passada, sabe. Eu só estava irritada porque...

— Noite passada? — perguntou Murph. — Ah, sim, certo. Olhe, sinto muito. Eu sei que fui um imbecil.

Tive que sorrir.

— Esqueça isso — falei e fui sincera. Então acrescentei: — Só agradeça por nunca ter que lidar com nada dessa coisa de diversidade. É que tudo... é só uma grande farsa.

Murph deu um sorriso distraído.

— Uma farsa. Certo.

— É sério. Olhe só a noite passada. A noite começa com Adler fazendo um grande discurso sobre como a empresa abraça a diversidade, blá, blá, blá, e então começa a apresentar todos esses grandes palestrantes, sabe? Como Charlton James Randall, só para você ter uma ideia.

— Quem é Charlton James Randall?

Ri e cutuquei o braço dele de maneira brincalhona.

— Certo. Quem é Charlton James Randall. Você está brincando, né?

Ele franziu o cenho.

— Não, não estou brincando. Quem é ele?

— Só um dos maiores especialistas em Direito Constitucional do nosso tempo. E se você já leu qualquer teoria crítica sobre raça, o trabalho dele certamente estava lá.

— Deve ser minha educação de escola pública aparecendo — retrucou Murph. — Desculpe.

— Opa. — Era como se ele tivesse me mordido. — Hum, alô? De onde veio isso?

— Esqueça.

Murph estava sendo muito confuso.

— E, a propósito, que educação de escola pública? — perguntei. — Da última vez que chequei, o Williams College custava cerca de cinquenta mil por ano.

— Não quando você recebe bolsa — murmurou ele. — De todo modo, eu estava falando do ensino médio.

— Também fiz o ensino médio em escola pública — emendei, sem ter muita certeza de por que me sentia compelida a contar isso para ele, por que estava tão na defensiva de repente. Como eu tinha entrado nesse concurso de merda? Será que íamos discutir quem caminhava mais longe para chegar na escola? Quem tinha que escalar na neve?

— Olhe, esqueça que eu falei sobre isso.

Ficamos quietos por um momento, e então Murph falou:

— Eu sinto muito. Não sei do que estou falando. Estou só muito cansado. Estou operando com, tipo, três horas de sono. A votação para a sociedade está chegando. É muita coisa de uma só vez. — Ele levou a mão ao meu joelho por baixo da mesa e deu um apertão. — Me desculpe, ok?

Afastei a mão dele, olhando por sobre o ombro mais uma vez.

— Ok, ok.

Era como se estivéssemos em uma excursão guiada da escola, com essa coisa furtiva, escondida.

Nós nos encaramos em silêncio. Naquele momento, consegui me convencer de que tudo estava normal entre nós. Murph estava apenas de mau humor. O que precisávamos era conseguir conversar de verdade e ficarmos juntos sozinhos novamente.

— Escute, Murph — falei, gentilmente. — Devíamos planejar alguma coisa fora do escritório. Só nós dois. O que vai fazer amanhã à noite? Adler e eu temos a grande reunião pré-fechamento com a SunCorp, mas, depois disso, vou estar no clima para comemorar um pouco. — Olhei para ele esperançosa.

Ele parecia estar concentrado em alguma outra coisa.

— O quê? Ah. Amanhã à noite. Lógico. Ok.

Eu disse para mim mesma que endireitaríamos as coisas assim que estivéssemos em um ambiente mais íntimo do que a Tribuna do Júri. Murph e eu éramos muito bons juntos — ou poderíamos ser —, mas éramos melhores quando estávamos sozinhos, longe das merdas e da política corporativa do escritório.

Assim que o acordo da SunCorp estivesse finalizado, assim que eu saísse da Iniciativa de Diversidade, assim que Murph e eu fôssemos oficialmente convidados para entrar na sociedade, só seguiríamos daí. Tudo ficaria bem.

Quinze

Justin bocejou.

— Acho que é tudo.

Estávamos sentados na longa mesa de mogno da sala de reuniões 3201-A, em meio a um mar de pastas vermelhas, amarelas, verdes e azuis. Havíamos acabado de colocá-las em arquivos sanfonados de metal brilhante que tinham sido meticulosamente arrumados a cinco centímetros de distância um do outro por toda a mesa de reuniões.

Tudo parecia perfeito.

Estávamos prontos.

Como sempre, eu tinha ficado até tarde na noite anterior, revisando cada documento pré-fechamento para ter certeza de que estavam impecáveis. Para minha surpresa, Justin tinha ficado até tarde comigo. Ele não foi embora. Sequer reclamou por não poder ir embora. Até Justin tinha seus momentos.

Justin e eu chegamos cedo esta manhã, imprimimos novos conjuntos de documentos para serem revisados pelos clientes e os levamos até a sala de reuniões. Ted Lassiter e Mark Traynor chegariam às onze, e eu os guiaria pela agenda do fechamento.

Como sempre, Adler não tinha preparado nada. Ele parecia perfeitamente satisfeito em se sentar e me deixar assumir a liderança.

Stratton e Thornwell tinham enviado os comentários a respeito da nossa versão anterior um dia antes. Basicamente, a resposta deles era *não* para tudo. Eles ainda estavam pedindo uma redução na multa pelo cancelamento do contrato e ainda estavam pedindo um número inexplicável de exclusões da nossa cláusula MAC.

Estávamos em um impasse. Era isso o que Marty Adler queria que eu explicasse para Lassiter. Lassiter, como sempre, me cumprimentou como se eu fosse um antigo amigo do exército.

— Como vamos, Campeã? — perguntou, enquanto me dava um tapinha no ombro.

— Tudo bem, Ted. É bom vê-lo.

Adler nos observava, sorrindo como um pai orgulhoso.

Todos tomamos nossos lugares à mesa de reuniões, com Justin sentado em uma cadeira mais afastada, à minha direita.

Adler começou a falar.

— Ok, agora Ingrid vai rever o termo de compromisso conosco, página por página, Ted. Ela apontou algumas posições curiosas que Binney está tentando conseguir, e quero que você ouça diretamente do especialista quais são os riscos potenciais que vemos aí.

A especialista era eu. Senti meu rosto corar de prazer.

— Obrigada, Marty — falei. — Ted, Mark, se olharem na página oito do rascunho do termo de compromisso, posso explicar a primeira das exclusões que Binney...

— Antes disso, Ingrid, o que diz aqui na primeira página? — Ted Lassiter estava analisando com cuidado o documento diante dele.

Marty Adler se inclinou rapidamente para a frente, se apressando para colocar os óculos de leitura.

— O que está vendo, Ted?

— Bem aqui, onde diz "Preço de compra". Tem um erro de digitação. Aqui diz "990 bilhões". Deveria dizer "milhões". — Ele olhou para Mark Traynor, que parecia intrigado e meio que riu, mas posso dizer que ele estava surpreso. — É um erro de digitação e tanto.

— Ah. Sim, sinto muito por isso, Ted. — Adler olhou direto para mim. — Ingrid? Você pode, por favor, garantir que isso seja arrumado imediatamente?

Minha boca se abriu, mas a fechei logo em seguida. Não tinha como aquilo estar no rascunho que Justin e eu revisamos, juntos, noite passada. Impossível. Eu tinha conferido meticulosamente cada linha. Olhei de relance para Justin. Ele parecia tão chocado quanto eu.

Mas era uma regra básica nunca discutir ou tentar arrumar justificativas na frente de um cliente.

— Peço desculpas, Ted, Mark. Sendo honesta, não sei o que aconteceu. Mas vamos corrigir imediatamente — falei.

— Sim, precisamos ter certeza de que seja corrigido — disse Lassiter, virando as páginas. — Agora, Ingrid, o que você quer que olhemos?

— Ah, se puderem, por favor, abrir na... — folheei o documento, procurando a seção que tinha apontado anteriormente. O erro tinha me tirado do eixo. Meu jogo estava acabado.

— Página oito — Justin sussurrou na minha direita.

— Certo. Obrigada. Página oito. Representantes do vendedor.

Houve um som de páginas sendo folheadas enquanto todos abríamos naquela seção.

— Ah, sim — falei. — Aqui estamos. Agora, vocês verão que na cláusula MAC, queríamos dizer que...

Mark Traynor limpou a garganta. Ele me olhou quase como se estivesse se desculpando.

— Odeio interromper, mas acho que vejo outro erro de digitação aqui no começo dessa seção.

Adler olhou para mim. De um modo bem sombrio.

— Ah, sério? — Questionei. Minha resposta a um desastre como este era ser sobrenaturalmente animada. — Onde?

— Bem aqui, na multa pelo cancelamento.

— Ah, chegaremos aí. Esse foi um dos pedidos deles. Eles querem aumentar para cinco por cento — eu falei.

— Cinco por cento seria ok. Mas aqui diz cinquenta por cento — continuou Traynor. — Uma multa por cancelamento de cinquenta por cento do preço de compra, Ingrid?

Lassiter olhou para mim.

— Ingrid, isso é uma brincadeira? Que diabos está acontecendo?

Senti como se estivesse fora do corpo. Eu queria fugir, mas minhas pernas não funcionariam. Tentei respirar fundo para me acalmar. *Isso não está acontecendo*. Olhei para a página. Mark Traynor estava certo. Onde supostamente devia dizer cinco por cento — e onde dizia cinco por cento na noite anterior, quando verifiquei duas vezes o texto —, bem, agora dizia cinquenta por cento. Claro como o dia.

— Cavalheiros, eu sinto muito. Deve haver algo estranho acontecendo no nosso sistema de recuperação de documento — Adler estava pacificando, mas me encarava. — Vamos investigar isso assim que essa reunião terminar. Mais uma vez, peço desculpas.

Ted Lassiter estava com uma expressão pétrea.

— Ingrid, esse não é o tipo de trabalho que espero de você.

— Sei que não é, Ted. E não tenho certeza do que dizer para você. Olhei esses documentos pessoalmente, revisei cada página noite passada e, posso assegurar, esses números refletiam corretamente o acordo.

— Não vamos perder tempo procurando culpados — disse Traynor. — Só vamos ter certeza de que esteja tudo certo antes que a próxima rodada seja enviada para Binney.

O resto da reunião prosseguiu sem incidentes, mas eu estava gaguejando e perturbada o tempo todo. Até Justin me lançou um olhar que parecia dizer *santo Deus, ela está totalmente fora de si*, antes de sair da sala e desaparecer em seu escritório.

Assim que levamos os clientes até os elevadores e os vimos partir, Adler se virou para mim e ordenou:

— No meu escritório. Agora.

Eu o segui pelo corredor, as mãos suadas fechadas com força.

— Que diabos foi aquilo? — disse ele assim que fechou a porta.

— Marty, eu não sei. Tudo o que posso dizer é que fiquei aqui até meia-noite e revisei cada uma das linhas daquele termo de compromisso. Aqueles erros não estavam na última versão que salvei.

— Tem certeza de que salvou realmente a última versão?

— Faço back-up dos meus documentos a cada trinta segundos.

Ele bufou.

— Além disso, você me conhece. — Lutei para manter a voz em um tom normal. — Você conhece a qualidade do meu trabalho, Marty.

Ele me olhou feio.

— Eu achava que conhecia.

Era a pior coisa que ele podia ter me dito. Eu me sentia como uma adolescente, tirando um zero na prova, ouvindo o discurso do *estou terrivelmente desapontado com você* de um pai reverenciado. No entanto, Adler não era um pai reverenciado. O amor dele era condicional.

— Você sabe que eu nunca deixaria um erro desses passar por mim.

— Bem, pois parece que você acabou de deixar, Ingrid.

Pensei por um momento.

— E se mais alguém acessou o documento e mexeu nele? — falei lentamente. — Isso é possível, não é?

Adler tirou os óculos e o apontou para mim.

— Do que diabos você está falando? Quem faria isso?

— Eu... eu não tenho certeza. Quer dizer, eu não sei quem mais...

Adler balançou a cabeça e foi para trás de sua mesa.

— Não precisa sair fazendo acusações, Ingrid. É muito simples. Nunca mais quero ver esse tipo de erro acontecer novamente.

— Não vai. Eu sinto muito, Marty — falei, já me esquecendo de que tinha prometido para mim mesma que pararia de me desculpar por coisas que não eram minha culpa.

Caminhei como um zumbi de volta ao meu escritório, a cabeça atordoada. Meu peito estava apertado, como se fosse estourar. Margo estava vestindo o casaco.

— Ah, aí está você. Precisa de mais alguma coisa de mim hoje?

— Não, obrigada. Tenha uma boa noite, Margo — falei, derrotada.

Ela parou, com o casaco meio vestido, os cotovelos levantados.

— Você está bem?

— Estou.

— Tem certeza? Está branca como um fantasma.

— Estou bem, sério. Vejo você amanhã de manhã, Margo.

Ela se virou para me olhar enquanto eu desaparecia dentro do meu escritório e fechava a porta. Me sentei, dura, na mesa. Depois de um momento — depois que ouvi os passos de Margo se afastarem em direção aos elevadores —, peguei o telefone e liguei no ramal de Justin. Não tive resposta. Claro que não. Que surpresa. Depois do bipe, falei:

— Justin, Ingrid. Você pode vir ao meu escritório assim que ouvir esse recado? São cinco e quarenta. Obrigada.

Fiquei sentada ali, olhando fixamente pela janela. Eu não cometia aquele tipo de erro. Não estou dizendo que não era capaz de cometer erros — lógico que era, eu era humana. O que quero dizer é que não me permitia cometer erros manuais desse tipo. Não quando eu tinha chegado tão longe e trabalhado tão pesado.

Revi os acontecimentos da noite anterior. Aquilo só não era possível. Não era tecnicamente possível. Justin Keating e eu tínhamos ficado até meia-noite trabalhando em meu escritório. Juntos, tínhamos conferido pessoalmente cada uma das linhas daqueles malditos documentos.

Eu tinha desligado o computador e trancado o escritório quando saí.

Eu tinha verificado duas — três — vezes cada item para ter ainda mais certeza.

Em meus oito anos, quase nove, como advogada eu nunca — nunca, jamais — permiti que um documento saísse pela porta com um erro gritante como aquele que estava na minha cara.

Não que eu achasse que era perfeita. É que me dar ao luxo de falhar jamais passou pela minha cabeça. Quando outras pessoas falhavam, elas falhavam sozinhas. Quando eu falhava, eu decepcionava todo mundo que já tinha me apoiado. Eu falhava com todos eles.

E eu estava adoecendo com o fardo. Estava colapsando sob seu peso.

Eu estava adoecendo e estava cansada de dizer *sim* para todo mundo, menos para mim.

BASTA.

Virei a cadeira na direção da mesa. Cliquei no ícone da base de dados de gerenciamento interno de documentos da empresa. Entrei com meu nome de usuário e senha, e pesquisei por “Rascunho do Termo de Compromisso do Projeto Solaris”. Projeto Solaris era o código interno da empresa para o acordo da SunCorp. Era o protocolo do Departamento Corporativo para toda grande transação, para fins de confidencialidade.

O arquivo apareceu na minha tela, e eu cliquei em “Histórico do documento”. Procurei os últimos nomes de usuários, esperando, segurando a respiração. Como se... O quê? O que eu estava procurando? Eu não sabia, exatamente. De repente, eu era uma mistura de Nancy Drew e John Grisham, esperando por um momento *aha!*: a pista que resolveria tudo. A música aumentaria e o mistério seria desvendado. Mais uma vez eu seria a heroína da minha própria história. Eu estava acostumada com isso. Era o papel principal que tinha me encontrado.

Quando se está há muito tempo em um lugar disfuncional e cheio de fofocas como a Parsons Valentine, e quando se ganha tanto, há muita gente que pode guardar rancor. Talvez Justin realmente se ressentisse de mim por mandar nele o verão todo. Talvez Hunter odiasse que eu estivesse na Iniciativa de Diversidade, chamando a atenção para sua apresentação racista maluca. Eu não sabia. Mas não gostava de teorias da conspiração.

Verifiquei o histórico do documento eletrônico e descobri — com partes iguais de alívio e desânimo — que, como era de se esperar, o documento tinha sido aberto pela última vez pela usuária *isyung*, ontem à noite, às 23h44.

Ninguém tinha mexido no arquivo. Ninguém queria me prejudicar. Eu não podia culpar ninguém além de mim mesma.

O que eu tinha agora era motivo para duvidar de mim mesma... e se eu realmente queria estar aqui, fazendo isso.

Fechei os olhos e inclinei a cabeça para trás, apoiando-a no encosto da cadeira giratória. Um pensamento muito desagradável, muito enervante, começou a se desenvolver em minha mente, como uma Polaroid, e eu vinha tentando empurrá-lo para longe, para impedir que a imagem entrasse no foco. Lá estava ele, no entanto, irregular e deformado, mas ainda aparecendo. E se, de algum modo, eu tivesse feito isso comigo mesma?

Eu não ia permitir que meu subconsciente me sabotasse, simples assim. Era de absoluta importância — era crucial — que nada mais desse errado comigo entre esse momento e o anúncio das sociedades na semana que vem. Eu estava tão, tão perto. E não podia me dar ao luxo de desistir.

Meu telefone tocou. Olhei para o identificador de chamadas na tela e vi que era Murph.

Peguei o receptor antes do final do primeiro toque.

— Oi. Então. Já está comemorando? Que tal uma bebida? Posso me aprontar para sair em cinco minutos.

Algo na justaposição do desastre na reunião da SunCorp com o tom de voz despreocupado de Murph partiu meu coração um pouco.

— Não estou comemorando ainda — falei, baixinho. Ouvi minha própria voz falhar no final. — Na verdade, as coisas não foram muito bem hoje.

— O que quer dizer? Você está bem? — Murph parecia preocupado.

— Estou bem — falei, ainda que definitivamente não soasse bem.

— Vou até aí.

Alguns momentos depois, Murph entrou pela minha porta e a fechou atrás de si.

— Ei. O que foi? Você parecia meio... estranha no telefone.

Eu estava parada na janela, apoiando o corpo todo nela, pressionando a testa e a ponta dos dedos na superfície fria do vidro.

Murph cutucou meu braço.

— Não faça isso — sussurrou. — Você tem muito pelo que viver.

Fingi sorrir, mas isso não fez com que eu me sentisse melhor. Por alguns instantes, Murph e eu ficamos parados ali, em silêncio, olhando para o fluxo infinito de táxis amarelos subindo e descendo a Avenida Madison. Me pareceu que um longo tempo se passou.

Ele tocou gentilmente meu ombro.

— Então, o que aconteceu? Só fale se quiser. Não precisamos.

Suspirei baixinho.

— Um completo desastre, foi o que aconteceu.

— Vamos lá. Tenho certeza de que não foi tão ruim assim.

— Fui horrível, Murph.

— Tenho certeza de que você foi a única que notou que tinha algo errado.

Olhei para ele.

— O preço de compra estava errado por três zeros.

— Santo Deus.

— Hum, sim.

Murph soltou um assobio baixo.

— Que diabos aconteceu? Você acha que foi aquele garoto, o Keating? Você sempre me disse que era um tanto inútil, mas eu não pensaria que ele estragaria tudo desse jeito.

Dei de ombros.

— Não sei. Acho que não. De todo modo, é minha culpa. O erro cai sobre o advogado, não sobre o assistente jurídico.

Murph estava negando com a cabeça.

— Mas isso não parece certo. Não é você.

— Não quero mais falar disso. Já foi.

Pressionei a testa novamente contra a janela e fechei os olhos. Quando Murph se aproximou de mim, fiquei na ponta dos pés e o beijei. Não um beijo doce, tipo, "obrigada por me confortar neste momento de estresse", mas um beijo de verdade, real e nada casto na boca. Ele pareceu surpreso no início, mas então obedientemente seguiu minha dica, se inclinando na minha direção, me virando para encará-lo, pressionando minhas costas na janela. Eu só queria ir com Murph para algum lugar, algum lugar bem longe daqui, bem, bem longe de Marty Adler e Jack Hanover e Justin Keating e Hunter Russel e Gavin Dunlop e sócios aptos a votar e passeios da empresa e paródias de rap e cotas no *softball* e consultores de diversidade e reuniões do Departamento Corporativo e todo o resto daquilo. Tudo o que eu queria — tudo o que todos nós aqui queríamos — era poder trabalhar pesado e ter sucesso pelo meu mérito. Era pedir demais?

Murph me prendeu contra a janela do meu escritório escuro, me beijando. Levei uma das mãos dele ao redor da minha cintura, e então mais para baixo. Estremeci.

— Vamos para algum lugar — sussurrei. — A suíte R&R! Você acha que tem alguém lá agora?

Ele não respondeu, puxando minha regata de seda da cintura da minha saia. Pelo tecido fino da blusa, eu sentia a dureza fria e lisa do vidro da janela pressionado nas minhas costas, e o calor do corpo de Murph diante de mim. Era excitante. Era com certeza a coisa mais divertida que já fiz no escritório. Por que eu nunca tinha feito isso antes? Realmente pensei isso, e então ri. Eu estava rindo de verdade. Isso fez Murph rir também, um pouco, antes de me pressionar gentilmente contra o vidro mais uma vez e se inclinar para beijar meu pescoço. Fechei os olhos. Estávamos fazendo barulho suficiente para que nenhum de nós dois escutasse a porta se abrir.

Murph se afastou de repente, batendo a perna com força contra minha mesa.

Justin estava nos encarando boquiaberto. Seu corpo estava congelado em meio a um passo, um pé diante do outro. Justin parecia estupefato. Se não fosse pela minha própria situação, eu sabia que teria gostado do fato de ter conseguido chocá-lo. Pela primeira vez, o sorriso prepotente do senhor sabe-tudo tinha abandonado seu rosto.

Justin deu alguns passos desajeitados para trás e bateu à porta.

— Desculpe, eu... eu só... eu volto mais tarde — murmurou.

E então foi embora.

Dezesseis

— Ingrid. É sério. Deixa pra lá.

— Não posso. Quanto tempo você acha que ele ficou parado ali? O que, exatamente, você acha que ele viu?

Era domingo à noite, e eu estava sentada com as pernas dobradas embaixo do corpo no sofá da sala de estar de Murph. Steve Buscemi estava enrolado no meu colo, dormindo e ronronando. Murph estava na outra ponta do sofá, com a cabeça inclinada para trás, os olhos fechados, me ouvindo. Embalagens de comida estavam espalhadas na mesa de centro de Murph, junto com dois copos e uma garrafa de Jameson quase vazia que Murph basicamente tomou sozinho. Era uma e meia da manhã, e eu estava ansiosa.

— Vamos lá, Yung. Está tarde. Vamos para a cama. Amanhã pode ser o grande dia. Você não quer parecer linda e resplandecente?

O zunzunzum no escritório era que a empresa poderia anunciar os novos parceiros amanhã. Ninguém tinha certeza, porque a Parsons Valentine nunca anunciava exatamente quando o Comitê de Sociedade tomaria a decisão. Ao contrário da maior parte dos outros grandes escritórios na cidade, a Parsons Valentine fazia a votação no verão, com os novos membros sendo efetivados no outono. Esta tradição peculiar era uma idiossincrasia da qual a Parsons Valentine se orgulhava — o pessoal gostava de deixar as pessoas tentando adivinhar.

Neguei com a cabeça.

— Você não entende? É exatamente por isso que preciso saber o que Justin viu. Você acha que ele contaria para Marty Adler ou para os outros sócios sobre nós?

Murph deu um suspiro profundo, com os olhos ainda fechados.

— Então Justin Keating nos viu juntos. E daí? Por que ele se importaria com isso? Justin não é uma garotinha fofoqueira. Não estamos mais no ensino médio, Yung.

Bem que poderíamos estar, mas não falei isso para Murph.

— É fácil para você dizer. Temos certeza de que você está dentro — foi o que murmurei baixinho, mais para mim mesma do que para ele.

Murph abriu os olhos e virou a cabeça devagar na minha direção.

— O que você acabou de dizer?

— Não importa.

— Não. O que você acabou de dizer? — Ele saiu da posição reclinada em que estava. Parecia totalmente desperto agora. — Eu quero mesmo saber. Porque tenho quase certeza de que você disse *que é fácil para eu dizer.*

Ergui as sobrancelhas.

— Calma — falei. — Eu só...

— Bem, eu vou lhe dizer que não é fácil para eu dizer. Nada fácil. Não tenho a mínima ideia do que vai acontecer amanhã. Sabe de uma coisa? Desde que nos conhecemos, Yung, você sempre pareceu achar que eu não preciso trabalhar tão pesado quanto você, que, de algum modo, tenho algum tipo de vantagem. Bem, aqui vai uma novidade: não tenho.

Seu pequeno discurso me surpreendeu. Eu não tinha ideia da origem daquilo.

— Murph, eu não...

— Não o quê? — Ele se inclinou para frente de repente, e o controle remoto caiu de seu colo no chão. — Hã? Não o quê?

— Eu não quis dizer nada disso. Não sei por que você está tão irritado.

Ele deu uma risada desagradável.

— Ah, bem, deixe-me explicar para você, então. Caso não tenha percebido, sou meio que o estranho no ninho ultimamente.

— Do que você está falando? — Eu estava perplexa.

A ideia de Jeffrey Devon Murphy — o cara do sorriso deslumbrante e do incrível apartamento de solteiro e das intermináveis piadas e *home runs* vencedores e verões em Cape Cod e namoradas modelos e uma fila de corações partidos por toda Manhattan... O maldito Mister Abril, posando para uma foto sexy, o único cara que eu conhecia que conseguia ser ao mesmo tempo galã e sagaz e que, de algum modo, conseguia fazer tudo dar certo, de algum modo fazia o charme de atleta e a afabilidade fácil parecerem naturais nele —, a simples ideia de que esse cara podia ser o estranho no ninho em alguma coisa era, francamente, ridícula.

— Todo mundo diz que você já está com um pé lá dentro, Murph — falei para ele.

— Ah, sério, é isso o que dizem? E o que você acha que falam de você, Ingrid, hein?

Eu estava atordoada. Não tinha ideia do que eu tinha feito para provocar aquilo, mas sabia que não precisava daquele drama.

— Eu não sei, Murph. E quer saber? Realmente não me importo. Você já bebeu demais. Preciso ir.

— Espere — disse ele, estendendo a mão sobre o meu braço.

Hesitei.

— Você realmente não tem ideia do que estou falando, não é?

Eu sabia o que devia ter feito. Devia ter me livrado gentilmente de sua mão, desejado boa-noite e entrado em um táxi para ir para casa. Em vez disso, falei:

— Me explique.

— Pense nisso. Eles só aceitam dois novos sócios por ano. E estava tudo bem para nós, até que o sogro de Hunter apareceu e lhe entregou o Great American Trust em uma bandeja. Isso basicamente sela o acordo para ele.

— Ok, tudo bem. Então Hunter é um caso especial. Talvez ofereçam a sociedade para nós três esse ano.

Murph riu.

— Deus, você é tão ingênua. Você não presta atenção? Os negócios não vão bem, Yung. Fusões e aquisições não estão acontecendo. Falências, sim. Este não é o ano para distribuir três novas fatias de uma torta.

— Mesmo se isso for verdade, eles sempre acharam que Hunter era uma piada, e eles sempre adoraram você.

Ele bufou.

— Amar não é a mesma coisa que ser o advogado de relacionamento com o Great American Trust, docinho.

Eu nunca o tinha ouvido falar daquela forma antes. Nunca imaginei que Murph pudesse ser tão desagradável.

— Bem, o que faz com que tenha tanta certeza de que isso vai ferrar com você em vez de comigo? Se ainda vão fazer dois novos sócios, eles podem simplesmente pegar o meu lugar e entregá-lo para Hunter.

Ele riu novamente.

— Jesus Cristo. Você está brincando comigo, né?

Alguma coisa no tom de voz dele, e no jeito como ele me olhava, fez com que eu me preparasse.

— Você vê a empresa contratar algum consultor caro para descobrir como ter mais sócios homens brancos, Yung? Porque com certeza eu não vejo.

— Cuidado — falei, baixinho.

Ele me ignorou.

— Eles estão morrendo de vontade de anunciar uma sócia na área Corporativa há anos. O problema é que todas as mulheres vão embora. Então chega a Senhorita Toda Certinha aqui, a impecável Ingrid Yung, e você chega e você fica. Aleluia! Vamos dar outra medalha para ela, pessoal. Uma mulher e parte da minoria. Estão brincando comigo? Diabos, você é o sonho de todo recrutador da empresa.

Eu me levantei do sofá de um pulo. Steve Buscemi acordou com um miado assustado e correu até o outro lado da sala.

— Está tudo bem, gato. Ela só está indo embora.

Fiquei presa no lugar. Murph e eu nos encaramos com raiva. Ele jogou a cabeça para trás e gargalhou.

— Você é mesmo incrível, Yung, sabia? Incrível mesmo, mesmo. — Ele balançou a cabeça, sorrindo, como se eu tivesse acabado de contar uma piada muito boa. — Cara, você enganou todo mundo, não foi? Deixou todos nós comendo na palma da sua mãozinha.

Meu rosto ficou quente.

— Não sei do que está falando.

— Aquela noite no passeio da empresa. Na sede. Toda aquela coisa que você me disse sobre não saber as regras do jogo. *Ah, mas tudo vem com tanta facilidade para você, Murph.* — Ele fez uma voz aguda e tentou me imitar.

Eu queria que meus braços e pernas se mexessem, mas eles se recusaram.

— Bem, eu vou lhe dizer, Yung. Parece que você sabe exatamente as regras do jogo. Parece que você é uma Mestre Jedi nisso.

— Murph, eu...

— Por favor. Toda essa baboseira de *ah, por favor, sinta pena de mim.* Você é tão cheia de si, mas você enganou todos os sócios. Devia ganhar um maldito Oscar.

— Vá se foder.

Tremendo, fui até o quarto de Murph, peguei minha bolsa e calcei os sapatos. Olhei apressada pelo quarto, os olhos borrados de lágrimas, e vi uma regata e um cardigã que eu tinha deixado ali havia algumas noites. Enfiei tudo agressivamente na bolsa, junto com minha escova de dente e o secador de cabelos do banheiro.

Quando voltei à sala de estar, Murph estava bloqueando a porta da frente com o corpo. Fiquei tensa. Isso não era bom. Eu me perguntei exatamente o quão desagradável Murph poderia ficar. Esse parecia um jeito bem imbecil de descobrir.

— O que está fazendo?

Murph cruzou os braços no peito.

— Ainda não terminamos nossa conversa.

— Ah, terminamos, sim. — Avancei de forma imprudente contra a porta e, para minha surpresa, Murph não fez nada para me impedir. Bati o ombro direito no batente de metal da porta.

— Ai! — exclamei, esfregando o ombro.

Ele deu um passo na minha direção.

— Aqui, deixe-me ver. Você se machucou? — disse ele, colocando a mão gentilmente no meu braço machucado.

— Se afaste de mim, Murph — sibilei. — Nunca mais toque em mim.

O rosto dele ficou sombrio.

— Ah, então agora você está terminando comigo, é isso?

— Terminando com você? — olhei para ele, sem acreditar. — Está falando sério? Não acredito que nunca vi que tipo de pessoa você era antes. Agora sei por que nenhum dos seus namoros durou muito tempo. Elas deixaram você porque é um verdadeiro babaca.

Ele olhou para mim e riu.

— Não, é sério, agora eu entendo — falei. — O motivo pelo qual você nunca namorou uma mulher inteligente e bem-sucedida antes é porque não consegue lidar com isso. Não suporta a ideia de que uma mulher possa ser melhor do que você.

Murph colocou a mão no peito.

— Ah, isso doeu.

Minha bolsa estava pendurada no ombro. Meus sapatos estavam calçados. Eu estava com a mão na maçaneta, mas alguma coisa me impedia de sair do apartamento dele. Parecia que ainda havia algo no ar, algo mais do que um de nós queria dizer.

— Achei que você tinha dito que ia embora.

— Eu vou.

Ele voltou para o sofá e se sentou. Agora que havia alguns metros de distância entre nós novamente, eu sabia que devia dar o fora dali, voltar para a segurança do meu apartamento e tentar esquecer que tudo aquilo tinha acontecido, mas eu não conseguia.

Murph se reclinou no sofá e cruzou as mãos preguiçosamente atrás da cabeça, me dando um sorriso condescendente.

— Então, o que está esperando?

Eu sabia que não devia fazer aquilo. Eu realmente sabia, mesmo naquele momento. Ainda assim, não consegui me conter. Acho que realmente queria saber. Eu me importava com o que as pessoas diziam e pensavam sobre mim. Claro que sim. Eu me importava muito.

— Só me diga então, Murph. O que dizem sobre mim pelas minhas costas?

Murph sorriu.

— Que você já está com um pé dentro da sociedade.

Não era o que eu esperava.

Então ele prosseguiu.

— Que você tem um belo traseiro. Pequeno, provavelmente tamanho 38... Alguns caras fizeram uma aposta, então eu verifiquei na sua gaveta de lingerie da última vez que estive na sua casa... mas realmente bem formoso. Pernas bem decentes também. Em especial, naquelas saias lápis que você sempre usa no escritório. Gavin Dunlop gosta quando você usa especialmente esse modelo.

Fiquei parada no lugar, horrorizada.

— Vejamos o que mais. — Murph inclinou a cabeça e olhou pensativo para o teto. — Estão todos felizes por terem esperado até conseguirem encontrar uma garota que fosse da minoria e *gostosa* para indicar para a sociedade. Se precisa ter alguém assim por perto, melhor que seja um colírio para os olhos, certo? Ah, e só para que saiba, você não precisa se preocupar se o pequeno Justin Keating vai contar que nos pegou no flagra. Porque a empresa inteira já sabe há semanas. Eu contei para Hunter no primeiro dia que consegui levar você para a cama.

— Vá se foder, Murph — sussurrei.

Ele estalou a língua.

— Isso é jeito de falar com um futuro sócio seu? Não podemos todos nos dar bem? Se não, nossas reuniões semanais de sócios vão ser muito desconfortáveis para todo mundo. E você e eu vamos ter que aprender a brincar juntos, sem brigar no parquinho.

— Não acredito em uma palavra do que está dizendo — menti.

— Acredite no que quiser. — Ele deu de ombros. — Eu estava lá. Você, não.

— Você é um projeto patético de ser humano. Sinto pena de você.

— Nã, nã, nã. Não mate o mensageiro, Yung. Lembre-se, você perguntou. Nunca faça uma pergunta se não está preparada para ouvir a resposta.

Se tivesse algo grande e pesado ao meu alcance, eu teria atirado diretamente na cabeça dele. Em vez disso, endireitei os ombros, respirei fundo duas vezes e disse com o máximo de calma que consegui:

— Na verdade, Murph, caso não tenha ouvido, vou conseguir fechar a aquisição da SunCorp no prazo estipulado para o anúncio. Negociei um acordo muito bom durante as últimas cinco semanas. O CEO me adora. E, fora algum problema aleatório no computador, Marty Adler parece bem satisfeito com o jeito como conduzi o acordo. Acho que é por isso que vou me tornar sócia, Murph. Não por qualquer uma das baboseiras nojentas que você está vomitando.

Ele estreitou os olhos na minha direção.

— E, a propósito — continuei —, ao contrário de você e de Hunter, não tive que implorar, bajular ou jogar *softball* com Marty Adler para poder trabalhar com a SunCorp. Como você se lembra, ele não escolheu nenhum de vocês. Adler me escolheu para liderar o maior acordo do escritório.

Murph soltou uma grande risada maldosa.

— Por que não pergunta para Adler em algum momento por que ele fez isso, hein?

Balancei a cabeça e me virei para ir embora.

— Sim, na verdade, eu gostaria de ver isso. Por que não pergunta para Adler em algum momento sobre as exigências para o fornecedor da SunCorp, hein, Yung?

Dei meia-volta.

— Do que você está falando?

Murph riu.

— Exigências de minoria para o fornecedor, Yung. Pesquise. Acontece que, nos últimos tempos, várias empresas da Fortune 500 não podem contratar conselho externo a menos que tragam pelo menos uma pessoa da minoria ou uma mulher advogada para a concorrência.

— E que diabos isso quer dizer?

— Só estou dizendo que, se você acha que Marty Adler escolheu você a dedo para cuidar do maior acordo do escritório baseado em mérito, continue se enganando. O conselho da SunCorp aprovou uma regra que diz que eles não podem contratar um escritório de advocacia a menos que o acordo possa contar com uma equipe que pareça um anúncio da Benetton. E adivinhe o quê, Yung? Você é exatamente o que o cliente pediu.

— Adeus, Murph. — Saí do apartamento dele, batendo a porta atrás de mim.

Dezessete

Fiquei sentada ali, na quietude matinal do meu escritório, os braços cruzados cuidadosamente na mesa. Eu me sentia tão cansada. Tão, mas tão cansada, e incrivelmente triste.

Bem na minha frente, como se estivesse me acusando de algo, estava a parede com as estantes de cerejeira polida que continha todos os livros de acordos e conjuntos de fechamentos de todas as transações nas quais eu tinha trabalhado na minha carreira ali na Parsons Valentine. E também minha coleção premiada de souvenirs pós-acordos — um coleção reluzente de estatuetas de prata polida e vidro, além de troféus, cubos e globos. Tinha até uma minúscula bola de futebol da aquisição de uma grande varejista de artigos esportivos, o primeiro acordo que eu fechei na empresa. Ficava perto de um modelo de avião a jato — uma lembrança da fusão de duas companhias aéreas comerciais na qual eu fui bem-sucedida no ano anterior.

Na prateleira de baixo havia uma pequena foto emoldurada minha e de Rachel na festa de boas-vindas que demos no nosso primeiro apartamento em Nova York, e outra foto minha com meus pais no dia em que fiz meu juramento na Ordem dos Advogados de Nova York, há quase nove anos.

Minha mãe, meu pai e eu estávamos na calçada do lado de fora do edifício do Primeiro Departamento de Apelação, ao lado do Madison Square Park. Eu me lembro daquele dia como um dos mais felizes da minha vida.

"Estamos tão orgulhosos de você", meus pais ficavam dizendo, tirando foto depois de foto. "Advogada. Nossa filha, advogada!"

Sozinha naquela noite, depois que deixei meus pais no hotel, experimentei dizer a palavra. *Ingrid S. Yung, Advogada*. Lembro-me de saborear na língua. Então, o mundo corporativo — e o mundo em geral — parecia aberto para mim, cheio de esperanças e possibilidades. *Mulheres brilhantes como vocês podem conquistar qualquer coisa que resolverem conquistar.* Tinham dito aquilo para Rachel e para mim durante toda a nossa vida. E tínhamos acreditado.

Tínhamos caído completamente no conto do vigário.

Ouvi uma batida leve e Margo colocou a cabeça dentro do escritório. Ela parecia feliz.

— A secretária do sr. Adler acaba de ligar. Ele quer vê-la em seu escritório. Disse que é muito importante.

Ela se inclinou na porta, sorrindo. O motivo pelo qual Margo estava sorrindo era que tinha feito as contas e sabia que as notícias seriam boas. Mais cedo, naquela manhã, ela tinha encontrado a secretária de Hunter na copa. Era como tínhamos ficado sabendo que Hunter Russel tinha sido oficialmente escolhido para entrar na sociedade.

E Murph não tinha.

Segundo a secretária de Hunter, depois de ter sido chamado no escritório de Marty Adler às nove e quinze daquela manhã, Murph foi para casa alegando que estava doente, ficaria fora pelo resto do dia.

Eu pensei que ficaria feliz em ouvir isso. Por vingança ou validação, ou algo assim. Murph recebeu exatamente o que merecia. Tinham escolhido Hunter em vez dele. Lidar com Hunter nas nossas futuras reuniões de sócios seria muito mais fácil para mim, é claro.

Eu sabia que devia estar jubilante esta manhã, entre todas as outras. Eu devia ter feito uma dancinha no meu escritório, mas só me sentia cansada e entorpecida.

Depois de tudo o que Murph e eu passamos, e de todas as coisas cruéis e dolorosas que ele cuspiu em mim noite passada, inacreditavelmente, ainda sentia pena dele. Apesar do jeito como as coisas tinham terminado entre nós, era difícil esquecer que, durante oito anos, ele tinha sido um dos meus únicos amigos na empresa. Ironicamente, era Murph que em geral fazia com que eu me sentisse mais incluída, como se pertencesse àquele lugar. Agora, não só eu tinha perdido um namorado, mas tinha perdido um amigo também. Ou pelo menos a pretensão de um.

Murph tinha trabalhado pesado. Também era um advogado inteligente. Ambos presumimos durante anos que Murph estava feito. Eu sabia muito bem como ele devia estar desapontado.

Eu não estava feliz por Murph estar se sentindo miserável. A verdade era que estava triste pela teoria dele estar certa. Eu sabia que ele tinha razão. E isso me incomodava. Sério. Porque preferia ter conquistado aquilo pelo meu mérito. Se tivesse sido em qualquer outro ano, exceto esse, o ano que tivemos todos os esforços da Iniciativa de Diversidade, isso estaria fora de questão. Mas, agora, já que tudo aquilo estava acontecendo bem naquele momento, eu sentia que o anúncio da minha muito comemorada sociedade ficaria manchado para sempre. As pessoas sempre teriam dúvidas. *Bem, não é que Jeff Murph meio que tinha razão? Ingrid não teve sorte de que a empresa estava prestando atenção na diversidade quando isso aconteceu?*

— Devo dizer para o sr. Adler que você vai subir? — sugeriu Margo.

Confirmei com a cabeça.

— Sim. O momento da verdade, não é? — Dei um sorrisinho para ela.

— Direi para ele. — Ela voltou para sua mesa, fechando a porta para me dar um pouco de privacidade.

Eu me levantei, segui até meu guarda-roupa e me olhei no espelho. Só de olhar para mim não dava para saber que eu era uma mulher que tinha acabado de romper com o namorado, voltado abalada para casa no meio da madrugada e que estava operando com três horas de sono. Minha maquiagem era de bom gosto e impecável. Cada fio de cabelo estava no lugar. Eu parecia, enfim, totalmente impecável.

Abaixei um pouco a manga direita do meu casaco de crepe de seda marfim e espiei meu braço. O hematoma em forma de polvo púrpura e amarelo se espalhava em meu ombro, onde eu esbarrei na porta de Murph.

Como as coisas terminaram desse jeito tão horrível, eu me perguntei.

Avaliei o restante da minha roupa — uma regata preta de alças finas e calça de crepe de seda marfim. Eu tinha tomado um cuidado especial de evitar usar saia lápis hoje. De fato, eu queria jogar todas que tinha no lixo.

Depois de colocar o cabelo atrás da orelha e dar uma última olhada no espelho, passei por Margo — que me fez um sinal de joinha — e saí para o corredor.

Cheguei no saguão de mármore dos elevadores e esperei. Quando as portas se abriram, entrei no que parecia ser um túmulo brilhante e escuro — terrível para quem era claustrofóbico —, apertei o botão para o trigésimo sétimo andar e me recostei na parede. O elevador subiu com rapidez e suavidade, e saí.

Cruzei o piso de mármore, deslizei meu cartão no sensor de segurança, abri as portas de vidro, e comecei a longa caminhada pelo corredor acarpetado até o escritório de Marty Adler. Eu me sentia absolutamente calma, quase régia. Podia sentir que cada secretária e assistente jurídico por quem passei me olhava com atenção enquanto eu seguia com serenidade.

As notícias — em especial notícias relacionadas à sociedade — se espalhavam como rastilho de pólvora neste edifício. Todos sabiam exatamente para qual escritório eu me dirigia. Conscientemente, me obriguei a caminhar com a cabeça um pouco mais erguida e tentei sorrir um pouco. Afinal, eu devia tentar parecer feliz hoje.

Parecia uma longa caminhada.

Quando finalmente cheguei no escritório de Adler, Sharon sorriu para mim e disse, animada:

— O sr. Adler está esperando você. Vá em frente. — Ela gesticulou na direção da porta fechada.

Isso era um bom sinal. Não era? As secretárias sabiam de tudo por aqui. Sharon não pareceria tão amigável e animada se soubesse que as notícias eram ruins; isso teria sido cruel. Certo?

Ok, controle-se, disse para mim mesma. *Você está pensando demais em tudo isso.*

Pensei no biscoito da sorte que tinha vindo com minha comida chinesa em uma noite recente na qual trabalhei até tarde na empresa. *A confiança vai guiá-la*. Se havia uma coisa que eu sabia, depois de todo esse tempo na Parsons Valentine, era como fingir tê-la.

Eu me aproximei da porta fechada de Adler e dei uma batida alta.

— Entre — ordenou ele.

Ergui o queixo, respirei fundo, coloquei um sorriso neutro no rosto e entrei no escritório sombrio de Adler. Ele não tinha ligado as luzes de cima. Fechei a porta atrás de mim com um *clique* suave.

Marty Adler estava sentado a quatro ou cinco metros de mim, em sua familiar e imensa cadeira de couro verde.

— Bom dia, Ingrid — disse ele. Seu tom de voz não denunciou nada. Ele não parecia nem arrependido nem jubiloso. — Por favor, sente-se. — Ele gesticulou na direção de uma das duas cadeiras diante de sua mesa, em vez das poltronas que ficavam perto de sua mesa de reuniões de teca. Aquilo me pareceu um pouco estranho. Eu sempre achei os outros assentos em seu escritório muito mais confortáveis.

E então vi que Adler estava olhando sombriamente para as mãos.

— Ingrid — ele começou a dizer —, essa é uma das conversas mais difíceis que jamais tive.

Pestanejei de forma estúpida para Adler. Será que eu tinha ouvido errado? Esse não era o jeito correto de iniciar nossa conversa, era?

— Eu gostaria de ter notícias melhores para você.

Ah, meu Deus, pensei. *Não, não, não, não, não*. Alguma coisa tinha dado insana, sinistra e incrivelmente errado. Era de mim que ele estava falando. Ingrid Yung. Aquela que tinha feito tudo o que sempre me pediram e mais, muito mais, do que qualquer um tinha o direito de esperar.

Abri a boca, mas nenhum som saiu.

Ele suspirou.

— Quero que saiba que os sócios pensaram por muito tempo sobre sua candidatura, e que essa não foi uma decisão unânime. Você tinha, quer dizer, você continua tendo, muito apoio entre os sócios, um forte entusiasmo em relação à sua candidatura, e achamos que você é uma advogada extremamente talentosa e esforçada...

— Mas? — perguntei estupidamente.

— Mas decidimos não a convidar para fazer parte da sociedade. Pelo menos não este ano, Ingrid. Eu sinto muito.

Por um absurdo milésimo de segundo, realmente esperei que ele irrompesse com um *Só estou brincando. Claro que você será nomeada sócia! Bem-vinda!* Porque a verdade era que eu estava chocada. Eu teria ficado menos chocada se Marty Adler tivesse aberto a boca para fazer uma grande bola de chiclete cor-de-rosa ou tivesse ficado de cuecas, meias pretas e suspensório, subido em sua mesa antiga e dançado polca. Porque aquilo era inacreditável, simplesmente não podia estar acontecendo. Eu queria me beliscar, para ver se despertava.

— Marty, eu...

— Por favor, compreenda. Esperamos que considere se candidatar novamente no próximo ano.

— Mas eu... tenho certeza de que não compreendo. O tempo todo, durante todos esses anos, me disseram que eu estava firme no caminho para a sociedade. Que podia ter certeza de que seria escolhida este ano. Que, desde que eu continuasse fazendo todo o meu trabalho exatamente do jeito que fazia, que era algo certo.

Adler limpou a garganta.

— Entendo sua decepção, Ingrid. Acredite em mim, não chegamos a esta decisão com facilidade. Como disse, vamos reconsiderá-la para a sociedade no próximo ano. Na verdade, queremos encorajá-la fortemente a prosseguir em seus esforços, já que temos muita esperança de que, no próximo ano, possamos ter notícias melhores para lhe dar.

Eu me recostei na cadeira, perplexa. Ficamos nos olhando por vários instantes.

Perguntei, baixinho:

— Mas o que aconteceu entre minha última avaliação de desempenho e agora, Marty? O que mudou?

Adler pareceu desconfortável.

— Não gostaria de ter que falar isso, mas, principalmente, eu estava preocupado que o nível de atenção aos detalhes em seu trabalho pode não estar no calibre de uma sociedade.

Perdi o ar, encarando Marty Adler sem conseguir acreditar naquilo. Não fiz esforços para esconder minha surpresa ou minha raiva.

Adler olhou para o chão.

Ele parecia sombrio, quase triste.

— Marty — falei, lutando para não gritar. — Eu gostaria de saber no que, exatamente, você acha que meu trabalho não tem, como você diz, calibre de uma sociedade. Porque, como sabe, me falaram consistentemente, várias e várias vezes, por cada sócio com o qual trabalhei nesta empresa, em cada avaliação de desempenho que recebi nos últimos quatro anos consecutivos, que eu liderava e executava todos os meus acordos no calibre de uma sociedade.

Adler assentiu com a cabeça.

— Eu entendo como isso deve ser frustrante. — Ele apoiou o queixo nas mãos e suspirou. — Mas, Ingrid, você deve concordar que o incidente durante nossa reunião com Ted Lassiter foi bem constrangedor. Que não é o tipo de erro que podemos simplesmente deixar de lado. Como sabe, a Parsons Valentine e Hunt é um dos escritórios de advocacia globais mais proeminentes. Nossos sócios em fusões e aquisições são altamente requisitados, e altamente valorizados, como resultado, não podemos nos dar ao luxo de arriscar nossa reputação.

— Como falei para você, verifiquei duas, três vezes, aqueles documentos na noite anterior à reunião, e aqueles erros não estavam ali na última vez que salvei o arquivo. Posso jurar isso.

— Eu sinto muito, Ingrid.

— Então é isso? — Eu podia ouvir que minha voz ficava cada vez mais alta, e fiz um esforço para mantê-la baixa. — Por causa de um único problema no processador de texto, vou ser deixada de lado por mais um ano?

— Bem — disse Adler, e então hesitou. E eu percebi que aquele não era o motivo real, que havia algo a mais.

— Bem, o quê?

Ele suspirou novamente.

— Há outra preocupação séria que foi levantada por outros sócios sêniores. Não por mim, entenda, mas por vários dos demais.

— Que foi?

Ele parecia estar com dificuldade para encontrar as palavras corretas. Finalmente, falou:

— Bem, Ingrid, eles questionaram sua capacidade de se dedicar ao trabalho jurídico, porque ultimamente pareceu que você estava muito envolvida em outros... objetivos extracurriculares.

Meu estômago deu um nó. Eles sabiam! Sobre Murph e mim! Claro que sabiam. Ah, eu ia matar Murph. E aquele pirralho do Justin Keating. Absolutamente, matá-los. Os dois.

Consegui dizer:

— A quais objetivos extracurriculares eles se referiram?

Adler não me olhou nos olhos.

— Seu trabalho na Iniciativa de Diversidade.

— Meu trabalho na Iniciativa de Diversidade? — Eu nunca tinha levado um soco, mas imaginei que devia ser muito parecido com aquela sensação. O ar foi literalmente expulso dos meus pulmões.

Adler se remexeu na cadeira, ainda olhando para qualquer outro lugar que não para mim.

— Sim. — Ele limpou a garganta. — Foi comentado que você andou devotando muito tempo e energia para nossos esforços de diversidade e inclusão, e alguns sócios questionaram se você conseguiria colocar o trabalho jurídico da empresa em primeiro lugar, consistentemente, na frente de suas outras prioridades não faturáveis.

— Mas isso não era minha prioridade, Marty, era sua. Você me obrigou a carregar essa bandeira. — Estava quase atropelando as palavras. — Eu não queria nada com sua Iniciativa de Diversidade, mas você praticamente tornou isso uma condição para que eu me tornasse sócia, Marty. Espero que tenha dito isso para eles.

— Opa, opa! — Adler ergueu as mãos, parecendo decididamente menos arrependido agora. — Cuidado. Acho que devemos ser extremamente transparentes com o que estamos dizendo um para o outro. Eu nunca coloquei condição alguma para você se tornar sócia, Ingrid. Nenhuma. O que quer que você tenha feito ou deixado de fazer é totalmente de sua responsabilidade. Vamos deixar isso explícito.

— Na verdade, Marty, você deixou bem explícitas exatamente quais eram suas expectativas a meu respeito, quais eram as regras, e agora estou sendo punida por jogar conforme as regras. Por fazer exatamente o que você disse!

Ele balançou a cabeça.

— Ingrid, sinto muito que ache isso, e sinto mais ainda que tenha me compreendido mal.

Ficamos nos avaliando. Tentei loucamente me lembrar de modo preciso da nossa conversa no saguão dos elevadores — parecia ter acontecido há vários anos. O que ele dissera de fato? Será que Adler estava certo? Será que eu tinha entendido errado o que ele estava me falando para fazer? Revi suas palavras mentalmente. *Não preciso lhe dizer como valorizamos as contribuições não jurídicas de um associado para a empresa quando tomamos nossas decisões a respeito de sociedade*. Não. Eu não tinha entendido errado. Meu único erro tinha sido confiar nele.

— Sei exatamente como deve se sentir — disse Adler.

Olhei para ele, incrédula.

— Não. Por favor, não diga isso. Você não faz ideia.

Ele assentiu com a cabeça.

— Eu sei. E sinto muito por ter me entendido mal.

Era isso. O que mais poderia me acontecer agora?

— Vá se foder, Marty.

— Como é? — Ele hesitou.

Respirei fundo.

— Vá. Se. Foder.

— Ingrid, acalme-se. — Adler olhou discretamente de relance para seu telefone.

— Estou perfeitamente calma — balancei a cabeça. — Oito anos. Oito malditos anos. Você dizia pule e eu dizia "a que altura?". Pegar a SunCorp? Feito. Fechar o acordo em cinco semanas? Sem problema. Ser sua foquinha treinada no Jantar da Diversidade? Claro! "Faça uma reverência, Ingrid. Senhoras e senhores, para sua diversão, é a Pequena Minoria que Pode!"

— Ingrid, eu sinto muito, mas esta conversa está encerrada. Eu não tinha ideia de que você fosse reagir desse jeito. Devo dizer que é muito inapropriado.

Ele pegou o telefone e, mantendo os olhos fixos em mim, falou com a Segurança.

— Sim, aqui é Marty Adler. Vou precisar de ajuda para escoltar uma mulher para fora do edifício. Sim, agora mesmo. Obrigado.

Eu estava muito surpresa e um pouco satisfeita em ver que finalmente tinha conseguido chocar Marty Adler.

— Ingrid — disse ele —, acho que você e eu compreendemos que este é um comportamento totalmente inaceitável.

— Na verdade — falei —, estou apenas seguindo o melhor conselho que você já me deu.

Adler ergueu as sobrancelhas.

— Você me disse para não levar tudo tão a sério, lembra?

Ele hesitou por um instante, e eu podia ver que ele estava realmente tentando se lembrar se tinha me dado esse conselho ou não. Mas não importava, na verdade.

— Ingrid, você não está me dando escolha. Terminamos por aqui. Preciso que vá embora.

— Deixe-me poupá-lo do trabalho, Marty. Eu me demito.

Ficamos nos encarando, cada um de um lado da mesa. Por fim, Adler balançou a cabeça e disse com tristeza:

— Você não tem ideia de como lamento que termine seu relacionamento com o escritório dessa forma.

— E você não tem ideia de como lamento ter desperdiçado tanto tempo aqui.

Eu me levantei e saí da sala.

Sharon e as três outras secretárias voltaram apressadas para suas mesas.

Todas olharam quando um segurança uniformizado — um homem robusto e careca que eu nunca vira antes e, felizmente, não Ricardo ou qualquer outro dos caras com os quais eu tinha amizade — me acompanhou, sem uma palavra, e me escoltou sombriamente pela escada interna até meu andar. Eu mantive a cabeça erguida, olhando para a frente, e senti um pouco de conforto pelo fato de que ainda não eram dez horas, e nem todo mundo estava no escritório para me ver partir.

Quando chegamos à minha sala, Margo se levantou de sua mesa e olhou para mim e para o segurança, claramente surpresa.

— Ingrid, o que...?

— Está tudo bem, Margo — resmunguei, e o segurança me acompanhou até meu escritório. Ele me informou, com toda amabilidade, que eu podia encaixotar meus objetos pessoais, mas deixei quase tudo para trás; até meu diploma da Escola de Direito na parede. Só peguei minha pasta, minha bolsa e as duas fotos emolduradas que estavam na minha estante, comigo, Rachel e meus pais. *Desculpe-me, pessoal*, pensei. *Desculpem-me, mamãe e papai. Desculpe-me, Rach. Desculpe-me, professor Tanaka. Eu estraguei tudo. Por mim, por vocês e por todo mundo que supostamente viria depois de mim.* Controlei um soluço enquanto guardava os retratos na pasta.

Dei uma última olhada na bagunça do meu escritório e na vista para a Avenida Madison. Então, enquanto o segurança me olhava, passei o braço audaciosamente na prateleira de cima da minha estante, derrubando oito anos de lembranças e prêmios no chão com um estrondo satisfatório. Ele não fez movimento algum para me impedir.

Saí do escritório com a cabeça erguida, o segurança caminhando logo atrás de mim. Ele me levou até o saguão dos elevadores, onde encontramos Cameron Alexander e seu parceiro, aquele garoto Steinberg do passeio, e os dois me encararam com curiosidade indisfarçável.

No lobby, o segurança me acompanhou para fora do elevador, passando pela grande mesa de granito da recepção, com a inscrição Parsons Valentine & Hunt LLP, passando por Ricardo, que olhava boquiaberto, atravessando o saguão de mármore até as portas giratórias de vidro. Um pouco antes de eu sair do edifício da Parsons Valentine & Hunt pela última vez, o segurança estendeu a mão, na qual coloquei meu cartão de entrada, meu crachá de identificação e meu BlackBerry.

— Passe muito bem, senhorita — foi tudo o que ele disse.

Dezoito

Fiquei na cama durante três dias inteiros.

Desliguei meu alarme, quando ele começou a tocar às sete da manhã, rastejei de volta para debaixo das cobertas e dormi como uma morta até as cinco da tarde. Levantei-me fui cambaleando até o banheiro, para pegar um copo de água. No caminho de volta para a cama, olhei para o telefone e vi que tinham quatro novas mensagens de Rachel, três de Tyler e duas de Margo. E uma dos meus pais, abençoadamente sem saber de nada. Eu ainda não tinha contado nada para eles. Não podia. Isso ia matá-los.

Desliguei o telefone, enfiei o aparelho dentro de uma gaveta, e voltei para a cama. Caí em um sono febril e ansioso, marcado por tantos pesadelos vívidos e inquietantes — em um deles, eu continuava chegando atrasada para um exame final supervisionado por Marty Adler, e todos os demais já tinham terminado no dia anterior — que só me sentia mais exausta e perturbada ao acordar.

Quando não conseguia dormir, ficava deitada por horas, encarando o teto, ou em posição fetal, me sentindo suada, com coceira e irritada na bagunça dos lençóis retorcidos, quentes e com cheiro de azedo, atormentada pela preocupação, culpa e raiva, incapaz de imaginar como ia sair daquela situação. Como exatamente poderia recomeçar.

O que mais me incomodava — o pior pensamento que eu revirava sem parar na minha mente — era que eu tinha deixado aquilo acontecer. Não tinha ninguém para culpar além de mim mesma.

Eu tinha me permitido ser enganada. Eu, Ingrid Sabrina Yung. Oradora. Com maior probabilidade de sucesso. Phi Beta Kappa.

Editora do *Law Review*. Bem, acontece que eu não tinha sido muito inteligente no final das contas.

Eu tinha estendido a mão alegremente e tinha deixado que me levassem pelo caminho, como João e Maria, seguindo de um jeito estúpido as migalhas de pão todos esses anos, e agora não tinha absolutamente nada o que mostrar.

Eu tinha sido enganada pelo mito da meritocracia.

De algum modo, realmente fui tola o bastante para acreditar que, se apenas mantivesse a cabeça baixa e trabalhasse pesado, e fizesse tudo, *tudo* o que me fosse pedido, eu seria recompensada. Que idiota. Por acaso Tyler não tinha tentado me avisar? Rachel não tinha me dito para não baixar a guarda?

Diabos, até *Isabel* tinha me advertido para manter algumas coisas para mim mesma?

*T*odo mundo tinha percebido que isso ia acontecer, menos eu?

Eu me perguntava o que a sra. Saltzstein, a orientadora do ensino médio, diria se me visse agora. Ou minha mãe. Ah, Deus, minha mãe.

Eu tinha certeza de que já estava riscada da lista de todos os outros grandes escritórios da cidade. Provavelmente, nunca mais conseguiria emprego na cidade. Fofocas desse tipo se espalhavam rápido, e eu tinha certeza de que já tinha sido tachada como a Associada da Parsons Valentine Que Fez Um Escândalo Quando Não Se Tornou Sócia. Eu nem precisava abrir meu notebook para saber que já devia haver algum post fofoqueiro e sarcástico sobre minha demissão na *Above de Law* ou na *Gawker*, seguido por uma série de comentários alegres, repletos de prazer perverso e crueldade, todos escritos por um bando de desconhecidos que não sabiam nada a meu respeito ou o que realmente tinha acontecido.

Eu sabia que ninguém questionaria a integridade da decisão da Parsons Valentine; pelo menos, ninguém que pudesse fazer algo a respeito. Com sócios contratados de alto a baixo na costa leste, e por todo o caminho de Boston até São Francisco, ninguém teria escolha a não ser presumir que eu não tinha dado conta do recado, que simplesmente Não Tinha o Necessário Para Ser Sócia.

Não é uma pena?, as pessoas fariam um som de desaprovação umas para as outras. *Essas empresas investem tantos recursos. Damos tantas chances para essas pessoas; ela simplesmente não deu conta.*

Acordei com um barulho persistente de campainha na minha porta. Apoiada em um cotovelo, olhei para o relógio: 18h07. Eu não sabia que dia era. Não me importava.

A campainha continuou. Eu me sentei, cambaleei até o espelho e não fiquei surpresa em descobrir que parecia exatamente como me sentia, como se estivesse no inferno.

Meus olhos estavam vermelhos de tanto chorar e ardendo pela falta de sono. Minha pele estava pálida. Marcas profundas sombreavam meus olhos, e meus cabelos pendiam ao redor do meu rosto em mechas escorridas. Eu estava em um estado lamentável.

Ouvi mais uma vez o barulho insistente da campainha, seguido por uma batida forte à porta.

— Tudo bem, tudo bem. Estou indo. — Eu usava uma camiseta decrépita do Radiohead e calcinha. Achei um short de corrida amarrotado no cesto de roupa suja, enfiei as pernas nele, e fui até a porta.

Rachel forçou a entrada.

— Viu só? Ela está bem. Pode deixar comigo agora. Obrigada pela ajuda — ela falou para Dennis, o porteiro, que eu podia ver que estava espiando, curioso, para dentro do meu apartamento no milésimo de segundo antes de Rachel fechar a porta com firmeza atrás de si.

Rachel largou uma grande sacola de compras e três edições antigas do *Times* na mesa do hall de entrada, parando para olhar a contagem de dois dígitos das mensagens não ouvidas piscando na minha secretária eletrônica. Pareceu surpresa ao me olhar de perto.

Ela relaxou os ombros finalmente, para que pudesse se concentrar em avaliar meu estado.

— Você está bem? Recebi sua mensagem de texto, mas então você não respondeu a nenhuma das minhas ligações ou e-mails. Andei bem preocupada. Seu porteiro também estava preocupado, então o convenci a me deixar entrar. Ele disse que não via você há dias e que as edições do *Times* estavam se acumulando na sua porta.

Ela se aproximou e tocou meu braço.

— Como está lidando com tudo isso? — perguntou ela.

— Eu realmente não estou pronta para falar disso agora, Rach, ok? — Eu me virei, segui pelo corredor e me arrastei grata de volta para a cama, puxando o lençol por sobre a cabeça.

Rachel me seguiu até o quarto.

— Meu Deus, Ingrid. Está fedendo aqui.

Eu pude ouvi-la entreabrir minha cortina, pegar e sacudir o edredom que eu tinha jogado no chão. Senti que ela se sentava no pé da cama. Não havia mais nenhum lugar para se sentar em meu quarto esparsamente mobiliado.

— Olhe, Ingrid, você não pode simplesmente se esconder aqui e dormir o dia todo. Precisa levantar, se vestir, sair, fazer alguma coisa. Confie em mim. Viver como aquele terrorista Unabomber só vai fazê-la se sentir pior. — Ela falava com um tom de voz paciente e gentil, como faria com uma criancinha assustada. Por um momento, senti que eu podia ser Isabel. Eu gostaria de ser Isabel, com tanto para conhecer e todas aquelas felizes decisões ainda pela frente.

— Gosto de viver como o Unabomber — murmurei por entre os lençóis.

Ela bufou. Eu a ouvi se levantar e abrir a janela. Uma leve brisa e um barulho distante das ruas entraram. Eu tinha que admitir que ambos eram um alívio.

Rachel voltou e se sentou novamente. Deu um tapinha no meu tornozelo.

— Então — disse ela com suavidade depois de um tempo —, o que você pensa em fazer agora?

Afastei o lençol da cabeça e me sentei, olhando para ela.

— Eu realmente não sei — falei com sinceridade. — Recomeçar, acho.

Rachel me analisou.

— Uau. Você está mesmo horrível, Ingrid.

— Obrigada, Rach. Você sempre sabe o que dizer.

— Não, estou falando sério. Está acabada. Está toda pálida. Você saiu desse apartamento na última semana? Por acaso tomou banho? Quando foi a última vez que comeu alguma coisa?

Pensei naquilo.

— Acho que comi um Cup Noodles ontem.

Rachel suspirou e balançou a cabeça. Eu me deitei e virei de bruços.

Algum tempo depois, acordei sentindo o cheiro mais delicioso do mundo. Rachel estava parada ao lado da minha cama, segurando um prato perto do meu nariz, como se fossem sais perfumados. Ela tinha preparado um sanduíche de queijo quente grosso e dourado e um copo de leite.

Eu me sentei e aceitei o queijo quente com gratidão. Enquanto mastigava e engolia, percebi que estava com muito mais fome do que pensava. Eu jamais encontraria outra amiga como Rachel.

Ela se acomodou ao meu lado na cama e, sem esforço, puxou as pernas em uma posição perfeita de lótus, do jeito como ela costumava se sentar no nosso apartamento compartilhado ainda durante a Escola de Direito. Eu estava impressionada que ela ainda conseguisse fazer aquilo, tantos anos depois.

Rachel esperou até que eu quase tivesse terminado de devorar o sanduíche antes de perguntar:

— Então, você acha que pode me contar o que aconteceu? Não ficou claro nas coisas publicadas nos blogs. O que exatamente eles disseram para você?

Mordi a última crosta do sanduíche.

— Que meu trabalho não alcança o "calibre para a sociedade". — Fiz as aspas com os dedos.

Rachel balançou a cabeça, zangada.

— É exatamente a mesma baboseira que todo escritório diz para as advogadas em todos os lugares. Depois de anos com avaliações de desempenho brilhantes. Sabe como é: "Mantenha a cabeça baixa e continue fazendo exatamente o que está fazendo. Você está no caminho, não se preocupe!". A mesma merda de sempre.

Assenti, sem querer pensar demais naquilo. Ainda não. Estendi a mão para pegar o copo e tomei um longo gole do leite. Eu não conseguia me lembrar da última vez que tinha tomado leite gelado, como bebida de verdade. Era delicioso.

— É sempre isso ou o argumento do instinto assassino. — Rachel estava em lágrimas agora. — Sabe como é: "Nos preocupamos que você não tenha o instinto assassino necessário para esse negócio. Você precisa ser muito agressiva nessa área de trabalho". Instinto assassino é o cacete. O que eles querem dizer é: "Não sabemos se homens suficientes ficarão confortáveis se contratarmos uma advogada que não tenha bolas".

Terminei de beber o leite e limpei a boca com as costas da mão. Ficamos sentadas em silêncio pelo que pareceu ser um longo tempo.

Rachel olhava fixo pela janela aberta, sem me fitar. Uma brisa entrava e balançava a cortina.

— É sempre o mesmo duplo padrão — murmurou Rachel. — Se uma mulher precisa sair cedo para buscar o filho doente ou ir a um jogo de futebol, todo mundo olha torto e se pergunta sobre sua "dedicação", mas, quando um homem faz a mesma coisa, todo mundo aplaude e lhe dá uma maldita medalha.

Concordei com a cabeça.

— Eu sei. — Ainda que não tivesse filhos, eu tinha visto isso acontecer com outras mulheres na empresa várias vezes.

— E o que aconteceu com o acordo no qual você estava trabalhando? Você sabe? — perguntou Rachel.

Concordei de novo com a cabeça. Eu sabia que Murph já tinha sido chamado para terminar o acordo da SunCorp. Quando liguei rapidamente meu notebook, vi a breve reportagem no *Wall Street Journal* sobre o anúncio da SunCorp quanto à aquisição da Binney, que ocorreu dentro do prazo planejado, no final do trimestre. E, quando vi isso, não consegui me conter. Fui até o site da empresa e cliquei na aba "Parsons Valentine em Notícias". Como era de se esperar, havia um link para a matéria do *Wall Street Journal*, ao lado de um box com o título "Conheça a equipe responsável pelo acordo", com o perfil dos advogados e mostrando as fotos de Martin J. Adler e Jeffrey D. Murphy, colocadas uma ao lado da outra. A visão de um Murph afável e confiante sorrindo para mim na tela foi demais. Desliguei o notebook, que tinha permanecido assim desde então.

Pois é. Murph conseguiu parte do que queria no final das contas. Acho que ele acabou se saindo bem. Eu não precisava ter me preocupado.

Depois que terminei de contar isso, Rachel não disse nenhuma vez *Eu avisei*. Mais uma vez fiquei grata.

— Sabe — disse ela —, sempre tive muita inveja de você, Ingrid. Depois que deixei a Cleary.

Eu pisquei para ela. Pensei na linda e bem casada Rachel, abrigada em segurança no subúrbio de Westchester, criando duas crianças lindas, genuinamente apaixonada pelo único banqueiro de investimentos com alma de poeta.

— Você? Com inveja de mim? Por quê?

Ela deu de ombros.

— Eu sempre meio que me perguntava, e se eu tivesse continuado no escritório? O que eu teria conseguido conquistar? De algum modo, sempre parecia que eu tinha saindo perdendo.

Eu não sabia por que Rachel estava me contando aquilo agora. O que ela estava tentando provar? Talvez, antes, quando eu tinha chance de fazer algo a respeito, isso tivesse sido importante. Agora, parecia sem propósito. Como se nós duas estivéssemos completamente derrotadas. Como se nenhuma de nós tivesse nada para mostrar para nós mesmas. De repente, senti pena da jovem idealista que fui na faculdade.

— Bem, acontece que acho que saí perdendo também. Desperdicei todo esse tempo.

— Não diga isso. — Rachel balançou a cabeça com tanta ferocidade que soltou o cabelo que estava preso atrás da orelha. — Não foi desperdício de tempo. Você é alguém para o mundo lá fora. Você estava lá fazendo coisas, fazendo as coisas acontecerem.

Nós duas ficamos em silêncio por um tempo, pensando.

Pensei na tirinha da *New Yorker* que recortei certa vez e colei no canto do monitor do computador no trabalho. Mostrava um pedaço de grama de um lado da cerca, olhando para o outro lado, e pensando consigo mesmo: *Sou mais verde, sim, mas sou mais feliz?*

Rachel e eu tínhamos muito o que aprender.

Ela me tocou no ombro.

— Tem uma parte que não entendo. É verdade que você foi escoltada para fora do edifício? Essa parte não faz sentido. O que eles disseram para você?

Olhei para ela, envergonhada.

— Não foi o que disseram para mim. Foi o que eu disse para eles.

— Não pode ser tão ruim assim. Quer dizer, o que você falou?

— Eu o mandei se foder.

— Você disse isso para... Adler?

— Para Adler.

Rachel arregalou os olhos.

— Você não fez isso.

Confirmei com a cabeça.

— Ah, Ingrid — disse ela. — Ah, querida. — Rachel estava se esforçando ao máximo para não rir, mas não foi suficiente. E durante toda a nossa amizade, sempre que Rachel começava a rir dessa forma, aquela gargalhada gostosa, alta, sem ar, que praticamente dizia, *me ajude, que estou caindo*, era difícil que eu não me juntasse a ela. Impossível nesse caso.

Gargalhamos até que ambas estávamos chorando um pouco.

Mais tarde, naquela noite, quando estava indo embora do meu apartamento e me fazendo prometer tomar banho e comer a torta de peru, a frittata e o gaspacho caseiro que ela havia deixado em Tupperwares na minha geladeira, Rachel me abraçou e disse:

— Esse não é o fim do mundo, Ingrid. Em algum momento, vai encontrar outra coisa. Confie em mim. Você vai.

Eu já estava começando a acreditar nela.

Dezenove

Rachel estava certa, lógico. Viver como o Unabomber não era a solução. Eu tinha que me reeguer em algum momento.

Na manhã seguinte, me obriguei a entrar no chuveiro; vesti meu jeans favorito, uma camiseta de gola V e chinelo; prendi o cabelo em um coque solto e baixo; então peguei o elevador e desci os dezenove andares até o saguão. Dennis estava de serviço. Ele sorriu assim que me viu.

— Bem, olhe quem está aqui! — Ele me olhou de cima a baixo, percebendo meu jeans velho, meu chinelo e meu rosto sem maquiagem. — Está de folga ou algo assim?

Dei um sorriso triste.

— Ou algo assim, Dennis.

Respirei fundo, passei pela porta giratória e saí no sol.

O dia de julho estava quente, mas não úmido. Era bom estar na rua, movendo os braços e as pernas, mas também parecia estranho — um pouco como se eu estivesse sonâmbula. Era a sensação mais bizarra, essa ideia de que *eu não estava sendo esperada em nenhum lugar*. Margo não estava esperando que eu respondesse a um grosso maço de folhas amarelas "Enquanto você estava fora". Marty Adler não esperava nenhum rascunho revisado por mim. Justin Keating não estava esperando que eu aparecesse e, em geral, tornasse a vida dele miserável.

Eu não tinha videoconferências. Nenhuma reunião. Nenhum almoço. Nenhum compromisso. Nenhum prazo. Nenhum seminário. Eu não tinha nada.

Na verdade, podia usar o mesmo jeans velho e chinelo todo dia, se quisesse. Eu tinha um guarda-roupa inútil cheio de roupas caras, com etiquetas da Bergdorf ainda penduradas nas mangas. Tentei me lembrar se tinha guardado algum recibo. Será que dava para devolver tudo? Ou talvez fazer saldão de "encerramento de negócio". Queima de estoque. Ex-advogada corporativa por conta própria. Tudo à venda!

Passei por um pai jovem e bonito da vizinhança, usando calça de moletom preto da Adidas e uma camiseta velha e desbotada da Corrida pela Cura, segurando a mão do filho — sua cópia — enquanto atravessavam a rua. A criança, com cerca de cinco anos, segurava um taco Wiffle. Eles obviamente iam para o parque.

Uma mulher mais velha e elegante, com os cabelos curtos, passou apressada por mim, seguindo na direção oposta, murmurando a canção que ouvia em seu fone de ouvido.

Então era assim que a cidade parecia em um dia de trabalho durante todas as horas perdidas que eu passava na empresa. Eu me maravilhei em ver aquelas pessoas sortudas que vagavam pela vizinhança no meio de uma manhã qualquer de terça-feira. Qual era o segredo delas? O que faziam? Não podiam ser todas aposentadas ou herdeiras. Será que trabalhavam no turno da noite? Ou talvez estivessem, como Dennis presumira, simplesmente aproveitando um dia de folga há muito merecido?

Enquanto continuava descendo pela calçada, percebi que estava morrendo de fome. Talvez o sanduíche de queijo quente que Rachel havia preparado para mim na noite passada tivesse despertado meu apetite do período de hibernação. Ou talvez fosse o fato de estar ao ar livre, em uma manhã relativamente fresca em Nova York, pela primeira vez em quatro dias. O que quer que fosse, meu corpo estava me dizendo que eu não estava prestando atenção suficiente nele. E ele não estava feliz com isso.

Segui na direção oposta, até o lugar que vendia bagels, a três quarteirões dali. Eu estava praticamente correndo, de tanta fome que tinha de repente. Era bom ter a sensação de propósito e destino, mesmo que o destino fosse o Bagel Boat.

— Como posso ajudar? — perguntou o rapaz atrás do balcão, vestindo luvas de plástico. Eu nunca o tinha visto. Em geral, só vinha aqui em meio à multidão agitada do final de semana, mas essa era uma equipe totalmente diferente e o lugar estava tranquilo, quase vazio. Então, realmente havia esse outro Mundo da Manhã de Dia Útil Sem Escritório do qual eu não sabia nada.

— Quero um bagel tostado com cream cheese e salmão defumado, por favor.

— Só isso?

— E isso também — falei, pegando um exemplar do *Wall Street Journal* do mostruário. Pelos velhos tempos. Pelos anúncios de emprego também. Espere um pouco Será que ainda publicavam anúncios de emprego nos jornais?

Quando o rapaz me chamou, o sininho da porta tocou e três jovens entraram na loja, conversando e rindo, cada uma empurrando um carrinho de bebê. Elas estavam vestidas iguais, com camisetas, jeans e tênis ou chinelos. As três estacionaram os carrinhos e se dirigiram até o nicho das bebidas refrigeradas. Obviamente, a loja de bagel era parte da rotina delas.

As mulheres eram todas mais jovens do que eu, provavelmente se aproximando dos trinta anos. A mais alta delas tinha pele cor de caramelo, impecável, e, quando falou com suas amigas, ouvi um sotaque caribenho em sua voz. As outras duas mulheres eram asiáticas, com pele escura e expressões sinceras e amistosas. Tibetanas, imaginei, ou talvez tailandesas.

E cada uma dessas três mulheres tinha sob seu cuidado um bebê de pele clara e olhos azuis.

Era tão impressionante esse desfile de jovens mulheres não brancas e suas pequenas cargas brancas. Olhei para o grande relógio sobre a caixa registradora: 10h18. A suposta hora do passeio, quando as babás de Manhattan se encontravam. As apressadas mães que tinham a vida profissional que pagava os salários daquelas jovens deviam ter deixado o apartamento horas atrás, com os dedos se movendo rapidamente em seus BlackBerrys e iPhones, a caminho de algum escritório ou outro trabalho agitado — um que vinha com diplomas nas paredes, arquivos no aparador, uma assistente, um interfone, uma janela com vista para a rua lá embaixo. As mesmas ruas nas quais suas babás passeavam todos os dias da semana, até que as mães com profissão voltassem para casa para liberá-las, logo depois do anoitecer. Bem a tempo de uma história antes de dormir.

Peguei meu jornal e me sentei em uma das mesinhas estreitas perto da parede. "15 mortos em ataque terrorista em Cabul." "Número de desempregados aumenta dois por cento." "Partidos chegam a impasse no Congresso na regulamentação das perfurações." "Conselheiro renuncia em meio a crescentes denúncias de suborno." Não havia mais boas notícias.

Em busca de distração, olhei para o carrinho que estava parado perto de mim. Uma criança de bochechas rosadas estava lá dentro, com cachinhos loiros e cílios loiros incrivelmente compridos. Ela devia ter uns quatro anos — realmente um pouco grandinha para andar em um carrinho em qualquer outro lugar que não fosse Nova York —, mas não dava para negar que era adorável.

O sininho tocou outra vez, e entrou uma mulher que obviamente não era babá. Antes de mais nada, ela estava sozinha. Tinha uma aparência alegre e bem-cuidada. Usava calça de ioga cinza, uma regata preta elegante e tênis. Uma garrafa de água rosa-florescente, uma pochete compacta e um iPhone estavam presos com eficiência em sua cintura.

Ela foi até o balcão, pediu um bagel de trigo integral com um ovo mexido, e então se virou na minha direção. Eu podia sentir ela me analisando — meu cabelo desarrumado, meu jeans e chinelo, o carrinho caro parado perto de mim. Ela veio na minha direção e olhou dentro do carrinho. Respirou fundo.

— Ah. Meu. Deus — disse a mulher para mim. — Esse bebê é lindo.

Pisquei para ela. Ela me pegou desprevenida; no mundo cotidiano do centro, as pessoas em geral não se aproximavam e falavam umas com as outras, mas talvez essa fosse uma regra implícita no Mundo das Manhãs dos Dias Úteis Sem Escritório, e as pessoas se sentissem livres para começar a conversar com desconhecidos. Olhei de relance para a babá do bebê, tentando chamar sua atenção, mas não tive sorte.

Olhei para a garotinha e depois para a mulher com calça de ioga. Sem querer ser rude, sorri.

A Calça de Ioga se inclinou na direção do carrinho e balançou os dedos no rosto da criança, que claramente dormia. Então se inclinou completamente — relevando um decote impressionante na gola V de sua regata — andes de estender o braço na direção do carrinho e realmente fazer cócegas no nariz da garota.

— Ei — falei, alarmada, puxando o carrinho alguns centímetros para mais perto de mim. — Hum, na verdade eu não sou... — comecei a falar, olhando novamente para a babá da garotinha que, junto com suas amigas, estava ocupada inspecionado os sabores disponíveis de Vitaminwater.

A Calça de Ioga ergueu o corpo e sorriu para mim.

— Há quanto tempo você cuida desse anjinho? — perguntou.

Curvei os dedos possessivamente no braço do carrinho.

— Ah, bem...

— E você vem até o centro do Queens? Ou de algum outro lugar? — continuou perguntando, ainda sorrindo de modo benevolente.

— Não... na verdade, moro dobrando a esquina — falei. O que eu estava fazendo? Por que eu simplesmente não explicava o engano para ela? O que havia de errado comigo?

A Calça de Ioga sorriu para mim.

— Sabe, eu acho que é tão inteligente que os pais contratem uma babá que fale asiático nos dias de hoje — comentou ela, de maneira efusiva.

Eu sabia falar asiático?

Sorri insegura.

— Escute, você parece realmente ser um doce. Vou lhe dar meu número de telefone. — A Calça de Ioga pegou um cartão de visitas em sua pochete. Inclinou o queixo na direção do carrinho. — Assim que essa coisinha for para o jardim de infância em período integral, o que imagino que vá acontecer logo, você pode precisar de outro emprego. Rob e eu temos muitos amigos que iam adorar uma referência de uma babá asiática que já tenha familiaridade com a vizinhança.

Ela me entregou o cartão.

— Obrigada, é muito gentil da sua parte — falei, quase sendo sincera.

Ela fez um aceno alegre com a mão no ar.

— Ah, não é nada. É só como eu sou. Adoro ajudar as pessoas.

— Um tostado com cream cheese e salmão defumado! — o rapaz atrás do balcão chamou, levantando um saco de papel pardo.

— É para mim. — Eu me levantei, peguei meu jornal e peguei o bagel.

Eu estava sentindo que devia dizer algo para a Calça de Ioga. Afinal, de seu jeito peculiar, ela tinha acabado de tentar me arrumar um emprego.

— Bem, foi muito bom falar com você — falei, de um jeito um pouco constrangido, com meu bagel.

— Só não perca meu número — disse ela com um sorriso magnânimo. — Me ligue se algum dia precisar de referência para outra família.

— Pode deixar — respondi vagamente, dando alguns passos na direção da saída.

— Espere! — gritou ela. — Você está esquecendo do bebê!

Sorri insegura, acenei, dei as costas e saí correndo para fora.

Na rua, sem nenhum motivo, comecei a meio que andar com pressa, meio que correr; meus chinelos batiam ruidosamente no pavimento. Enquanto corria, gargalhava de um jeito histérico. Eu estava realmente gargalhando. Não fazia sentido, mas, de repente, me sentia contente e animada. Eu me sentia estranhamente livre.

Corri metade do quarteirão antes de reunir coragem para olhar para trás. Parei, dobrei o corpo levemente, com as mãos nas coxas, tentando recuperar o fôlego. Eu meio que esperava ver a Calça de Ioga em disparada atrás de mim, acompanhada de um policial e de uma multidão de babás do Upper East zangadas, apontando o dedo para mim. *É ela! Aquela é a impostora! Detenham-na!*

Comecei a correr novamente, na direção leste. Um pouco adiante, encontrei um conjunto de cabines telefônicas antigas — uma das poucas que ainda existiam nessa parte de Manhattan. Comecei a caminhar. Olhei ao redor cautelosamente — sem ter muita certeza de quem eu esperava que fosse me impedir — e então entrei na primeira delas. Eu não sabia o que ia fazer.

Foi automático. Meus dedos não precisaram de orientação. Eu liguei para meu antigo número no escritório.

A curiosidade mórbida tinha levado a melhor. A ligação tocou três vezes, mas em vez de acionar minha saudação familiar gravada, ouvi a voz de Margo. *Olá. Você ligou para a caixa postal de Ingrid Yung. Por favor, esteja ciente de que a srta. Yung já não é mais associada da Parsons Valentine e Hunt, e qualquer mensagem pessoal deixada nesta linha não será recebida. Se está ligando para tratar de um assunto profissional, por favor, disque zero para falar com a Recepção, e sua ligação será redirecionada para outro advogado.*

Só alguém que conhecia Margo tão bem quanto eu seria capaz de detectar o pequeno soluço triste em sua voz que se revelou bem no final da mensagem. A boa e velha Margo.

Eu sentia falta dela.

De volta para casa, na segurança relativa do meu apartamento, cuja hipoteca eu logo não seria mais capaz de pagar, joguei o jornal e o bagel no balcão de mármore polido, me sentei à mesa da cozinha e apoiei a cabeça nas duas mãos.

Meu Deus, estava ficando louca, realmente louca. Eu tinha acabado de fingir ser a babá de uma criança desconhecida. E tinha ligado para o meu antigo ramal no escritório.

Sofri com a ideia de que eu tinha me tornado o tipo de pessoa de quem ninguém sentiria pena. Eu. Ingrid Sabrina Yung. Era por isso, afinal, que a Calça de Ioga estava tentando me ajudar, certo? Porque ela pensou que eu era alguém que precisava de um emprego?

Bem, adverti a mim mesma, *você precisa de um emprego!* Ora, será que ser babá estava tão abaixo de mim assim? Rachel não dizia sempre que eu era ótima com Isabel e Jacob? Talvez, apenas talvez, ligar para a Calça de Ioga não fosse o que de pior poderia me acontecer.

Em todos os livros e filmes, não era exatamente o que acontecia com garotas com vida profissional como eu? Não estávamos sempre chegando a alguma epifania relacionada ao trabalho ou outra coisa, nos livrando de nossos chefes dominadores de uma vez por todas, dizendo, enfim, o que pensamos e elucidando todas as questões, e então saindo dramaticamente das nossas torres de vidro do centro da cidade para descobrir uma aptidão incrível e inexplorada para fazer cupcakes, costurar bolsas artesanais, passear com cachorros ou coisa do tipo? Não é assim que se espera que todos recomecemos e nos salvemos, se formos acreditar em todas essas histórias? Ou isso ou conhecer e se casar com nossa alma gêmea, e esperar que ele tenha um lugar decente para morar.

Bem, eu não sabia cozinhar, por exemplo. Tampouco era boa costurando. E recentemente experimentei o que achei ser o caminho até minha alma gêmea e descobri meu erro de forma dolorosa e trágica.

Ah, Deus. De repente me senti muito, muito cansada. Cruzei os braços sobre a mesa e repousei a cabeça.

Então esse era o desfecho de tudo. Depois de todo o meu trabalho pesado, eu não faria história alguma. Eu telefonaria para a Calça de Ioga para ser contratada por uma família que queria uma babá que falasse asiático.

Fiquei sentada ali, com a cabeça na mesa da cozinha, por muito, muito tempo. Inspirei e expirei, sem parar, ouvindo os sons abafados do tráfego do meio-dia que vinha de dezenove andares abaixo, e pensando.

Fiquei chocada em ver a rapidez com a qual eu fui completamente despojada de qualquer marca de identificação e qualificação — pasta, BlackBerry, seção de negócios do *Times* — que tinha feito parte de mim durante todos esses anos. Percebi, com algo que se aproximava muito da culpa, que eu tinha passado a melhor parte da minha vida acumulando com diligência, e depois protegendo zelosamente, meu *memorabilia* particular dessas marcas. Todos nós as acumulamos — todos nós, Queridinhos da Minoria, que chegamos tão longe.

Também coletamos outra coisa, sem o conhecimento dos outros colegas com quem compartilhamos risadas e bebidas depois do trabalho. Mantínhamos um registro meticuloso de todas as ofensas e insultos recebidos ao longo dos anos — cada olhar de surpresa no rosto de um novo cliente na primeira reunião, toda conversa cochichada ou interrompida quando entrávamos em uma sala. Em raras ocasiões, em companhias de confiança, nós as estendíamos na janela, batíamos o pó e as contávamos como se fossem histórias de guerra. Arregaçávamos as mangas e as revelávamos uns aos outros, como cicatrizes de batalhas.

Já contei da vez que uma mulher me entregou sua roupa suja enquanto eu estava atrás dela na fila da lavanderia?

Isso não é nada. Já contei de um cliente que costumava usar a palavra com C no telefone antes de descobrir que eu sou negro?

E que tal a vez que o professor Cahill perguntou se eu estudava em Stanford com uma bolsa por desempenho esportivo?

Por favor. Já me perguntaram se meus pais são imigrantes legais.

E assim por diante.

Eu via agora que tinha passado a melhor parte da minha vida tentando me isolar de todos os tipos de mágoa. E quase tinha dado certo. Em todos aqueles anos, quase tinha sido possível viver meu dia a dia ignorando as diferenças que existiam entre mim e os demais leitores do *Times*, de ternos escuros, com smartphones corporativos no transporte da cidade. Até agora.

Pensei que me tornar sócia talvez pudesse me completar. Eu me tornaria imune às pequenas humilhações que tinha reunido ao longo de todos aqueles anos, mas não tinha dado certo. Nunca daria certo. Estava condenada desde o início. Agora eu sabia disso. Também sabia exatamente o que isso me tornava: apenas outra desistente, outra Queridinha da Minoria que tinha chegado muito, muito perto.

Vinte

Eu estava enrolada no sofá quando o telefone tocou. Eu me mexi e meio que me sentei, com os olhos turvos. Ainda não queria falar com ninguém. Deixei que tocasse até cair na secretária eletrônica,

Ei, é Ingrid. Deixe sua mensagem. Bipe.

— Ingrid-ah — a voz alegre e animada da minha mãe veio em mandarim. De certo modo, era um bálsamo, e meu coração doeu quando pensei em quanto sentia falta dos meus pais e como seria difícil desapontá-los. Eles tinham sacrificado tanta coisa para vir de Taipei para cá, ainda estudantes de pós-graduação, sem nada, tantas décadas atrás. Como seria para eles saber que eu tinha o sonho americano solidamente ao meu alcance e o deixei escapar por entre os dedos?

Eu me esforcei para ouvir a mensagem da minha mãe. Sua voz parecia melancólica, mais corajosa e alta do que se tivesse ligado no meu trabalho, mas ainda hesitante do mesmo jeito.

— Ingrid, o papai e eu não temos notícias suas há algum tempo, e só queríamos saber se está tudo bem. Ligue quando puder. Sei que você deve estar trabalhando muito, como sempre. Deve ser muito ocupada no trabalho. Amor. Mamãe. *Bipe.*

Eu tinha que contar para eles.

Joguei o cobertor para longe, peguei o telefone e liguei para o número dos meus pais. Minhas mãos tremiam tanto que errei a primeira vez e tive que ligar de novo.

Eu não sabia como dar essa notícia para eles, mas eles mereciam saber a verdade. Ficariam devastados. No mundo dos meus pais, era uma tragédia se a única escola da Ivy League que sua filha conseguia era Cornell.

O telefone tocou três vezes antes que meu pai atendesse.

— Alô? — disse ele. Ele parecia contente, e aquilo fez meu coração se partir mais um pouquinho.

— Oi, pai — falei, com o tom de voz mais animado que consegui.

— Ah, Ingrid. — Eu pude ouvi-lo afastar o telefone do ouvido e gritar para minha mãe. — Yan-Mei! É Ingrid! Corra! Espere um pouco, querida, mamãe está vindo, vou colocar você no viva-voz...

— Não, espere, pai? Na verdade, não me coloque no viva...

Houve um barulho alto, e as vozes dos meus pais apareceram ao mesmo tempo.

— Olá! — gritou meu pai.

— Oi, Ingrid! — disse a voz feliz da minha mãe. — Que surpresa! São só seis da tarde. Em geral você não liga tão cedo. Saiu mais cedo do trabalho?

Bem, sim, é um modo de dizer. Eu quase ri.

— Na verdade — comecei a falar —, é meio por isso que estou ligando para vocês.

Sem ter preparado nada com antecedência, sem ter roteirizado como fazer, eu só despejei tudo em uma grande e louca confusão de palavras. Contei para eles — em mandarim, para não haver problema de falha de comunicação — tudo o que tinha acontecido. Sobre Marty Adler e Ted Lassiter, sobre a apresentação horrível de Hunter e o Country Clube, sobre o Comitê de Diversidade e o dr. Rossi, sobre Zhang Liu e a reunião terrível com o cliente quando deu tudo errado e, sim, contei até sobre Murph.

Descrevi a reunião horrível no escritório de Adler e admiti que estava em casa agora — que, de fato, já estava em casa há vários dias, pensando.

Eu esperava que minha mãe fosse chorar. Ela não chorou. Na verdade, tanto ela quanto meu pai ficaram em silêncio pelo que pareceu ser muito tempo. Quando minha mãe finalmente disse algo, ela voltou ao mandarim, parecendo extremamente prática e calma. Pragmática até. Para minha surpresa, ela me fez lembrar de Rachel.

— Bem, você volta para casa e arruma um emprego aqui, é simples — disse ela com firmeza. E então sua voz ficou mais suave: — Talvez possa falar com Cindy Bar ou Susan Wu... Talvez elas conheçam algum advogado local que precise de alguma ajuda no escritório. Só até você se reerguer.

Ajuda no escritório? Eu, que estava prestes a me tornar a primeira sócia mulher da área Corporativa de um dos escritórios de advocacia mais poderosos do mundo? Bem, diabos, talvez eu pudesse fazer isso, talvez devesse. Talvez as coisas tivessem chegado a esse ponto.

— Não é tão fácil, mãe. Não quero tomar uma decisão apressada. Só preciso pensar bem nas coisas agora.

Houve outra pausa.

— Não é tarde demais para se inscrever na Escola de Medicina — disse ela.

Comecei a gargalhar. E, assim que comecei, foi difícil parar. Era tão bom gargalhar em alto e bom som. Minha mãe pareceu irritada.

— Bem, só estou dizendo que você ainda pode fazer isso.

Meu pai a interrompeu.

— Acho que Ingrid está certa. Ela só precisa de tempo para pensar nas coisas, Yan-Mei.

Meu coração transbordou. *Meu bom e velho pai.*

Então minha mãe disse, baixinho:

— Você podia voltar para casa, Ingrid. Recomeçar. Tem muitos lugares bons para pessoas jovens morarem em Maryland e na Virgínia. Eu ajudo você a procurar.

Eu não queria morar em um lugar bom. Eu queria ficar em Manhattan.

— Tenho certeza — prosseguiu minha mãe — de que, em uma cidade diferente, ninguém vai se importar que você tenha estado em algum projeto ruim com um chefe malvado em uma empresa de Nova York. Talvez nem conheçam essa tal de Valentine. Talvez ninguém tenha ouvido falar dela.

Suspirei.

— Eles terão ouvido falar dela, mãe, acredite em mim. Todo mundo já ouviu falar nela.

Depois de uma pausa, falei.

— Lamento muito. Eu queria não ter que contar tudo isso para vocês. Gostaria que as notícias fossem melhores.

Minha mãe também suspirou.

— Ingrid-ah — ela fez uma pausa, e pude perceber que estava tentando tomar coragem para dizer algo difícil. — Seu pai e eu sempre nos preocupamos com você nesse emprego, vivendo nesse apartamento solitário, sem comer direito, trabalhando até tão tarde da noite e voltando sozinha para casa às três da manhã. Talvez... — ela hesitou. — Talvez isso seja uma bênção disfarçada. Por favor, volte para casa. Tudo o que precisa é de algum tempo para tentar descobrir o que a faz feliz.

Fiquei sentada ali, pressionando o receptor no ouvido, aturdida. Todo esse tempo, eu pensara que meus pais não estavam preparados para ouvir sobre o momento em que minha vida deu errado. Quando, de fato, talvez tudo o que eles quisessem era que eu fosse feliz.

— Sua mãe e eu criamos uma garota esperta — disse meu pai. — Você vai dar um jeito. Não estou preocupado.

Todo esse tempo achei que estava ocupada, protegendo meus pais, mas acontece que talvez eles não precisassem de muita proteção. Talvez eu precisasse.

— Me prometa que pelo menos vai pensar em voltar para casa — pediu minha mãe. — Talvez no outono. As coisas sempre parecem muito mais brilhantes no outono. Lembra que você costumava me dizer isso?

Sorri para o receptor.

— Sim — falei, com leveza.

Depois que nos despedimos, fiquei sentada ali por mais um minuto, pensando no que minha mãe tinha dito.

O outono sempre foi minha estação do ano favorita. Havia algo que amava no cortante ar outonal, que eu ainda associava às lancheiras novas e ao cheiro delicioso de cadernos de espiral e canetas marca-texto. Eu amava as compras de volta às aulas com minha mãe, na Sears e na Penney's, em busca de suéteres e saias novas. Em outras palavras, novos começos. O outono parecia um novo começo. Era possível ir embora durante o verão e retornar totalmente reinventado.

Tudo parecia possível.

Vinte e um

Só três noites depois, enfim, me senti calma o suficiente — e com coragem o bastante — para ouvir todas as mensagens de telefone que estavam se acumulando desde que deixei a Parsons Valentine. Quando me senti bem e pronta, me servi de uma taça de vinho tinto, me enrolei em um velho lençol de flanela, apertei o play na secretária eletrônica e me acomodei no sofá para ouvir. Inclinei a cabeça para trás e fechei os olhos.

"Ingrid, querida." A voz de Rachel estava tensa. "Você está bem? Acabo se saber o que aconteceu no trabalho. Me liga." *Bipe.*

"Oi, sou eu de novo", disse Rachel. "Onde você está, Ingrid? Você está bem? Não tenho notícias suas há dias. Você ainda está comendo? Me avise se quiser que eu passe aí. Só me ligue para dizer se está tudo bem, ok? Não importa o horário." *Bipe.*

"Ingrid?" Era Margo, falando baixinho, e eu sabia que ela estava no trabalho, tentando não ser ouvida. — "Querida, fiquei sabendo o que aconteceu. Estamos todos chocados. Não conseguimos acreditar. Você merecia isso mais do que qualquer um. Me avise se eu puder fazer algo por você, querida." *Bipe.*

"Ingrid. É Tyler. Escute, não tenho ideia do que aconteceu, e ninguém vai me contar nada. Não consigo acreditar, Ingrid. Você é a única pessoa que todo mundo achava que realmente merecia. Isso tudo é uma merda. De todo modo, só queria dizer que estou preocupado com você. Me ligue quando se sentir pronta. Só espero que esteja ok, querida." *Bipe.*

No instante seguinte:

"Yung, sou eu." A voz grave e calorosa de Murph encheu minha sala de estar.

Eu me sentei, derrubando vinho tinto no colo e no sofá.

"É provável que você me odeie, mas só queria dizer que... que realmente sinto muito por tudo o que aconteceu." Ele fez uma pausa. "Estou falando da votação da sociedade e..." Ele hesitou. "E de nós dois também. Sinto muito, muito, de verdade. Sei que estraguei tudo." Ele suspirou. Dava para ver que ele estava se esforçando para parecer lamurioso e patético. "Espero, de algum modo, quer dizer, sei que é pedir muito para você, mas espero que em algum momento, você possa me perdoar." Uma pausa final. Por fim: "Então, isso é tudo o que eu queria dizer, Ingrid. Me ligue em algum momento, se quiser. Quer dizer, espero que você me ligue. Tchau."

Como ele ousa?

Levantei do sofá. Fiquei parada no meio da sala de estar, prestes a gritar. Esfreguei os olhos fechados com tanta força que vi espirais vermelhas raivosas. Como ele ousava me telefonar aqui, invadindo meu lar, soando tão calmo, tão controlado, tão razoável? Em que universo paralelo qualquer uma das coisas que Murph me disse — todas aquelas coisas horríveis e dolorosas que ele gritou para mim em seu apartamento — seria perdoável?

Olhei para baixo. O vinho tinto que tinha derramado estava manchando meu prático sofá cor de aipo. Corri até a cozinha, coloquei panos de prato branco embaixo da água fria e voltei para a sala, onde cobri e esfreguei o tecido. Não importa o que eu fizesse, a cor rubi não sumiu. Tudo o que consegui fazer foi espalhar ainda mais a mancha.

Merda. Eu desisto. Eu realmente desisto.

Voltei para a cozinha, enrolei os panos de prato estragados e os joguei na pia. Fiquei parada ali, me apoiando na bancada polida e lisa, e fechei os olhos, pressionando a palma das mãos com força contra eles, para fazer as espirais vermelhas raivosas sumirem. Abri os olhos. Respirei fundo, tentando me acalmar.

Inspire, expire.

Inspire, e então expire.

Novamente.

Respire. Calma.

Ok.

Me inclinei para frente e apoiei os dois cotovelos na superfície fria do mármore. Como sempre, minha cozinha estava impecável. Quando nunca se cozinha, sua cozinha permanece limpa. Meu olhar pousou na única coisa que estava bagunçando o balcão: o *Wall Street Journal* que eu comprei há três dias, largado a poucos centímetros do meu cotovelo esquerdo. Enquanto olhava para o jornal, uma das manchetes na qual eu só passara os olhos na Bagel Boat agora saltava diante de mim em nítido relevo:

Partidos chegam a impasse no Congresso na regulamentação das perfurações

Endireitei o corpo. Peguei o jornal e o estendi no balcão. Abri na página que tinha a reportagem completa e li:

Por Debra M. Finnegan

Os democratas na Câmara e no Senado planejam apresentar um novo projeto de lei nos próximos meses que aumentará drasticamente as exigências de segurança das perfurações offshore e pretende remover os limites da responsabilidade corporativa em derramamentos catastróficos de petróleo, dizem fontes em Capitol Hill.

Grupos de ambientalistas, sindicatos e grupos de defesa dos trabalhadores e pequenos negócios afetados de maneira desproporcional pelo derramamento de petróleo da BP ano passado no Golfo do México expressaram sua frustração com a resposta lenta do Congresso a este desastre. Os democratas, prestes a encarar as eleições intercalares que se aproximam, tentam reconquistar sua tradicional base eleitoral, propondo uma nova lei de reforma que adotará uma linha mais dura na segurança das perfurações offshore.

As principais mudanças no novo projeto de lei incluem a eliminação dos limites de responsabilidade para empresas privadas envolvidas em acidentes de perfuração offshore, novos padrões regulatórios das plataformas offshore e atualizações obrigatórias de segurança do trabalho, saúde ocupacional e segurança ambiental em tais plataformas de perfuração.

Embora seja esperado que os republicanos se oponham ao novo projeto de lei, que poderá se mostrar custoso para grandes conglomerados do petróleo, especialistas afirmam agora que, se uma bancada de deputados conseguir chegar a um acordo sobre os ajustes do projeto de lei para garantir que companhias de petróleo menores não sejam afetadas de forma desproporcional, o pacote de reformas tem chance de passar com uma pequena maioria. "Sabemos que ainda estamos em estágios muito iniciais", disse a deputada Kathryn McAlister (D-CA), a mais nova integrante do Comitê de Energia e Comércio da Câmara, "mas estamos confiantes de que vamos vencer".

Quando terminei a reportagem, eu li tudo de novo. E depois mais uma vez. *Obrigada, Debra M. Finnegan.* Fechei os olhos, reunindo tudo o que podia lembrar das aulas de Ética Legal e Responsabilidade Profissional do professor Gunderson, tantos anos atrás.

Peguei o celular antes de perder a coragem. Eu ainda tinha salvo o número, depois de ter ligado tantas vezes nos últimos dois meses, mas minhas mãos tremiam tanto agora que tive que apertar o botão duas vezes. Por fim, ouvi o tom de chamada do outro lado. Uma, duas, três vezes.

— Campeã — disse a voz áspera, porém calorosa do outro lado da linha. — Ora, ora. A que devo essa bela surpresa?

Vinte e dois

O interfone tocou no meu hall de entrada. Ergui a cabeça, com os olhos turvos, irritada com a interrupção. Eu tinha passado a noite em claro, sentada à mesa da cozinha, trabalhando febrilmente no meu notebook, criando planilhas, orçamentos e listas, digitando todas as anotações rabiscadas e estratégias que escrevi depois da conversa de quarenta e cinco minutos por telefone que Lassiter e eu tivemos noite passada.

O interfone tocou de novo.

Pensei em fingir que não estava em casa, mas Dennis sabia tudo. Suspirei, olhando para o relógio no aparelho da TV a cabo. Quem aparecia sem avisar às dez e meia de uma manhã de sábado? Honestamente, aquilo não era civilizado. Eu estava de regata e calça de pijama. Não tinha escovado os dentes. Me servi da minha sexta xícara de café e segui até o hall, vestindo um velho cardigã no meio do caminho.

— Alô? — Soei cautelosa ao interfone. Eu meio que estava esperando um pedido de despejo a qualquer momento.

— Oi, Ingrid. Tem uma pessoa aqui que quer vê-la — disse Dennis. — Posso mandar subir?

— Não estou esperando ninguém — falei. — Você pode descobrir quem é?

Ouvi um som abafado, e Dennis disse para alguém ao fundo.

— Ela diz que não está esperando você. Qual é seu nome?

Silêncio, e então um murmúrio.

Dennis voltou ao interfone.

— O nome dele é Justin Keating.

Inacreditável. O que ele tinha vindo fazer aqui? Se gabar?

— Por favor, diga para ele ir embora — falei. — Não quero ver ninguém agora.

Mais vozes abafadas. Dennis parecia inflexível, mas o murmúrio persistiu.

Dennis suspirou no receptor.

— O garoto diz que é realmente importante. Garante que só vai levar alguns minutos.

Três minutos depois, Justin tocou minha campainha.

Abri a porta só um pouco, sem tirar a corrente da trava de segurança.

— Bem — comentei. — Essa é uma surpresa e tanto, Justin. O que você quer?

Justin olhou ao redor, parecendo nervoso. Estava usando jeans e um moletom com capuz cinza. Estava com as mãos enfiadas nos bolsos, como sempre, mas hoje não estava com aquele sorrisinho irônico. Parecia estressado.

— Posso entrar?

Suspirei, tirei a corrente e abri a porta.

Ele entrou e olhou ao redor, de relance.

Fechei a porta e me virei para encará-lo, cruzando os braços sobre o peito.

— Ok. Agora você entrou. O que quer?

Ele parecia surpreso.

— Você não recebeu meu e-mail? — perguntou ele.

Suspirei, impaciente.

— Justin, a empresa me fez devolver o BlackBerry. Não tenho mais uma conta de e-mail da Parsons Valentine.

Ele balançou a cabeça.

— Eu sei. É por isso que tive que pedir seu endereço do Gmail para Margo.

— Não tenho verificado nenhum e-mail, Justin. Estava aproveitando uma pausa bem-merecida. — Olhei direto em seus olhos. — Por que precisava tanto assim entrar em contato comigo?

— Tenho algo para lhe mostrar. — Ele enfiou a mão no bolso interno do casaco, pegou algum tipo de longa impressão de computador e me entregou.

— E o que é isso? — perguntei, sem aceitar o que ele me oferecia.

— Apenas leia — insistiu ele, sacudindo o papel.

Suspirei. Peguei o pedaço de papel dele e o alisei. Era um registro dos servidores da Parsons Valentine. Uma tabela que mostrava datas, horários, nomes de usuários, Ids dos computadores, número dos documentos e localizações das estações de trabalho.

— E daí?

— Isso aqui. — Justin apontou o dedo.

Duas linhas da impressão estavam destacadas. Olhei mais de perto. Tinha um número de documento, Doc 235986, versão 12, do lado do meu usuário, *isyung*, e o horário, 23h44. A linha exatamente abaixo dizia Doc 235986, versão 12, do lado do usuário *jdmurphy*, e o horário 00h08.

Olhei para Justin, surpresa.

— Onde você conseguiu isso?

Ele me olhou e deu de ombros.

— Os servidores registram toda vez que alguém acessa qualquer documento. Isso mostra que Murph entrou no termo de compromisso da SunCorp depois que fomos para casa naquela noite. E não revisamos de novo quando imprimimos tudo na manhã seguinte.

— Mas eu já tinha tentado olhar o histórico do documento e não vi o nome de usuário de mais ninguém no arquivo, além dos nossos.

Ele negou com a cabeça.

— Quando você procura isso na sua estação de trabalho, ele só mostra quem acessou do jeito normal, em um dos computadores da empresa. Não mostra quem pode ter acessado remotamente, baixado uma cópia e depois colocado essa cópia no lugar, mas os servidores registram tudo.

Fiquei olhando os registros, surpresa.

— Como você sabe de tudo isso, Justin?

— Ah. Nada de mais. Fiz minha graduação em ciência da computação. Na verdade, uns amigos e eu estamos tentando lançar uma startup, mas meu pai me fez ter um "emprego de verdade" enquanto isso. Foi assim que acabei no escritório.

— Eu não sabia que você era formado em ciência da computação.

Ele deu de ombros.

— Você nunca perguntou.

Olhei para ele.

— Não, acho que não perguntei.

— Independente disso, o pessoal de TI imprime os registros dos servidores toda semana, e então larga tudo no lixo para ser reciclado. Não foi difícil de achar.

— Mas como você pensou em procurar algo assim? — perguntei, ainda segurando a impressão como se não acreditasse que aquilo existia, como se ainda pudesse desaparecer se eu pestanejasse.

— Vi Murph lá, tarde da noite. Então meio que tive um palpite. Sobretudo depois que vi você e Murph juntos, e então tudo o que aconteceu. Você sabe.

— Justin. Eu poderia beijar você.

Ele sorriu.

— Você não precisa — disse ele, baixinho. Então se virou em direção à porta, preparando-se para partir.

— Justin?

— Sim? — Ele olhou para mim. Suas mãos ainda estavam enfiadas no bolso do moletom, seus ombros estavam encolhidos, como se estivesse com frio. Ele parecia tão jovem, parado ali naquele momento, muito mais jovem, na verdade, do que seus vinte e três anos.

— Eu só estava me perguntando, quer dizer, estou curiosa… — Parei e recomecei. — Eu só estava me perguntando por que você fez isso por mim. Eu sempre fui… meio que dura com você.

Ele parou e pensou por um momento.

— Não sei — disse ele, dando de ombros. — Acho que talvez porque nunca pareceu se importar com quem meu pai era. Você não estava fingindo gostar de mim só por causa dele. — Ele olhou para mim e sorriu com ironia, e um pouco da velha zombaria voltou ao seu rosto. — Era a única advogada da empresa que me tratava como lixo, como se eu fosse apenas outro assistente jurídico.

Vinte e três

Na segunda-feira pela manhã, paguei meu táxi, agradeci e então, em um ímpeto, dei uma gorjeta maior, muito maior do que eu podia me dar ao luxo.

— Ei, obrigado — disse ele e se virou no assento do motorista para olhar para mim.

— Me deseje sorte, pode ser?

— Não sei para que você precisa, mas boa sorte, senhorita.

Saí para a calçada. O táxi se afastou cantando pneu e voltou para o fluxo do trânsito da Avenida Madison. Fiquei olhando por um longo momento. Não dava mais para voltar atrás.

Enfiei a mão na bolsa e peguei meus grandes óculos de sol, estilo Audrey Hepburn, aqueles que eu imaginava me darem uma certa aura de mistério. Ergui o queixo, inclinei a cabeça para trás e olhei para o familiar edifício de cinquenta andares, com as bandeiras ondulando acima da entrada, a escultura corporativa de bronze na frente, o terraço paisagístico no topo, o céu azul e alguns tufos de nuvens brancas emoldurando perfeitamente minha vista da torre prateada reluzente. Eu estava nervosa — claro que estava —, mas também me sentia melhor do que há semanas. Era incrível estar de salto alto novamente, ouvi-los clicando confiantes na calçada embaixo de mim, ter algum lugar em que precisava estar. Eu estava usando meu blazer de crepe preto, matador, com uma blusa clássica de crepe Georgetti, brincos de diamantes e sapatos de couro de crocodilo. Usava uma saia lápis preta, e não sentia que precisava me desculpar por isso.

Endireitei o corpo — mostrando todo o meu um metro e sessenta —, respirei fundo várias vezes e caminhei até o edifício. Por um momento fugaz, senti como se pudesse simplesmente me misturar de novo à multidão de soldados de infantaria da Parsons Valentine, bem-vestidos, empoados e arrumados, imaculadamente engravatados, e entrar pelas portas de vidro giratórias.

Mas muita coisa aconteceu para que isso fosse possível.

Atravessei o saguão de mármore, como fiz em milhares de outras manhãs iguais a essa, passando pelas imponentes paredes forradas de mogno, passando pela exposição de arte corporativa com sua elegante iluminação indireta — neste mês, uma série de fotos de Walker Evans, da época da Depressão, emprestadas pelo Whitney —, até o balcão de granito da recepção com as grandes letras douradas que diziam Parsons Valentine & Hunt LLP.

Ricardo estava de serviço.

Ele sorriu ao me ver, mas seu sorriso desapareceu rapidamente, quando ele se lembrou da última vez que eu tinha estado ali, sendo levada para fora do edifício por um segurança uniformizado. Ricardo olhou ao redor rapidamente antes de dizer em voz baixa.

— Ingrid, é muito bom ver você.

— É ótimo vê-lo, RC. Como você está?

— Bem, bem. — Ele olhou ao redor mais uma vez. — Mas a pergunta é: como você está?

— Sabe o quê? Estou ótima.

— Que bom. Fico feliz em saber. — Ele deu mais um olhada ao redor. — Então, o que está fazendo aqui?

Olhei para o imenso relógio sobre o balcão da recepção. Era quase dez e quarenta e cinco. Neste ponto da manhã, todos já deviam estar a postos em suas mesas, lá em cima. Por enquanto, Ricardo e eu estávamos sozinhos.

— RC — comecei —, preciso lhe pedir um grande favor. Preciso que me deixe subir para ver Marty Adler.

Ele hesitou. Então enfiou a mão em uma gaveta diante de si e rapidamente deslizou um cartão de acesso de plástico pelo balcão de granito na minha direção.

— Se alguém perguntar, alguém deixou isso cair perto dos elevadores, entendeu?

— Pode deixar. — Sorri. — Obrigada, RC. Eu sabia que podia contar com você.

Segui até os elevadores e apertei o botão para o trigésimo sétimo andar. A subida foi suave e rápida, acompanhada do barulho baixo estranhamente tranquilizador enquanto nos afastávamos cada vez mais do nível da rua.

Voltei à realidade por um *ding* de aviso. O elevador parou no andar de Adler, e eu saí.

Felizmente, ninguém passava por ali, e eu segui apressada até as portas de vidro que davam para o interior do andar, usei o cartão de acesso no painel e abri quando a luz verde se acendeu. Eu queria muito que Adler estivesse em seu escritório. Pelo que eu imaginava, teria quatro ou cinco segundos para convencê-lo a me ver antes que ele ligasse para a segurança interna.

Sentindo uma onda estranha de adrenalina, avancei pelo corredor. Fiz uma curva para seguir e dei de cara com Sharon, secretária de Adler, que estava equilibrando um copo de isopor de café que agora tinha caído no chão, o líquido quente e preto se espalhando pelo carpete. Ela xingou baixinho, e então me olhou.

— Como diabos você entrou aqui? — perguntou ela em um tom de voz desagradável. — Sabe que vou ter que ligar para a segurança...

— Faça isso — falei antes de entrar no escritório de Adler.

Ele estava sozinho, sentado à sua mesa com um copo da Starbucks, o *Wall Street Journal* e um muffin de mirtilo. O sol brilhante do meio da manhã entrava por detrás dele, iluminando sua cabeça e ombros, quase como um halo.

— Ingrid. — Ele se assustou.

— Marty, antes que diga qualquer coisa, por favor, me escute.

Ele se afastou de mim em passos lentos e cuidadosos. Chegou até a erguer as mãos, como se eu fosse um atirador mascarado.

— Escute, Marty — falei com voz forte, clara e estável. — Murph acessou o termo de compromisso da SunCorp, na noite anterior à nossa reunião. Ele entrou no servidor e criou erros no meu documento para que eu fosse humilhada diante de você e de Lassiter. E posso provar para você.

Adler tinha recuado até a janela, e agora estava parado ali, com as duas mãos segurando o parapeito como se fosse um lastro. Ele tinha uma expressão de profunda dor no rosto.

Sharon colocou a cabeça dentro da sala, cheirando a café, e me olhou feio.

— Sinto muito, sr. Adler, eu não sei como ela entrou aqui. Vou ligar agora mesmo para a segurança e dizer para eles...

— Espere só um minuto, Sharon — disse Adler, erguendo uma mão, mas mantendo os olhos fixos em mim. — Você pode, por favor, nos dar um minuto?

Sharon olhou feio para mim novamente antes de sair da sala, fechando a porta atrás de si.

Soltei a profunda respiração que estava segurando.

— Obrigada, Marty.

Ele balançou a cabeça ferozmente.

— Não me agradeça, Ingrid. Que diabos é esta prova da qual está falando? Essas são acusações muito sérias. Acho difícil acreditar que Jeff Murphy faria qualquer coisa desse tipo.

Tirei o registro do servidor da minha bolsa e o entreguei para ele.

Adler me olhou desconfiado, colocou os óculos bifocais e analisou a página.

Ele tirou os óculos e me devolveu a impressão.

— Sinto muito, Ingrid. Não tenho certeza de como posso concluir que um de nossos advogados realmente acessou um documento com a intenção de sabotar um dos acordos pendentes de um cliente nosso. Há uma centena de motivos legítimos pelos quais Murph pode ter precisado olhar esse documento. — Ele cruzou os braços sobre o peito, balançando a cabeça devagar. — Exatamente no que você quer que eu acredite? Que Murph chegou a esse ponto para sabotar você? Para nos sabotar? Por que ele correria um risco tão estúpido? Não faz sentido.

Ele balançou a cabeça novamente, desta vez com mais convicção.

— Não, não, sinto muito, Ingrid, mas temo que chegamos à única conclusão razoável que era possível.

Aquilo me surpreendeu. Tive que parar um momento para pensar no que dizer a seguir. Para dizer a verdade, eu contava que Adler me desse pelo menos o benefício da dúvida. Que Adler pudesse de fato não acreditar em mim, que sequer estivesse disposto a escutar o que eu tinha para dizer, depois de tudo o que eu fiz por ele e sacrifiquei por essa empresa, era insuportável. Doía perceber, por fim, que o poço de boa vontade que os sócios desse lugar tinham por mim sempre seria mais raso do que o que tinham por Murph e Hunter, e pelos demais que os faziam se lembrar de seus próprios filhos, irmãos, e a si mesmos.

Adler disse:

— Não vejo necessidade de chamar a segurança se você sair sem causar problemas, Ingrid, mas precisa ir. Agora mesmo.

Uma corrente de raiva tomou conta de mim. Era incrível como ficávamos muito mais corajosos quando não tínhamos mais nada a perder.

— Não — falei com voz rouca. — Você não parece entender, Marty. Não vou sair daqui sem limpar meu nome.

Adler não disse nada. Só nos encaramos com expressões pétreas.

Por fim, eu falei:

— Se não acredita em mim, chame Justin Keating aqui e ele lhe dirá pessoalmente.

Aquilo pareceu chamar a atenção dele. Adler estreitou os olhos na minha direção.

— O filho de Donald Keating? Que diabos ele tem a ver com tudo isso?

— Foi Justin quem descobriu o que Murph fez — falei. — Foi Justin quem contou para mim.

— Ah, pelo amor de Deus — Adler soltou um suspiro pesado. Virou de costas para mim, olhando pela imensa janela panorâmica, e ficou parado ali, balançando a cabeça pelo que pareceu ser um longo tempo. Cruzei os braços e esperei. Por fim, ele voltou para sua mesa e fez sua cadeira girar com raiva. Olhou feio para mim. E apertou o botão do interfone. — Sharon, chame Justin Keating aqui. Sim, agora.

Justin respondeu imediatamente. Era como se estivesse esperando a ligação de Adler.

Quinze minutos mais tarde, Murph deu três batidinhas e enfiou a cabeça pela porta.

— Queria me ver, Marty? — perguntou ele ao enfiar a cabeça pela porta do escritório de Adler, exatamente do mesmo modo que tinha entrado no meu escritório mais de mil vezes durante nossos anos juntos, trabalhando lado a lado como colegas nessa empresa.

— Sim — Adler se levantou de sua mesa com expressão sombria. — Entre, por favor, Jeffrey.

Ao ouvir seu nome inteiro, Murph riu.

— Opa. Jeffrey, hein? Ninguém me chama assim, exceto minha mãe quando eu estava jogando bola na... — ele deu alguns passos para dentro da sala e parou de supetão quando me levantei do sofá de Adler.

A expressão em seu rosto era impagável.

— Olá, Murph. Surpreso em me ver? — Ele se recuperou rápido.

— Ingrid. Ei — disse, conseguindo soar quase normal. Ele olhou com ar questionador de mim para Adler e depois para Justin, que se remexia desconfortável na cadeira diante de mim. — O que está fazendo aqui?

Adler suspirou.

— Murph, acabei de ouvir revelações muito perturbadoras sobre você...

— Revelações? — Murph riu mais uma vez, mas consegui perceber seu nervosismo. — Do que está falando?

Adler pigarreou.

— Aparentemente — disse ele —, localizamos um registo que mostra que você acessou o termo de compromisso da SunCorp na noite anterior à nossa reunião pré-encerramento com os clientes. Minha pergunta para você é: por que esse registro diria isso?

— Não tenho ideia — respondeu Murph.

Adler gesticulou na direção da mesa de centro.

Murph olhou para mim. Pegou a impressão, e então franziu a testa, em uma expressão quase convincente de perplexidade.

— O que é isso? O que isso tem a ver comigo?

— Leia — ordenou Adler.

A sala ficou em silêncio enquanto Murph analisava os registros.

— Verifique a data e o horário, Murph. Você sabotou de propósito o documento da SunCorp para que eu ficasse mal na reunião com Marty e o cliente. E todos sabemos.

Ele olhou para Marty, que desviou o olhar.

Murph deu uma gargalhada selvagem e desesperada.

— Não sei que diabos está tentando provar aqui, Ingrid. Se está insinuando que eu alteraria por alterar um documento de um cliente, você é mais louca e mais passional do que todos pensávamos. — Ele olhou esperançoso na direção de Adler.

Adler olhou para mim. Ele parecia estar me avaliando, tentando decidir algo por si mesmo. Murph se aproveitou da incerteza de Marty para me atacar.

— Não tenho ideia alguma do que está falando, Ingrid — sibilou ele, sacudindo a impressão na minha direção.

Justin limpou a garganta. Disse bem baixo, mas com bastante clareza:

— Eu vi você, cara. Era bem tarde, e eu vi você esperando que terminássemos de trabalhar no termo de compromisso, saíssemos do sistema e fôssemos embora. Foi o que me fez pensar que podia ter sido você.

Adler olhava intensamente para Justin; algo parecia ter se solidificado em sua expressão. Ele se virou para Murph.

— Então?

O pânico brilhou nos olhos de Murph, mas sua expressão rapidamente se reverteu para ofensa e descrença. Ele xingou baixinho, e se virou outra vez para Adler, que massageava a testa com o indicador e o polegar.

— Marty, me escute. — Murph lutava para manter o tom de voz. — Você não acredita mesmo nisso, não é? Está me dizendo que vai acreditar no que esse... esse maldito garoto, que está aqui há três meses, tem para dizer, em vez de no que eu estou lhe dizendo? Juro que não tenho ideia do que ele está tramando, Marty.

Adler suspirou.

— Justin não tem motivo para inventar isso.

Murph soltou uma risada cáustica.

— Como você sabe? Até onde sabemos, ela está dormindo com ele também, junto com metade da empresa.

Justin ficou com o rosto corado, se de raiva ou de constrangimento, eu não sabia dizer.

— Agora já basta. — Adler explodiu.

Eu estava tão zangada que estava tremendo. Não conseguia acreditar que tinha sido enganada pela atuação de Murph. Eu tinha sido mais do que enganada. Tinha sido totalmente engolida.

Justin falou novamente, com um tom de voz mais alto e mais firme:

— Eu vi você, cara.

Murph se virou e olhou para Justin com incredulidade. Abriu e fechou a boca, e seu lábio inferior estava tremendo.

Adler suspirou.

— Murph, sinto que terei que falar com o restante do Comitê de Administração sobre este assunto. Você sabe. E sabe o que significa, né?

Fim de jogo. Minha aposta fora correta: quando Marty Adler tivesse que escolher entre Justin ou Murph, Murph não teria chance. Assim como, baseada apenas na minha palavra, eu não tinha chance contra Murph, e nenhum de nós tinha chance contra Hunter. Na hierarquia de influência da Parsons Valentine, tudo era relativo.

Adler realmente parecia triste quando continuou a falar:

— Murph, acho que é melhor você tirar o resto do dia de folga, enquanto nós investigamos o assunto. Se sair discretamente agora, sem causar uma cena, não há motivo algum para eu envolver a segurança.

— Opa, opa, opa. *Segurança?* — Murph se exaltou. — Isso é um absurdo!

— Murph, por favor. Vamos tentar ser razoáveis e justos aqui. Não vamos tornar as coisas mais difíceis do que já estão.

— Justos? — Murph deu meia-volta e apontou para mim. — Justos? Você acha que não vi o que estava acontecendo? Acha que não sei que Hunter estava dentro e que Ingrid seria a próxima? — Ele deu outra gargalhada. — Ela é mulher e minoria. Eu não tinha chance alguma. Acha que é justo?

— Você está me deixando sem escolha aqui, Murph — respondeu Adler, pegando o telefone. — Sim, preciso de dois oficiais da segurança aqui em cima, por favor.

Murph começou a caminhar de um lado para o outro da sala, reclamando baixinho. Justin, Adler e eu o encaramos. Nenhum de nós se mexeu. Por fim, Murph se virou e me olhou, balançando a cabeça, aqueles olhos verdes brilhando de raiva e incredulidade, os lábios repuxados de desprezo.

— Quem diabos você pensa que é?

Olhei direto para ele. E estava triste em descobrir que não restava nada do Murph que eu pensava conhecer. Éramos desconhecidos um para o outro.

— Sei exatamente quem sou. — E acrescentei com mais suavidade: — É com você que me preocupo.

Adler acenou para os dois seguranças musculosos que apareceram na porta e inclinou a cabeça na direção de Murph.

— Eu agradeceria se fizessem o favor de escoltar esse cavalheiro para fora do edifício.

Murph me deu um último olhar cortante antes de puxar o braço com força do segurança que tentou segurar seu cotovelo.

— Você pode apostar que vai ter notícias do meu advogado trabalhista, Marty — disse ele para Adler enquanto os dois seguranças o levavam para fora do escritório e pelo corredor.

Assim que Murph saiu de vista, Adler foi silenciosamente até a porta e a fechou. Suspirou e se virou na minha direção.

— Ingrid — disse ele solenemente.

Endireitei os ombros e dei um sorriso magnânimo para Marty Adler. Respirei aliviada, de prazer. Eu tinha esperado por este momento. Estava preparada para ser graciosa. Tomaria a decisão adulta. Ia aceitar o pedido de desculpas da empresa. Seria divertido ver Adler rastejar um pouco.

— Ingrid — repetiu Adler.

Esperei.

— Me ocorre que a empresa vai precisar de alguém para fechar o acordo da SunCorp, enquanto a aquisição segue para o próximo estágio. Claro, à luz das circunstâncias, eu acho que poderíamos reintegrá-la imediatamente em sua antiga posição de associada.

Era só isso? Depois de tudo o que tinha acontecido, era tudo o que ele tinha para dizer? Nenhum pedido de desculpas, nenhum *sinto muito por termos duvidado de você*? Nenhum *como você pode nos perdoar*? Nada de ficar de joelhos e implorar?

Bem, mais uma vez, e pela última vez, eu os superestimei. Desta vez, no entanto, estava tudo bem. Aquilo só fazia com que me sentisse melhor com o que estava prestes a fazer.

Sorri com doçura.

— Ah, muito obrigada, Marty.

Justin virou a cabeça na minha direção, olhando de forma incrédula para mim.

— Mas — prossegui —, acho que você não vai precisar de mais ninguém para cuidar da SunCorp, no final das contas.

Adler gargalhou.

— Do que está falando? Claro que precisamos. Primeiro, temos que mandar os documentos o mais rápido possível para Hart-Scott-Rodino, e então, depois que finalmente tivermos a aprovação regulatória antitruste, vai ser o momento de prepararmos a próxima rodada de...

— Realmente é hora de alguém mandar os documentos para a aprovação regulatória — concordei, e então expliquei, balançando lentamente a cabeça —, mas não vai ser a Parsons Valentine.

— Do que diabos está falando, Ingrid? — Marty Adler arrancou os óculos de aro redondo do rosto e piscou, zangado.

— Só estou dizendo — respondi, em um tom de voz perfeitamente calmo e tranquilo — que entendo que a SunCorp resolveu levar suas questões legais para outra parte. Veja bem — continuei, abrindo minha bolsa e passando para ele o recorte da matéria do *Wall Street Journal* —, Ted Lassiter ficou muito satisfeito quando falei para ele do potencial das reformas das perfurações offshore que vão ser votadas em breve nas duas casas do Congresso. Se a lei passar, o atual teto de setenta e cinco milhões de dólares de responsabilização para o caso de vazamentos de petróleo em alto-mar desaparece. As empresas privadas terão que bancar tudo. E sabe o que isso significa, certo?

Marty Adler continuava a piscar furiosamente na minha direção, abrindo e fechando a boca sem dizer uma palavra, como um peixe no anzol.

— Significa que isso dispararia a cláusula MAC. E pode muito bem significar ter que pagar a multa pela dissolução. E desde que ela foi fixada em sete por cento do preço de venda...

Marty olhou para cima, fazendo as contas freneticamente.

— ... Isso significaria uma pesada taxa de quarenta e nove milhões de dólares para desfazer o acordo. Ted Lassiter ficou extremamente grato por eu aconselhá-lo em relação a tudo isso. E ainda mais surpreso com o fato de seu conselheiro atual não ter mencionado nada a respeito.

Adler começou a gaguejar.

— Você roubou a SunCorp de nós? Sua pequena ingrata...

— Ingrata? — Inclinei a cabeça para um lado e sorri. — Gosto de pensar nisso como a minha pequena multa pela dissolução do meu contrato com a empresa. Estou indo embora, Marty.

— Não me faça rir — Adler zombou. — Vou tirar você disso tão rápido que sua cabeça vai girar. Será que se esqueceu de uma coisinha chata chamada Regras de Conduta Profissional de Nova York? Usar informação confidencial de um cliente depois que parou de trabalhar na sua antiga empresa é...

— Perfeitamente legal — completei. — Sem querer enfiar um Perry Mason no seu traseiro, Marty, mas deixe-me lembrá-lo da regra 1.9(c)(1), que garante que um advogado que já representou um cliente não pode, posteriormente, usar informação confidencial em desvantagem do antigo cliente. Acho que mesmo você tem que concordar, e eu sei que Ted Lassiter com certeza concorda, que foi para total vantagem dele que eu o avisei sobre uma potencial multa de quarenta e nove milhões de dólares. Não só isso, mas não usei nenhum tipo de informação confidencial. Sei que os jornais impressos deviam ser coisa do passado e tal, mas não acredito que um artigo do *Wall Street Journal* já possa ser classificado como informação confidencial.

O rosto de Adler estava roxo. Ele bateu com o punho na mesa, com força. Ele fazia pequenos sons, como se estivesse engasgado. Por fim, fechou os olhos por um segundo. Quando os abriu, no instante seguinte, disse em voz tensa e cansada:

— Ingrid, vamos... Nenhum de nós precisa tomar nenhuma decisão apressada. Vamos parar um instante para nos acalmarmos.

Acho que falei de sociedade integral quando disse que, considerando as circunstâncias, estaríamos muito dispostos em reconsiderar sua oferta de sociedade imediatamente, em vez de fazê-la esperar mais. Apenas volte para a empresa. Você pode manter a SunCorp aqui conosco. Você será a sócia de relacionamento, prometo. Você ficará com todo o crédito por manter o cliente aqui.

— Que atencioso de sua parte, Marty. — Peguei minha bolsa e me dirigi para a porta. — Mas eu não voltaria para a empresa nem se vocês me fizessem sócia-administrativa.

Quando dei as costas para Marty Adler, olhei para Justin e arregalei os olhos para ele. *Obrigada*. Justin sorria para mim em franca admiração enquanto me seguia porta afora.

Vinte e quatro

Murph foi demitido discretamente no dia seguinte. Já que a empresa não conseguiu estabelecer de modo oficial uma motivação antiética para Murph acessar o documento, seu advogado trabalhista conseguiu negociar um acordo, no qual o escritório concordava em lhe dar uma referência positiva, e ambas as partes concordavam com uma cláusula perpétua de confidencialidade e não depreciação.

Com uma referência decente da Parsons Valentine & Hunt LLP, Murph poderia recomeçar sem problemas em outra empresa — talvez até como conselheiro ou sócio lateral.

Ele ficaria bem.

Os Murphs do mundo sempre ficavam bem.

Mas, como finalmente estava aprendendo, eu também ficaria bem.

Eu tinha trabalhado tão pesado por tanto tempo e era boa demais no meu trabalho para desistir do meu objetivo maior — chegar à casa final do tabuleiro e receber minha última marca. Podia ter sido ingênuo da minha parte pensar que me tornar a primeira sócia vinda de uma minoria em uma estimada empresa internacional me tornaria imune às formas sutis de racismo e sexismo que ainda me enraiveciam — que o sucesso engrossaria minha pele —, mas eu jamais seria capaz de desistir de um ideal com tanta facilidade.

Percebi que, no fim, alguém tinha que tentar. Alguém sempre conseguia ser o primeiro a fazer qualquer coisa, no final das contas. E eu nunca ganharia enquanto continuasse a jogar com as regras alheias. Em vez disso, mais de nós precisávamos assumir o papel de criadores de regras.

No dia depois que minha história foi publicada no *Wall Street Journal* — assim como na sessão de negócios do *Times*, no *New York Law Journal*, no Salon, no Slate, no Gawler e até mesmo em um artigo na espirituosa coluna "O assunto da cidade" da *New Yorker* da semana seguinte —, que é o mesmo que dizer o dia em que recuperei minha reputação, as ofertas de emprego começaram a pipocar. E assim que começaram a jorrar, não pararam.

Só no final daquela semana, eu tinha recebido ofertas de nove outros imensos escritórios de advocacia corporativa na cidade — cada um dos principais concorrentes da Parsons Valentine —, junto com ligações tanto da *Fortune* quanto da *Forbes*, que queriam saber se eu aceitava dar entrevistas.

Claro que era uma atitude inteligente dos concorrentes da Parsons Valentine me oferecer um emprego. Um ganho absurdamente fácil de relações públicas para uma empresa de sorte — só por me dar um emprego, eles receberiam automaticamente o crédito por serem o escritório iluminado, com mentalidade do século vinte e um, que tinha acolhido a mais queridinha de todas as Queridinhas das Minorias, ao mesmo tempo que adicionavam uma jovem advogada talentosa aos seus quadros. Nunca esteve em questão o quão pesado eu teria que trabalhar. Ou, em última instância, se meu trabalho tinha "calibre para sociedade".

Tyler Robinson ligou para me parabenizar por todas as ofertas de trabalho. Eu o parabenizei de volta. Tyler pediu o aviso-prévio na semana seguinte à minha demissão. O momento fez com que parecesse ser um protesto por minha causa, mas o que aconteceu de fato foi que uma oferta de trabalho em outro lugar, enfim, se materializou para ele, e Tyler agora era conselheiro-geral de um fundo de investimentos bem-sucedido.

A única oferta de emprego que considerei por um momento, no entanto, veio alguns dias depois da minha absolvição pública. Cheguei em casa, agitada e suada, depois de uma corrida matinal no Central

Park — um novo hábito que eu tinha tempo para cultivar depois que deixei o escritório —, para dar de cara com Dennis me entregando um luxuoso buquê com uma dúzia de rosas vermelhas.

— Acabaram de chegar para você — disse ele. — Um admirador secreto?

Tirei o minúsculo envelope creme do meio das flores e li ali no saguão mesmo.

Campeã:

Ouvi dizer recentemente que você se tornou freelancer. Que tal vir jogar no nosso time? Ainda quero o advogado certo cuidando disso, como você foi o tempo todo. É só dizer que sim.

Ted.

Sorri para Dennis.

— Não tão secreto, na verdade.

Subi para meu apartamento e liguei para Ted Lassiter.

— Estou lisonjeada, Ted, de verdade. E, sim, ainda ficaria encantada em fechar o acordo de Binney para você e a SunCorp, mas a questão é que não acho que esteja pronta para voltar a trabalhar para alguém.

— Isso vai ser diferente — disse ele. — Não será como era no escritório.

Hesitei. Pensei no que Murph dissera, sobre o motivo pelo qual Adler me queria na concorrência pelo acordo da SunCorp em primeiro lugar.

— Me conte uma coisa — pedi.

— Qualquer coisa.

— Por que você nunca falou nada sobre as exigências em relação a minorias para os fornecedores da SunCorp? Sei sobre elas, ok? — falei. — Já superei isso. Não tenho problema em falar a respeito.

— Eu ficaria feliz em falar sobre elas, se soubesse que diabos são — respondeu Lassiter.

— Quer dizer que seu conselho de diretores nunca aprovou essa regra? Que os escritórios de advocacia externos precisavam ter pelo menos uma mulher ou um representante de minoria advogado trabalhando no acordo?

Lassiter gargalhou.

— Se tivessem feito isso, tenho certeza de que eu teria ouvido falar. Olhe, a única regra que rege quem a SunCorp contrata ou deixa de contratar é que precisamos dos melhores advogados cuidando dos nossos acordos. Ponto-final. E, no que me diz respeito, essa advogada é você.

Foi a coisa mais gentil que alguém já me disse. Soltei a respiração que, até agora, eu sequer tinha percebido que estava segurando.

— No entanto — disse Lassiter —, tem certeza de que não quer trabalhar como funcionária da SunCorp? Estamos prevendo que vários outros acordos devem aparecer no próximo trimestre. Dos grandes. Mark Traynor poderia aproveitar muito uma ótima vice-conselheira-geral como você.

Mas eu tinha uma ideia muito melhor.

Vinte e cinco

O escritório de advocacia Ingrid Yung PLLC foi inaugurado oficialmente em outubro. A SunCorp ainda me mantém ocupada, assim como todos os outros clientes que começaram a aparecer um a um — aos pouquinhos, no início, dando voltas cautelosas como alunos da sétima série em um baile, e depois se aproximando em um fluxo mais constante e confiante, quando CEOs e seus conselheiros-gerais começaram a perceber que eles realmente reconheciam algumas das empresas na minha lista de clientes, e que essas outras empresas estavam sendo citadas e elogiadas por serem tão "progressistas" em sua seleção de conselho externo.

Certamente, a matéria na revista *Forbes* ajudou. O artigo mostrava uma grande foto minha, parada ao lado da janela, com a luz do sol entrando no meu novo escritório, com o título: "O rato que rugiu: a jovem Yung entrou no clube dos meninos mais velhos" — uma manchete que era ótima para os negócios.

Também para minha sorte, Margo precisou pensar durante um total de dois segundos para aceitar o emprego que lhe ofereci. Então, ela saiu procurando alegremente um espaço para o meu novo escritório, encomendou nossos cartões de visitas e marcou reuniões com designers de site e de logotipo e com um publicitário. Adorei nosso novo escritório — é uma caixinha bem iluminada, acolhedora e convidativa num canto adorável do céu. E, sim, tem vista para o parque.

Eu tinha avisado Margo que ela receberia menos se comparado com o salário da Parsons Valentine, mas ela disse que não se importava. No fim, não houve corte algum — e era criminoso o que as secretárias ganhavam na Parsons Valentine. Não era de estranhar que pudessem se dar ao luxo de pagar tão bem aos advogados. Agora Margo é minha assistente executiva — uma simples e civilizada mudança de nomenclatura que os outros advogados da minha empresa também adotaram.

Os outros advogados de quem estou falando aqui são Dave Cavender, que cuida dos nossos clientes corporativos na área tributária (e que, agora que tem um horário mais flexível, faz comédia stand-up nos finais de semana); Sofia Mateo, uma sócia lateral de títulos brilhante da Stratton e Thornwell, que leu a matéria na *Fortune* e me ligou na mesma tarde para se candidatar a um emprego; e nossos associados, Andrea Carr, Cameron Alexander e Jason Steinberg, que me enviaram seus currículos na mesma manhã que meu anúncio de emprego foi publicado na *Above the Law*, embora todos os três já tivessem começado a trabalhar na Parsons Valentine.

Quando Andrea Carr apareceu para sua entrevista, perguntei para ela por que ela queria desistir de um lugar conhecido e estabelecido como a Parsons Valentine para lançar sua carreira em uma empresa iniciante como a minha, e ela me disse sem pestanejar que queria ajudar a fazer história, que era por isso. Eu a contratei de cara.

Talvez você não se surpreenda em saber que é muito mais difícil liderar meu próprio escritório de advocacia, mas também é a aventura da minha vida. Adoro ser minha própria chefe, de fazer minhas regras à medida que avanço, de nunca ter que questionar se apenas gostam de mim ou se sou querida. Claro que o trabalho é pesado. Há muito mais pressão para trazer clientes, e acontece que, como Murph tentou me advertir de seu jeito todo especial, *sempre estou pensando no desenvolvimento dos negócios*.

Obviamente, há muitos aspectos nos quais não conseguimos competir com as Parsons Valentine do mundo. Não temos um refeitório elegante, contas de despesas ilimitadas ou academia interna. Não usamos carros alugados porque o metrô consegue nos levar aonde precisamos ir. Não posso me dar ao luxo de ter um programa de estágio luxuoso ou uma suíte R&R com chuveiro e camas. (Digo para meus associados que a verdadeira "suíte R&R" é nosso próprio apartamento. Se são duas da manhã, não tenha dúvidas, *vá já para casa*!) A despensa no escritório é minúscula, e continuo querendo comprar uma cafeteira nova, já que a atual é uma porcaria.

Ter meu próprio escritório de advocacia é, ao mesmo tempo, libertador e assustador, mas também é encorajador estar cercada por um grupo de advogados inteligentes e esforçados, que vem trabalhar todos os dias parecendo mais feliz do que eu jamais os vi antes, que são mais produtivos e engajados nas horas que realmente estamos no trabalho, porque não estamos insultando as inteligências uns dos outros tendo que prestar contas do que fazemos a cada segundo do dia. É isso mesmo; eu dispensei a prática das horas faturáveis. Isso significa que não há incentivo para Andrea, Cameron ou Jason navegarem na internet em suas mesas até meia-noite todos os dias, tentando aumentar seu pagamento. Esse era um sistema que sempre me pareceu ridículo.

Estabeleci uma política de *casual dress* às sextas-feiras, mas não nos outros dias da semana. Afinal, ainda estou administrando uma empresa.

— Alguma mensagem, Margo? — parei na mesa dela na volta do almoço.

— Sua mãe ligou — disse ela. — Ligue de volta para ela. E aqui está seu correio da tarde. — Ela me entregou uma pilha de jornais, cartas e contas. Me recostei na beira da mesa e olhei as cartas. Um pedido para participar em um painel intitulado "Transações de fusões e aquisições no século vinte e um", um convite para fazer uma palestra em um simpósio chamado "Chutando o balde: mulheres líderes no Direito", e uma solicitação para patrocinar uma mesa no baile de gala do Ano-Novo Lunar do Fundo Asiático-Americano de Defesa Legal e Educação.

Devolvi tudo para Margo, assentindo:

— Verifique as datas, mas é sim para todos os três.

Entrei no meu escritório, fechei a porta empurrando-a com o quadril, afundei na minha cadeira confortável e girei para ficar de frente para a janela. Era um lindo dia de início de outono no Central Park.

— Alô?

— Oi, mãe.

— Ingrid-ah?

— Sim, sou eu!

Ela ainda não estava acostumada com isso; com meus telefonemas para ela no meio da semana. Agora que eu definia meus próprios horários e agenda, tinha ficado um pouco mais fácil.

— Você ainda vem visitar o papai e eu no fim de semana?

— Sim. Vou de trem. Devo chegar lá pelo meio-dia do sábado.

— Ótimo — ela parecia feliz. — Era tudo o que eu queria saber.

— Espere, é só isso? — falei, olhando para o relógio. — Ainda tenho alguns minutos antes do meu compromisso das duas. Não quer falar mais nada?

— Não tem muito mais novidade por aqui. Conversamos quando você vier. — E então ela perguntou: — Como vai sua amiga Rachel?

— Rachel está bem, mãe, como sempre. — Na verdade, ela estava melhor do que bem. Tinha acabado de voltar a trabalhar, três dias por semana, na Proskauer. Até agora, tudo bem. E agora que vinha até o centro com uma frequência regular, nós almoçávamos juntas todas as terças-feiras.

— Isso é bom. — Dava para ouvir as chaves do carro da minha mãe balançando ao fundo. — Ingrid-ah, preciso ir agora. Vou encontrar tia Wu para almoçar. Ligo para você mais tarde, ok?

— Ok — respondi.

— Ok, nos vemos no sábado. — Minha mãe desligou.

Era muito bom não ser sempre a primeira a ter que deligar o telefone.

Margo me chamou pelo interfone.

— Está pronta para a reunião das duas? Ela está aqui, chegou alguns minutos mais cedo.

Minha reunião das duas era com uma jovem chamada Grace Chen, que estava sendo entrevistada para uma posição de associada primeiranista no meu escritório. Ela já tinha conhecido Dave, Cameron e Andrea semana passada, e eles tinham sido unânimes em sua aprovação. Analisei o currículo bem formatado que estava na minha mesa.

Nome: Grace Xiao-Li Chen. Formação: Universidade de Stanford, *summa cum laude*, Inglês e Economia. Escola de Direito: Universidade de Harvard, Ordem da Coifa; *Harvard Law Review*, Notas do Editor; Advogadas de Harvard, presidente. Hobbies: dança moderna, arquitetura renascentista italiana; Proficiência em mandarim (conversação).

Uau. Algumas vezes, enquanto revisava um ou outro currículo desse pessoal jovem, eu sentia que seria impossível para mim entrar na Escola de Direito se fosse me inscrever agora.

Abri a porta e coloquei a cabeça para fora. Margo estava parada do lado de fora, recostada em sua mesa, conversando com uma jovem radiante. Ela era bonita, com cabelo preto brilhante na altura do ombro e olhos vivos e confiantes. Seu sorriso partia o coração de tão sincero.

— Oi — falei, estendendo a mão, sorrindo e olhando direto em seus olhos. — Você deve ser Grace. Vamos conversar no meu escritório.

Fiquei grata por não ter que fingir ignorá-la nunca mais.

Naquela tarde, Cameron Alexander bateu à porta do meu escritório.

— Desculpe incomodar. Tem um segundo?

— Claro. — Acenei para ela entrar. Tenho uma política liberal de portas abertas no meu escritório.

Cameron se sentou em uma das cadeiras estofadas cor de sálvia, do outro lado da minha mesa.

— Só um segundo, estou prestes a liberar isso — falei para ela, com os olhos grudados na tela do computador. Eu estava finalizando um acordo de subscrição e de acionistas. Era o tipo de documento simples que em geral eu deixaria para um dos meus associados, mas a startup de tecnologia de Justin Keating tinha acabado de receber outra rodada impressionante de financiamento de um investidor-anjo, e eu tinha concordado em olhar para o acordo como um favor pessoal.

— Pronto.. — Cliquei em enviar e voltei toda minha atenção para Cameron. — O que foi?

Ela sorriu.

— Eu vi Grace entrando no elevador mais cedo. O que você achou? Ela é bem impressionante, não é?

— Bem impressionante — concordei. — Mas ainda vamos entrevistar mais alguns na próxima semana.

Cameron concordou com a cabeça.

— Eu sei. E ainda temos uma tonelada de ótimos currículos chegando. Sabe que somos o novo escritório destino para o Escritório de Aconselhamento de Carreira de Harvard, certo? Ouvi dizer que estão falando para os melhores alunos mandarem o currículo diretamente. Acho que é porque isso faz com que a equipe do aconselhamento de carreira se sinta menos culpada, ou algo assim.

Dei uma risada e bati na mesa.

— Vamos esperar que continue assim.

Cameron limpou a garganta e prendeu uma mecha de seu cabelo dourado atrás da orelha.

— Então. Hum, Andrea, Jason e eu meio que andamos pensando...

Paralisei.

— Sim? — Será que estavam pensando em aumento? Mais dias de folga? Estavam todos cansados do nosso experimentozinho de laboratório e queriam voltar para a segurança de um rolo compressor como a Parsons Valentine?

— Estamos pensando que é hora de organizarmos um passeio do escritório. Todos os outros escritórios fazem isso. Sabe como é, pegar um dia de folga e passar em algum lugar divertido. Só nós sete. Enquanto o tempo ainda está bom.

Era só isso? Eu estava tão feliz e aliviada que gargalhei. Me recostei em minha cadeira giratória e dei um empurrãozinho para longe da mesa, deslizando gentilmente em direção à janela. Ergui os braços e entrelacei os dedos atrás da cabeça.

— Olhe. Por mim tudo bem que vocês tirem um dia de folga, você sabe disso, mas acho que também sabe que o Country Clubee Oak Hollow não é meu estilo.

Ela balançou a cabeça com veemência.

— Quem falou alguma coisa sobre um Country Clube? Está brincando? Nenhum de nós quer ir para lá. Que tal algum lugar diferente? Algum lugar que seja o completo *oposto* de Oak Hollow.

Eu ri.

— O quê? Tipo Coney Island?

Os olhos dela se iluminaram.

— Exatamente.

Andrea parou do lado de fora da minha porta, com os braços carregados de arquivos.

— O que tem Coney Island?

— Vamos ter o primeiro passeio oficial do escritório de advocacia Yung e Associados em Coney Island — eu a informei. — Estão todos cordialmente convidados.

Andrea sorriu.

— Sério? Nada de golfe forçado, squash ou tênis? Não temos que comer medalhões de frango servidos em mesas com toalhas brancas?

— Nada de golfe forçado. Nem medalhões de frango! — confirmei.

Andrea e Cameron se cumprimentaram batendo a palma das mãos no ar. Tivemos cem por cento de comparecimento no passeio da Yung & Associados. Na verdade, mais do que cem por cento, se contar Tim Hollister, que veio conosco como meu namorado.

Sim, aquele Tim Hollister. Cruzei com ele há um mês em um curso sobre Ética Jurídica Corporativa, na Ordem dos Advogados de Nova York, e ele me parou para conversar quando eu estava saindo.

— Ingrid, é ótimo vê-la — disse ele. — Ouvi dizer que sua nova empresa está indo muito bem. Isso é incrível.

Lembro-me de ter analisado seu rosto em busca de qualquer sinal de sarcasmo. Não consegui achar nada de errado.

Admito ter ficado um pouco cautelosa porque Tim ainda é sócio na Parsons Valentine, e porque realmente não namorei ninguém desde o fiasco com Murph, mas Tim pareceu feliz por mim. Planejamos tomar um café na semana seguinte, e depois almoçamos na outra semana, em um encontro que durou três horas e levou a um jantar na semana seguinte. Que durou até altas horas da madrugada. Então veremos.

Enquanto todos caminhávamos ao longo do calçadão e Tim e eu dividíamos um bolo de funil, Cameron e Jason pararam de repente, olhando para cima.

— Ah, está funcionando — disse Jason.

Cameron assentiu.

— Ah, está mesmo.

Olhei também. Eles encaravam o Ciclone.

Cameron e Jason insistiram em esperar mais três voltas só para conseguirem entrar no primeiro vagão da montanha-russa. Mas quando finalmente chegou a hora de eles andarem na frente, os dois deram um passo para o lado e fizeram sinal para que Tim e eu entrássemos no lugar deles.

— Sério? Vocês esperaram três voltas extras para poderem ir na frente — protestei.

— Por favor. Nós insistimos.

— Têm certeza? — perguntou Tim.

O funcionário da montanha-russa, musculoso e todo tatuado, olhou para a multidão esperando atrás de nós e grunhiu.

— Sim, sim, eles têm certeza. Vamos. É para hoje, pessoal.

Tim sorriu e segurou meu braço, e juntos subimos no vagão da frente do Ciclone. Cameron e Jason, Margo e Sofia, e Dave e Andrea subiram nos três vagões atrás de nós.

Olhei para baixo e remexi nas laterais do nosso vagão.

— Cadê o cinto de segurança dessa coisa?

O funcionário do brinquedo se aproximou e puxou a barra horizontal de segurança nos nossos colos.

— Não é preciso cinto de segurança.

O trem começou a se mover. Segurei a barra com tanta força que os nós dos meus dedos ficaram brancos. Quando o trem da famosa montanha-russa de madeira começou a escalar lentamente a primeira encosta, olhei de soslaio para Tim. Ele sorria para mim, olhando para a queda-livre abaixo e lançando olhares alegres para os outros, que já estavam gritando e socando o ar. Eu não conseguia sequer me lembrar da última vez que estivera em uma montanha-russa. Eu costumava adorar esse brinquedo quando era criança.

Os cliques fracos ficaram mais altos, mais lentos e mais espaçados entre si, e, de repente, paramos, quando o trem se equilibrou por um instante precário bem no alto, como se estivesse se preparando antes da primeira descida.

Tim cutucou meu cotovelo.

— Ok. Agora solte.

— O quê? — gritei, enquanto embicávamos lentamente para frente.

— Solte! — ele gritou de volta. Quando começamos a mergulhar, e todo mundo atrás de nós começou a gritar, Tim ergueu os braços, soltando a barra, e lançou um grito alto e alegre.

Escorreguei as mãos da barra e ergui os braços bem alto, no instante preciso que senti o trem se inclinar para a frente. Meu estômago afundou, e gritei a plenos pulmões. O vento rugia em meus ouvidos e meu cabelo estava solto, batendo em meu rosto. Eu me senti incrivelmente livre. Me senti jovem e destemida.

Agradecimentos

Quero agradecer a muitas pessoas que me ajudaram a trazer este livro ao mundo. Sou tão grata à minha editora, a maravilhosa Brenda Copeland, por dar uma chance a essa história, e a todas as pessoas incríveis na St. Martin's Press, em especial Sally Richardson, George Witte, Laura Chasen, Stephanie Hargadon, India Cooper e Malati Chavali.

Meu fantástico agente literário, Josh Getzler, é responsável pelo melhor telefonema que já recebi na vida. Também tenho sorte de trabalhar com Danielle Burby, com Mary Willems e com todo mundo na HSG Agency. E agradeço a Maddie Raffel por pegar meu original da pilha e por ter insistido que Josh o lesse.

Agradeço a Tanya Farrell e sua equipe, que contribuíram com tanta energia e entusiasmo.

Tenho muita sorte de ter uma família amorosa e que me apoia: Peter, Catherine e Linda Wan, e Steve, Kathie e Mindy Burrell. Minha mãe e meu pai tiveram a ideia de comprar para mim uma máquina de escrever manual da Sears quando eu estava no quarto ano. Nela eu datilografava alegremente histórias de uma intrépida família que lutava contra o crime, chamada Detetives Dickson. Aquela velha máquina de escrever ainda é o melhor presente de aniversário que já recebi.

Obrigada a todos os amigos e companheiros escritores que leram as primeiras versões e me deram conselhos, especialmente Maureen Brady, Susan Cain, Susan Chi, Jen Egan, Rachel Geman, Melissa Haley, Mikaela McDermott, Miriam Parker, David Rogers, Sarah Shey e Kera Yonker.

Também estou em dívida com Mindy Burrell, Shirley Chi, Ann Dolloff, Jinee Kim Ellis, Jenny Eugenio, Yuki Hirose, Natalie Krodel, Drew Patrick, John Reed, John Rudolph, Julia Rudolph, Madhu Goel Southworth, Wendy Stryker, Christine Tefft, Matt Walker e Marissa Walsh por, ao longo de muitos anos, sempre perguntarem sobre meu romance como se fosse algo real. Este simples gesto me ajudou mais do que vocês imaginam.

Por fim, sou grata ao meu marido, Andrew Burrell, que, com paciência e grande gentileza, finalmente conseguiu que essa história acontecesse. E para nosso filho, Alex, que ainda não estava por perto durante a escrita do livro, mas cuja chegada recente tornou a espera pela publicação uma época ainda mais feliz. Obrigada, com muito amor.

Primeira edição (outubro/2022)
Papel de miolo Lux cream 60g
Tipografias Citadel e Sabon LT Std
Gráfica LIS